Copyright © 2023 Ler Editorial

Texto de acordo com as normas do novo acordo ortográfico da língua portuguesa (Decreto Legislativo Nº54 de 1995).

Todos os direitos reservados. Proibida a reprodução total ou parcial, de qualquer forma ou por qualquer meio, mecânico ou eletrônico, incluindo fotocópia e gravação, sem a expressa permissão da editora.

Editora – Catia Mourão
Capa – Joice Dias
Diagramação – Catia Mourão
Revisão – Halice FRS

CIP-BRASIL. CATALOGAÇÃO NA PUBLICAÇÃO
SINDICATO NACIONAL DOS EDITORES DE LIVROS, RJ

O46b

Oliveira, Evilane
  A bailarina e a fera / Evilane Oliveira. - 1. ed. - Rio de Janeiro : Ler, 2023.
  220 p. ; 16 cm.

  ISBN 978-65-86154-86-3

  1. Romance brasileiro. I. Título.

23-82374
CDD: 869.3
CDU: 82-31(81)

Gabriela Faray Ferreira Lopes - Bibliotecária - CRB-7/6643
05/02/2023   08/02/2023

Foi feito o depósito legal.
Direitos de edição:

Ler Editorial

DA MESMA AUTORA DE "SEQUESTRADA PELO MAFIOSO"
EVILANE OLIVEIRA

1ª edição
Rio de Janeiro – Brasil

SUMÁRIO

005 CITAÇÃO
007 DEDICATÓRIA
008 NOTA DA AUTORA
009 PRÓLOGO
010 CAPÍTULO 1
017 CAPÍTULO 2
023 CAPÍTULO 3
029 CAPÍTULO 4
035 CAPÍTULO 5
041 CAPÍTULO 6
047 CAPÍTULO 7
053 CAPÍTULO 8
060 CAPÍTULO 9
069 CAPÍTULO 10
075 CAPÍTULO 11
082 CAPÍTULO 12
088 CAPÍTULO 13
094 CAPÍTULO 14
100 CAPÍTULO 15
106 CAPÍTULO 16
112 CAPÍTULO 17
117 CAPÍTULO 18
124 CAPÍTULO 19
130 CAPÍTULO 20
134 CAPÍTULO 21
135 CAPÍTULO 22
141 CAPÍTULO 23
148 CAPÍTULO 24
154 CAPÍTULO 25
160 CAPÍTULO 26
166 CAPÍTULO 27
171 CAPÍTULO 28
178 CAPÍTULO 29
184 CAPÍTULO 30
190 CAPÍTULO 31
195 CAPÍTULO 32
202 CAPÍTULO 33
208 CAPÍTULO 34
213 EPÍLOGO
217 AGRADECIMENTOS

"É improvável que haja uma versão disso que não vá me deixar em pedaços"

JP Saxe - What Keeps Me From It

DEDICATÓRIA

Para você, que prefere a fera ao príncipe, o mafioso ao *golden*, o obcecado ao boy saudável. Bem-vindo ao paraíso literário criado especialmente para você!

NOTA DA AUTORA

A Bailarina e a Fera é um livro único, que surgiu da série **Renascidos em Sangue**. *Não é necessário ler a série para ler o livro*. #ABEAF é um dark romance e aborda temas como violência, sexo e drogas. Contém cenas de consentimento duvidoso e que podem causar gatilhos.

Se você *não gosta* do assunto ou é *sensível*, **não leia**!
Se decidir seguir, boa leitura!

Evilane Oliveira

PRÓLOGO

Há apenas um sentimento mais forte que o amor. O sentimento singelo de gostar de alguém, seja família ou amigos, namorada ou alguém que admite. Ele é fraco perante a apenas um: o ódio.

O amor não move o mundo. O ódio, sim.

O ódio me manteve de pé. O amor me fez cair incontáveis vezes. Sangue do meu sangue fez com que eu me arrependesse de sentir. Desconhecidos. Amigos. Qualquer um. Até quem eu pensei que jamais fosse capaz de algo assim.

Lunna Bianchi foi meu primeiro caso de amor ao ódio.

Mas foi lento. Nunca acreditei que um dia conseguiria esquecê-la de fato, mas consegui. E só restou ódio.

Não dela. Aquela garota de olhos azuis e cabelo escuro jamais poderia me fazer odiá-la. Lunna era boa. Ela só não me amou e isso não era um erro. Pelo contrário, foi sua salvação.

O ódio que nutri foi por sua escolha. Pela família que a acolheu. Por seu marido, Romeo Trevisan, e seus irmãos.

Principalmente, o infeliz que ousou me marcar.

Meus dedos deslizaram pela marca, a cicatriz quase imperceptível por conta da cirurgia que me submeti tentando costurar minha pele rasgada pela bala que raspou em meu rosto depois que saiu da sua arma. Por mais imperceptível que fosse, ela ainda chamava atenção.

Era por causa dele que me chamavam de Fera pelas minhas costas.

Eles não estavam errados. Havia um monstro dentro de mim, um que foi moldado, polido e posto em evidência quando assumi o comando.

E ele amava quebrar coisas bonitas.

01

Adalind Sink

Mudanças me faziam querer vomitar.

Quando mamãe me disse, aos sete anos, que deixaríamos a pacata cidade de Riverhead e viríamos para Nova Iorque, eu havia acabado de comer. Minha barriga deu voltas e eu vomitei. Foi um caos. Estávamos diante da escola, ela havia acabado de me buscar.

Moramos em Nova Iorque por cinco anos e, depois de um emprego fracassado, meus pais decidiram que nunca deveríamos ter deixado nossa cidade, então, retornamos. Novamente vomitei. Minha vida toda estava em Nova Iorque àquela altura, não queria uma nova mudança.

Com doze anos, sua vontade não é importante. Então, *voilá*, Riverhead de novo.

Respirei fundo, empurrando a mala para a calçada do prédio enorme. Coloquei minhas mãos nos quadris e inclinei a cabeça, cansada. Nova Iorque. Mais uma vez.

O prédio diante de mim tinha quase vinte andares lotados de alunos e seria minha casa pelos próximos anos. Eu me arrepiava só de imaginar isso.

Puxei minhas duas malas e empurrei em direção à entrada. Muitas pessoas estavam chegando, então não foi difícil achar a direção, apenas segui o fluxo. Com um assopro, afastei uma mecha ruiva que fugiu do meu coque frouxo e procurei meu caminho.

Assim que parei diante da porta de madeira escura, respirei fundo e bati. A garota que a abriu tinha minha altura e cabelo liso, retinho como uma régua.

— Bem-vinda à Julliard!
— Oi! Muito obrigada! Você deve ser Jordin?
— Isso! E você é Adalind. — Acenei, nervosa. — Entre.

Seu sorriso largo fez meus ombros cederem, relaxados.

Jordin me mostrou o apartamento pequeno e eu apreciei cada canto. A sala era dividida com a cozinha, o corredor dava acesso ao meu quarto e ao dela, as portas eram do lado esquerdo, mas o banheiro ficava entre eles.

— Fique à vontade, ok? Eu tenho de ir trabalhar agora. — Jordin pegou uma bolsa ao lado.

Por um segundo, esqueci o que ela falou, mas me lembrei depressa.

— Trabalho? Oh, será que tem vagas? — Uma ideia surgiu.

Eu precisava de dinheiro. O que eu tinha não me manteria ali por muito tempo. Além disso, eu não podia pedir nada a mamãe. Vir para cá foi uma decisão minha, uma que ela não concordou. Eu estava por minha conta.

— Eu estou procurando por um. Garçonete, qualquer coisa vale...

Jordin me encarou por um segundo inteiro e depois respirou fundo.

— Olha, eu danço em um clube. Não é prostituição nem nada do tipo. Só danço. — Conforme suas palavras saíam, eu fiquei parada, sem reação. Ela riu. — Parece ruim, mas não é. Eu... Olha, você entenderia melhor se apenas visse. Se quiser ir algum dia... — Ela deu de ombros e indicou a saída.

— Ok, eu... Hum. Vou manter isso em mente.

Jordin acenou enquanto sumia pela porta e me deixava sozinha. Olhei em volta, deixando o ar sair dos meus pulmões. Eu amava dançar, era por isso que estava em Julliard, uma das melhores escolas de arte do mundo. Eu queria ser uma bailarina.

Desde os cinco anos tudo que fiz foi usar sapatilhas e tutus. Essa era minha roupa favorita, minha fantasia do halloween. A dança me manteve viva depois de tudo.

Deixei a cabeça pausar os pensamentos e foquei na ação. Levei minhas malas para o quarto e arrumei tudo em seu devido lugar. Quando acabei, já era tarde da noite e Jordin ainda não havia retornado. Tomei um banho longo e pedi pizza. Comi devagar, tentando esperar por ela, mas adormeci e a minha colega de quarto não retornou.

Na manhã seguinte, ela estava na cozinha, com ovos e bacon servidos para nós duas.

— Bom dia! Hoje à tarde tem uma aula aberta para a faculdade toda. Para os alunos novos. Sabe, apenas para enturmar. Você deveria ir.

Eu me sentei diante dela e a agradeci quando ela empurrou o prato em minha direção. As aulas não começariam até semana que vem, mas a maioria dos estudantes chegava mais cedo para se enturmar. Essa aula seria boa.

— Eu vou. Você vai?

— Sim! Vai ser divertido. Vou apresentar meus amigos a você.
Isso seria ótimo.

A aula foi incrível, os professores se dividiram entre rodas de alunos e ensaiamos alguns movimentos. Jordin era uma das alunas prestes a se formar. Era seu último ano e ela estava com as malas prontas para um espetáculo.

— Rebel? Eu preciso de uma bebida — Blanche gritou enquanto saíamos do estúdio.

Ela era ruiva, mas, diferente do meu cabelo, o dela era bem vermelho. Seu namorado, Matt, era moreno e tinha dreads. Ele era bem alto. Eles eram os amigos que Jordin falou.

— Por favor!

— Onde fica? — perguntei, empurrando a minha bolsa no ombro.

Meu cabelo ainda estava preso no coque, e meu corpo por baixo de um sobretudo tinha apenas uma calça legging grossa e meu collant. Eu não estava apta a ir a um bar, com certeza.

— É onde eu trabalho! Vou tomar um banho e nos encontramos lá em duas horas? — Jordin murmurou e Matt acenou, puxando a namorada contra seu peito.

— Ei, Adalind, foi bom conhecer você — Blanche murmurou com um sorriso bonito.

— Gostei de vocês também. — Relaxei, devolvendo o gesto.

Jordin e eu fomos para o nosso prédio, conversando um pouco sobre as aulas. Comentei de como fiquei encantada com os professores. Eles eram surreais de talentosos e Jordin concordou, dizendo que eu aprenderia muito com todos.

Esse era o plano.

Sorri, animada. Nova Iorque seria incrível.

— Esse vestido está lindo em você. — A voz animada da minha colega de quarto ecoou.

Eu usava um vestido justo e vermelho. Não havia muitas curvas para preencher o tecido, mas minha bunda com certeza fazia inveja a muita gente.

Eu me virei, abandonando o espelho.

— Você também está linda.

Jordin usava uma calça de linho e um top justo, que empurrava seus seios.

Nós saímos de casa logo que finalizei minha maquiagem. Não era nada de mais, só um delineado alongado, batom vermelho e muita máscara de cílios.

A animação era algo estranho dentro de mim, nunca fui a uma boate de Nova Iorque. Sabia que eram milhões de vezes mais legais que as de Riverhead.

— Fique perto de mim e não fale com ninguém. — Seu tom sério ecoou quando chegamos ao bar.

Desejei questionar, mas Jordin me puxou para dentro da boate.

— Você trabalha hoje? — perguntei, gritando por causa do som que explodia no espaço escuro.

Luzes vermelhas saltavam pelo espaço e fumaça preenchia o lugar. Era sexy e muito diferente de tudo que já vi.

— Não. Vem, achei Matt e Blanche.

Nós ultrapassamos a multidão, quando chegamos perto dos seus amigos, uma pessoa entrou na nossa frente. Ele era alto, tinha um sorriso misterioso e olhava para Jordin com interesse.

— Jordin.

— Não estou trabalhando hoje, Kalel. — Seu tom era desconfortável.

— Eu sei... Quem é essa? — Os olhos azuis do loiro vieram em minha direção.

— Ninguém que seja da sua conta. Olha, eu vim me divertir com meus amigos. Então... — Ela indicou o lado e Kalel levou a mão ao peito.

— Assim você me machuca, amor.

Jordin me puxou e nós passamos por Kalel. Ele piscou para mim e eu desviei os olhos. Sentei-me no banco de couro macio assim que alcançamos Matt. Ele e Blanche estavam dançando próximos à mesa.

— Kalel é seu namorado? — perguntei para puxar assunto e Jordin riu, negando.

— Ele é um dos donos do Rebel. — Seu dedo circulou no ar, indicando o local. — É meu chefe. Ele e o irmão são donos, mas ele é o único que dá as caras.

— Ah, eu senti uma tensão.

Sorri, mas logo apertei meus lábios juntos. Não queria deixá-la desconfortável.

Jordin balançou a cabeça.

— Kalel Vitali é o maior problema de Nova Iorque. Não é esse tipo de romance que busco. Vou pegar uma bebida. Qual você quer?

Jordin saiu depois de eu pedir uma cerveja. Não costumava beber, mas quando o fazia certamente seria cerveja. Respirei fundo ao olhar ao redor e meus olhos se prenderam à parte superior da boate. Havia um camarote com cinco homens de terno dentro dele, todos com um copo de uísque na mão. Nenhum deles estava conversando, apenas observando tudo.

Passei a palma das minhas mãos no meu vestido, e ao desviar o olhar um arrepio subiu pela minha coluna. Que estranho. Jordin voltou, mas não havia bebida em suas mãos. Abri a boca para questionar, mas ela puxou minha mão.

— Não olhe para cima. Vamos ao banheiro, de lá vamos embora.

— O quê? Por quê? — gritei, confusa, mas ela continuou andando entre as pessoas. — E os seus amigos?
— Sorria, dance, pare de perguntar.
Meu corpo ficou rígido, mas segui seus comandos. Ela conhecia tudo melhor que eu. Jordin sabia o que acontecia entre essas paredes, e se ela estava tão nervosa, alguma coisa aconteceu.
Assim que chegamos ao banheiro, encontramos duas meninas na frente do espelho. Jordin as empurrou para fora e fechou a porta.
— Ok! Olha, vamos sair daqui abaixadas e uma por uma.
Meu coração começou a bater mais forte.
— Primeiro, conte o que houve.
— Adalind, escuta...
— Não, eu quero saber por que está tão nervosa. Aquele Kalel fez algo a você? — Aaproximei-me, tocando suas mãos, mas ela balançou a cabeça depressa.
— O irmão dele está aqui.
— Aquele que você disse que nunca vem?
— Sim! — Ela andou pelo espaço e me encarou. — Ele viu você, fez perguntas e Kalel disse que era minha amiga da faculdade. Como diabos ele sabe disso, eu não sei! Aquela peste sabe mais da minha vida que eu mesma.
— Ok. E por que precisamos ir?
— Ele quer conhecer você.
O quê? Minha boca se abriu e eu tentei falar algo, qualquer coisa, mas nada saiu.
— Vamos embora, Adalind. — Jordin piscou, nervosa, enquanto eu tentava me acalmar.
— Por que precisamos ir embora? Ele só quer me conhecer...
Jordin balançou a cabeça, mas eu insisti.
— Eu conheço o cara e a gente volta para nossa mesa. Você estava muito animada, não quero estragar sua noite. Eu posso conhecer um homem, na verdade, por que não?
A cada palavra minha, Jordin parecia mais inquieta.
— Adalind, não quero que conheça esse homem.
— Mas por quê? Ele é um assassino? Assassino em série? — Eu ri ao perguntar.
Batidas à porta interromperam minha voz. Jordin foi até lá e a abriu. Kalel sorriu para ela e depois para mim.
— Prontas? *Bestia* está esperando por Adalind.
Bestia? Que nome era esse?
— Sim, Adalind estava fazendo xixi. Podemos ir. — Jordin se virou e acenou, chamando-me.
Nós seguimos para fora e Kalel nos guiou de perto até a escada que dava acesso ao camarote que vi momentos antes.
Jordin parecia a ponto de correr enquanto eu só sentia um pouco de excitação percorrer em minhas veias. Fazia muito tempo desde que conheci

um homem. Na verdade, eu podia contar nos dedos da minha mão os caras que já cheguei perto.

— Você vai gostar dele. Meu irmão é um cara bonito.

Kalel sorriu quando entramos no espaço lounge. O local não era o mesmo onde os vários homens de terno estavam. Nesse não havia ninguém.

Eu me virei pronta para comentar o óbvio, mas Kalel sorriu.

— Mari, essa é Adalind. — Ele acenou na minha direção.

Eu franzi as sobrancelhas.

— Não tem ninguém aqui — constatei o óbvio, mas Kalel continuou sorrindo, olhando para as paredes vermelhas e pretas.

Jordin engoliu em seco e tocou o braço de Kalel. Isso o fez olhá-la.

— Calma, ele está aqui. Vocês só não conseguem vê-lo.

Como assim? Meu batimento acelerou mais e eu tentei me aproximar de Jordin, mas Kalel a puxou para fora.

— Vou deixar vocês a sós.

— Kalel... — Minha voz tremeu e fiquei arrepiada quando ele saiu, fechando a cortina e me deixando sozinha, no espaço escuro.

Rígida, eu me virei e olhei para cada canto, mas, novamente, não havia ninguém ali.

— *Be-bestia*? — Minha voz soou tão baixa que com certeza ele não conseguiu me ouvir. — Será que Kalel é esquizofrênico? — perguntei a mim mesma, porque essa era a única explicação.

Não havia ninguém ali. Que insanidade foi essa?

Porém antes que eu pudesse me virar e correr, uma tela acendeu. Uma que eu não vi. Na parte de cima, na parede, e o que tinha escrito na tela me deixou sem palavras.

Dance.

Meu batimento cardíaco já louco começou a ficar a um passo do infarto. Como assim, dance?

— Você está brincando comigo? — Minha voz soou trêmula. — Onde está?

Nada falou, por isso respirei fundo e me virei para sair dali. Assim que puxei o pano, dois homens de terno estavam na minha frente.

— Volte — o mais alto grunhiu.

— Não tem ninguém lá dentro.

— Volte — ele reforçou.

Eu o vi fechar a cortina na minha cara, então me virei e olhei para a tela.

— Olha, eu não vou dançar coisa nenhuma. Deixe-me ir embora e... Porra, onde você está? Apareça!

A irritação fluiu pelos meus gestos frenéticos e minha língua incontrolável.

A tela acendeu novamente.

Dance para mim. Agora. E pode ir embora.

Olhei ao redor e respirei fundo.

Ok, Adalind. Você dançou a vida toda.
Não importa se agora é para um imbecil que ama se esconder.

Eu deixei minha bolsa em um sofá e me posicionei. A música que tocava, antes ritmada e forte, passou a ser lenta e sensual. Era familiar. Quando me lembrei, meus pés se deslocaram sozinhos.
Rodopiei sem tutu, fiquei na ponta dos pés sem sapatilha e flutuei enquanto a música tomava conta de mim. Meus braços se movimentavam à minha volta, com graça e elegância. Os tons pesados pareciam dolorosos e o sentimento fez minha expressão se modificar. Quando meu corpo parou, a música cessou e minha respiração parecia louca. Insana. E meu coração estava dolorido.
— Eu posso ir agora? — perguntei, tocando o chão com a parte traseira do meu pé.
A tela estava toda preta, nada havia. Esperei por um longo tempo, quando ela acendeu, desejei poder vê-lo. Quem era? Qual o seu nome?

Vá, ballerina.

02

Mariano Vitali

Fingir que não existe foi a melhor decisão.
— Você está me ouvindo? — meu Don perguntou enquanto seu rosto preenchia a tela do meu computador.
— Sim. Carmelo está morto há anos, desfiz seus negócios assim que assumi. Continuo sem entender como ainda há roubo nos nossos cofres.
— Continua mesmo? — Enrico Bellucci pegou um copo e deu um gole no uísque.
— Sim...
— Seu pai está por trás disso. Ele e Carmelo eram amigos íntimos. Certamente acontece muita merda por debaixo do seu nariz, Mariano.
Fiquei rígido com a centelha de desconfiança. Meu pai não era nenhum santo, mas nunca pensei que pudesse roubar a *famiglia*.
— Eu vou investigar.
— Bom... — Ele acenou, olhando-me pela tela. Quis desligar assim que percebi para onde olhava. A marca da bala. A cicatriz. — Queremos paz, mas eu não julgaria você se quisesses matá-lo.
Continuei olhando para a câmera, sério. Não queria a autorização dele, mas precisava. Não que isso importasse. Eu não queria vingança. A marca era a única coisa que me incomodava, não quem a colocou.
— Fora a noiva que eles mataram. Emory — Enrico explicou depressa.
— Eu nem conhecia a menina. Isso foi coisa do meu pai. Não houve nada de noivado, ela era uma desconhecida.

— Sim, sim, eu sei. — Enrico estalou o pescoço. — Enfim, preciso ir.
— Até mais.
Desliguei a ligação e fechei o notebook. No mesmo segundo, Kalel surgiu à porta. Meu irmão se jogou na poltrona e colocou a mão no rosto, de ressaca.
— Bom dia, *bestia*!
Ele era o único ser humano que tinha coragem de me chamar assim. Não era uma afronta, era apenas seu jeito irritante de ser um irmão.
— Já falei para parar de me chamar assim. E é boa tarde! — Eu me ergui, fechando meu paletó. — Almoço, Kalel.
Ele me seguiu para a sala de jantar e nos sentamos. Depois que a comida foi servida, ele abriu a boca.
— O que você falou para a menina? Ela saiu de lá correndo.
Ele cortou o bife malpassado que ainda sangrava. Evitei fazer uma careta. Não conseguia entender como comer carne crua era bom.
— Por que você não come um boi vivo? — indaguei, cortando o meu pedaço bem frito.
— Não mude de assunto.
Uma coisa que eu detestava em Kalel era que ele me conhecia muito bem. Era aporrinhador.
— Não falei nada. Eu nem estava lá, lembra?
O espaço lounge era uma coisa que Kalel fez para me mostrar coisas da boate. Eu achei estúpido porque tínhamos telefones, mas meu irmão gostava de inventar coisas. Ontem, depois de me dizer que eu precisava conhecer pessoas, ele me mostrou uma foto de Adalind.
Achei que nunca tinha visto uma garota tão linda na minha vida. Ela era pequena, ruiva e tinha olhos grandes que pareciam desvendar o mundo. Eu quis vê-la de novo. E a vi. Dançando para mim, diante dos olhos do diabo.
— Sei. Por que não para de mentir? Jordin quase arrancou meu pau.
Sim, sim. A garota da faculdade que trabalhava no Rebel.
— Bem, você queria que eu conhecesse pessoas, eu conheci Adalind.
Kalel fez uma careta.
— Eu queria que conhecesse de forma convencional. Ela achou que eu era louco.
Sim, ela usou a palavra esquizofrênico.
— Você não falou isso. Eu a conheci. Pronto.
— Ok, Mari. Olha, vou abrir o Rebel na quinta, para uma festa de aniversário.
— Deixe-me ver... Da sua amiguinha Jordin? — Empurrei a salada de um lado para o outro enquanto o encarava.
Meu irmão sorriu e lambeu o lábio. Não tínhamos nada em comum. Ele era loiro, como mamãe, e eu moreno, como nosso pai. Ninguém poderia dizer que éramos frutos do mesmo casal.
— Como você adivinhou? — Kalel riu e eu desviei os olhos, voltando a comer. — Adalind vai estar, certamente, então... você deveria ir...

— Você sabe que sou o capo com mais responsabilidades no estado de Nova Iorque, certo?

— Claro que eu sei, mas se divertir um pouco não vai enlouquecer você.

Respirei fundo e neguei. Essa garota era jovem demais. Não era para meu bico, eu tinha certeza de que ela não gostaria muito do meu rosto. Muitos não gostavam.

— Não se divirta muito também. Você já tem vinte anos, está na hora de inserir você. Nosso pai não aceita mais meus argumentos.

Kalel parou de sorrir. Ele sabia dos nossos deveres, mas nunca realmente se interessou por esse mundo. Infelizmente, nós não tínhamos escolha.

— Diga a Jordin que desejo um feliz aniversário, e as bebidas são por conta da casa.

Levantei-me e dei um tapinha no ombro de Kalel, antes de sair do local e me dirigir para fora. A caminhada até meu carro foi rápida, quando cheguei ao prédio onde meu pai morava, estalei o pescoço. Nossas conversas nunca terminavam bem. Tudo que ele sempre quis para mim nunca aconteceu.

Ruan Vitali queria o lugar mais alto em Nova Iorque, comigo ao seu lado. Porém, quando Carmelo morreu deixando o lugar livre, nosso Don me escolheu. Posso dizer que isso desestabilizou nossa relação, que antes já era caótica.

— Bom dia, chefe! — Shelby acenou assim que o encontrei pela porta.

Ele era o único que meu pai permitia ficar dentro do prédio. A confiança de Ruan era escassa.

Antes de entrar, acenei.

— Bem, você saiu da toca. — Sua voz ruidosa como uma serra elétrica me fez respirar fundo.

Olhei ao redor e o encontrei na varanda. Ele tinha um jornal no colo, focado na leitura.

— Quando é necessário.

— Deve ser muito urgente, então.

Ruan fechou as folhas cinza e me olhou. Sua careta não passou despercebida.

Todas as vezes que olhava para mim ele se retraía, fazia careta, gestos de puro nojo. Meu rosto causava isso. Um dia eu o achei pior, mas agora havia apenas um relevo baixo, como marcas de pneu num caminho de neve. Tinha dois dedos de tamanho, indo da ponta da minha bochecha em direção à orelha. Mas cada vez que eu ficava no mesmo lugar que Ruan a vergonha aparecia.

— Como estão os negócios?

— Eu saberia se tivesse me escolhido como *consigliere*.

Segurei seu olhar e engoli com força. Minha mão quis se fechar, mas demonstrar qualquer reação era o que queria.

— Pai, como estão os negócios? — Minha voz saiu mais firme.

Ele semicerrou os olhos. Ruan odiava que agora tinha de seguir meu comando. Era sua penitência.

— Bons, sempre foram.

Vago demais.

Enrico queria respostas, e pelo visto eu não as conseguiria com meu pai. Eu me ergui da poltrona e fechei meu paletó.

— Kalel disse que Rebel está indo bem.

— Ele é inteligente.

— Ele precisa ser inserido. Logo. — Era uma ordem, mas eu não lhe devia mais obediência.

Nova Iorque era minha. Ninguém dentro dos limites do estado era livre. Eles me pertenciam. Até meu pai. Kalel era meu irmão, precisava entrar na Cosa Nostra, mas quando seria era uma decisão minha.

— Não se preocupe com Kalel.

— Ele tem vinte anos. Passou da hora e você sabe disso. Fomos moles com ele por causa das suas doenças, mas...

— Ele não é doente! — gritei, saindo da áurea calma.

Kalel era a única coisa que ninguém ousava mexer. Eu traria o inferno para a Terra se alguém ousasse.

Meu pai semicerrou os olhos, cauteloso.

— Essa é uma decisão que compete a mim e estou dizendo que não é o momento. Quando for, o senhor será avisado.

Eu me virei e saí da sua casa como um falcão.

Não descobri muito com ninguém sobre os negócios que meu pai estava fazendo, e se de fato era ele. Decidi pedir a ajuda de Trey e Art, meus dois seguranças confiáveis. Ambos estavam focados nisso, em breve me trariam informações. Omiti de Kalel que Enrico desconfiava do nosso pai. Meu irmão não precisava saber disso.

— Você deveria ter vindo. Ela está aqui.

Eu sabia disso. Adalind.

A ruiva miúda e de olhos grandes.

Pelas imagens de segurança do Rebel, eu a vi chegar. Kalel me surpreendeu, porque realmente tinham muitas pessoas. Achei um exagero fechar a boate, mas pelo visto a garota conhecia bastante gente.

— Eu tenho trabalho, Kalel.

— Quer que eu a coloque no espaço lounge?

Era assim que meu irmão chamava a sala onde eu via tudo, com câmeras posicionadas em vários lugares de forma estratégica. A dança de Adalind foi gravada por elas.

— Por que eu iria querer?

Eu não deveria ter perguntado, Kalel amava falar.

— Por que você quis conhecê-la? Ela é uma gata...

— Cuidado.

— Você já está todo territorial, mano. Vem logo.

— Eu estou de saída. — Peguei minhas chaves e andei para fora. — Divirta-se por mim.

Assim que peguei no volante, pisei no acelerador. Dirigi pelas ruas desertas, quando parei diante do parque me recostei no couro gasto. Não havia muitas pessoas, mas uma em específico, sim. Ela corria com fones grudados nas orelhas, concentrada. Fiquei por um tempo parado, quando ela surgiu de novo, parou, tomou água e olhou ao redor.

Não sabia quem era, mas havia algo nela que me mantinha vindo aqui.

Talvez, porque se parecesse com *ela*. Mas essa hipótese me causava asco. Não queria em minha vida ninguém que fosse parecida com Lunna. Ela não era ninguém. Não mais.

Saí do estacionamento jurando nunca mais retornar, então dirigi para o único lugar onde também havia alguém que chamou minha atenção.

Ballerina.

O Rebel ainda estava lotado quando entrei. Jovens estavam por todo lugar. Eu a procurei pelas pessoas, mas só encontrei Kalel no espaço lounge. Subi a escada e estalei o pescoço ao entrar. Não era Kalel.

— Oi! Cadê você? — Quando a garota ruiva gritou para a tela, deslizei meus olhos por seu corpo.

Adalind usava um vestido curto e brilhante que agarrava sua bunda redonda bem desproporcional ao seu tamanho. Usava um salto que poderia torcer seu pé e estava pulando enquanto falava com a tela.

— Onde está, *bestia*? Hum?

Porra! Quando a ouvi pronunciar essa merda a primeira vez, tive uma ereção que durou uma hora. Agora, ao vivo, meu pau permaneceria duro até a eternidade. O apelido foi dado por alguém que queria caçoar da minha cicatriz, mas na língua dela parecia a porra de um gemido.

— *Bestia*, *Bestia*, *Bestia*! Que apelido horroroso! — Ela riu sozinha. Droga, ela estava bêbada? — Por que chamam você assim, hum? Aposto que é bonito...

— Você não pode ficar aqui. — Minha voz ecoou acima da música, então Adalind se virou.

O lounge era escuro onde eu estava. As luzes nem chegavam a tocar em meu rosto. Apenas nela. Como se ela fosse o mar e o sol não pudesse se manter longe, tinha de tocá-la.

— Eu... Eu sou... amiga... — Cruzei meus braços e ela respirou fundo. — Eu sou amiga do... Espera, *bestia*. Somos amigos.

— Amigos?

— Sim, hum, amigos. Eu até dancei para ele, eu sou uma bailarina.

Sim, ela era. E porra, ela dançava como ninguém.

— Dançou, não foi? — Entrei mais no lugar e me sentei no sofá, ainda na escuridão. — Então, dance para mim.

Ela parou de sorrir. Adalind olhou ao redor, e pela primeira vez desde que me viu, parecia com medo.

— Não, eu... só posso dançar para... ele.

Santa Virgem Maria.

Se meu pau ficasse mais duro que isso, eu ia parar na porra do hospital.
— Sério?
— Sim. Por que sua voz mudou? — Adalind inclinou a cabeça.
Observei seu decote exposto. Ela nem percebeu, inocente demais para ver os olhos do diabo sobre seu corpo delicioso.
— Porque ela muda com meu humor.
E minha excitação, mas eu não queria assustá-la.
— Eu o chateei? Não posso dançar para você. Seria errado...
Ela respirou fundo e empurrou o cabelo para trás dos ombros, enquanto seu rosto estava franzido. Adalind estava bêbada.
— Errado? Por quê?
— Eu dancei para ele aqui. — Ela riu e tapou a boca com a mão. — Nunca o vi, você o viu? — Seus olhos se expandiram. — Ele é bonito?
— E se ele for feio? — perguntei, enquanto minha respiração continuava lenta, mas meu coração corria.
— Impossível. — Adalind riu. — Eu queria falar com ele.
— Ele deve estar na festa.
— Oh, será? — Ela deu dois passos para frente e seu salto virou. Eu me movi rápido e agarrei sua cintura. Adalind riu enquanto eu sentia seu corpo todo contra mim. — Ele vai rir disso.
— Rir deve ser a última coisa que vai passar pela cabeça dele.
Adalind afastou a cabeça e me olhou.
— Onde está Jordin? Eu quero ir para a casa. Minha mãe deve estar preocupada. — Seus olhos azuis se encheram de lágrimas antes de fungar, segurando meus braços. — Pode me levar pra casa? Por favor? Não quero chatear a mamãe.
— Claro. Vamos lá.
Guiei Adalind pela saída de emergência. Enviei uma mensagem ao Trey mandando trazer meu carro e assim ele o fez. Adalind fungou e se sentou no banco de couro preto, então dei a volta, entrando no lado do motorista.
Não pensei muito em minhas ações. Apenas comecei a dirigir e deixei para lidar com a merda depois.
— Avise a sua amiga que está em casa.
— Mas eu não estou ainda. — Adalind riu, ainda chorando. — Será que minha mãe vai gritar comigo? Não gosto quando ela grita.
Quis apertar o pescoço da mãe dela naquele segundo. Olhei para o porta-luvas onde tinha três pistolas carregadas. Eu poderia descarregar alguma delas na cara dessa mulher.
— Onde fica sua casa, *ballerina*?
Adalind semicerrou os olhos e suspirou. Quando seus olhos azuis alcançaram os meus, ela abriu os lábios rosados, surpresa.
— *Bestia*.

Adalind Sink

Minha cabeça estava doendo de uma forma que nunca senti. A secura da minha boca implorava por um litro de água. E meu cabelo, quando levei as mãos à cabeça, percebi que estava indomável. Porém tudo isso ficou em segundo plano quando abri minhas pálpebras. O teto era preto e tinha um lustre bem no centro. Pisquei tentando me lembrar de quando foi colocado um lustre no meu quarto, mas nada veio à minha mente.

Sentei devagar e um lençol de seda preto deslizou. Toquei o tecido, amando a sensação, era macio demais. Talvez até mais macio que as nuvens. Mas também não era meu, certo? Não tinha dinheiro para comprar isso nem em um milhão de anos.

O quarto era escuro, não havia nada claro ali além da luz que ultrapassava pela janela. Senti suor deslizar pela minha coluna ao constatar que não era o meu quarto. Coloquei as pernas para fora da cama e vi que ainda usava meu vestido e calcinha. Graças a Deus.

Eu me ergui pegando o lençol e andei até a porta. Engoli em seco e reuni coragem antes de tocar a maçaneta. Quando a fechadura cedeu, saí para um corredor. Enrolei o lençol e o abracei contra o peito enquanto minha fuga acontecia.

Não sabia como tinha ido parar ali. Tentei buscar em minha mente, mas apenas flashs de uma dança com Jordin surgiam. De quem era essa casa?

O corredor dava a outro e assim por diante. Cansada, abri uma porta. Meus lábios se abriram ao ver uma biblioteca imensa. Havia uma escada para alcançar as prateleiras altas. Era tão linda que me deixou sem ar.

— Você acordou. — A voz era ruidosa, e o tom, óbvio.

Eu me virei rápido e parei de respirar quando meus olhos pousaram nele. Não sabia se já tinha visto alguém tão lindo na minha vida. Ele era moreno, tão alto quanto a porta, olhos castanhos emoldurados por cílios que estavam me causando inveja. Sua boca era carnuda e o lábio inferior era mais proeminente que o de cima. Assim que as sobrancelhas grossas se juntaram, percebi que estava calada há muito tempo.

— Oi. Eu... estou procurando a saída... — Respirei fundo para tentar me acalmar, mas seu olhar ainda estava firme no meu. — Quem é você? Como eu vim parar aqui?

— Você não se lembra?

— Se eu me lembrasse, não perguntaria — respondi de supetão e arregalei os olhos. — Desculpe, só saiu.

— Eu vou levar você para casa.

Ele se virou e começou a andar. Fiquei parada por um segundo, daí eu percebi que precisava segui-lo. Minhas pernas não eram páreas para as dele. Caminhei a um metro dele, mesmo tentando ser rápida.

— Você me trouxe? — perguntei, sem fôlego. — Qual é o seu nome?

— Adalind, por aqui.

Meu corpo estremeceu ao ouvir sua voz pronunciar meu nome.

Ele entrou em um novo corredor e dessa vez apareceu a escada. O homem grande desceu sem me esperar e eu segui atrás dele.

— Nós, hum, dormimos juntos?

Se sim, eu me atiraria debaixo de um carro. Como teria transado pela primeira vez, e com um homem desses, e não me lembrava de nada?

— Não.

Ok, que droga! Ou não. Eu estava confusa.

A dor em minha cabeça aprofundou e eu suspirei, levando a mão livre à minha têmpora.

— Sente-se. — Ele parou em uma sala de jantar, com café da manhã servido. — Adalind, sente-se.

Droga, sua voz ficou irritada. Sentei-me, colocando o lençol no colo. Quando o homem apontou para a comida, quase choraminguei. Não queria comer. Porém fui obediente e coloquei ovos em meu prato.

— Qual é o seu nome? — perguntei assim que mastiguei e engoli uma porção dos ovos; estava incrível.

O moreno se serviu também e me encarou. Seus olhos eram rígidos, confusão me encheu. O que eu fiz?

— Por que você não fala seu nome?

— Você deveria saber. — Sua frase irritada me deixou rígida.

— Você me trouxe da boate? Não me lembro de muito...

— Eu levaria você para casa, mas você dormiu.

Ok. Tudo bem, ele não tinha como saber onde eu morava.

— Nós nos conhecemos ontem? — Mexi os ovos e ele acenou. — Desculpe, eu não sei por que minha mente está tão em névoa.
— Coma.
Mandão.
Comi o restante dos meus ovos em silêncio e, quando terminamos, ele se ergueu. Sua mão foi posta na minha frente e eu a agarrei. A pele era quente, sua mão era grande demais para a minha. Ergui os olhos e ele estava olhando para nossas palmas.
— Vamos lá, *ballerina*.
Meu coração foi arremessado, batendo loucamente. Ele era...
— *Bestia*? — Minha voz saiu em um sussurro.
O apelido era horrível, eu não gostava de chamá-lo assim. Pesquisei o significado da outra vez que o vi. Fera foi a resposta no site.
Mas não havia nada de fera nele. Absolutamente.
O homem do lounge, o que me fez dançar para ele. O que eu desejei ver desde aquele dia. Lembrei-me daquele lugar e flashs novos apareceram. Dessa vez eu não estava sozinha. Havia alguém na escuridão, pedindo que eu dançasse.
— Ontem... Era você... — Andei para trás enquanto olhava ao redor.
Pânico começou a crescer dentro de mim enquanto Jordin assustada aparecia. Por que minha colega de quarto tinha tanto medo dele? Ela enlouqueceria se soubesse que eu estava ali.
— Calma. — Sua mão tentou me alcançar, mas eu me afastei, andando para trás.
— Eu quero ir embora.
— Eu vou deixar você...
— Não! — gritei, ouvindo meus batimentos insanos. — Vou pegar um táxi.
Ele semicerrou os olhos, sua mandíbula ficou marcada e seus olhos eram chamas. Só agora, na luz mais clara, consegui ver seu rosto. Havia uma marca na sua bochecha. Tinha talvez cinco centímetros e havia um pequeno relevo. Como a conseguiu? Ela doeu? Qual era a história por trás?
— Eu vou deixar você em casa, Adalind. Não é um pedido.
Ele deu dois passos, agarrou meu braço e me arrastou pela casa até a saída. Havia vários seguranças espalhados e eles nos ignoraram enquanto eu era enfiada no carro.
O medo me agarrou depois de ele colocar meu cinto de segurança e bater com força a porta do carro. Quando se sentou ao meu lado, inclinei-me para a porta, tentando ficar o mais longe possível. Ele não fez qualquer movimento, apenas dirigiu. Era longe do campus. Muito longe. Nós ficamos por quase meia hora calados, enquanto cruzávamos Nova Iorque.
Minha mente estava uma bagunça, meu sangue bombeava rápido e a desconfiança crescia dentro de mim. Quem era esse homem, por que Jordin o temia? Uma coisa eu sabia, não deveria estar dentro desse carro, muito menos ter dormido em sua casa.

Jordin ia me matar. Ia me esquartejar e espalhar meus pedaços pelo Central Park.

O carro parou e eu percebi que estávamos diante do campus.

— Você disse que não falei onde morava. — Ataquei com voz vacilante.

Ele respirou fundo, olhando pela janela.

— Eu pesquisei.

O quê? Meu queixo caiu. Soltei o cinto de segurança, com as mãos trêmulas.

— Você é doido. Louco de pedra.

Abri a porta e pulei do carro alto. Ridículo, se me perguntarem. Eu me virei e vi seus olhos cravados em mim. Um frio inquietante surgiu em meu estômago. Mesmo com a marca no rosto, ele era o ser humano mais lindo que meus olhos já puderam olhar.

— Obrigada por... tudo.

Ele acenou devagar enquanto eu continuava parada, segurando a porta, olhando para ele. Quando um pigarrear ecoou, percebi que veio dele.

— Tchau, *bestia*.

— Tchau, *ballerina*.

Bati a porta e me virei, caminhando em direção aos dormitórios. Nunca acreditei que alguém pudesse sentir o olhar de outro, mas eu sentia o olhar dele. Era a coisa mais intensa que senti na vida.

Eu me virei ao chegar à escada do prédio e, para meu martírio, ele ainda estava parado. Agora, do lado de fora, encostado no carro luxuoso.

Observando-me.

— Você não transou com ele, certo?

Essa foi a primeira coisa que ouvi quando abri a porta do dormitório. Jordin estava sentada no sofá, com a maquiagem de ontem intacta e com a mesma roupa. Ela dormiu?

— Não. É claro que não!

— No que estava pensando? Como você saiu com ele? Foi para a casa dele?

Sua voz aumentou, deixando-me rígida e ainda mais assustada.

— Ele é seu ex? — A pergunta deslizou enquanto meu peito apertava.

Jordin franziu a testa e se ergueu, jogando a almofada para o lado.

— Deus me livre! Escuta com atenção. Os Vitali não são pessoas comuns. Eles são donos de Nova Iorque. Sabe quantas vezes eu quis me jogar nos braços do Kalel? Mil... Milhões... Àss vezes é tudo que penso, mas eu amo demais minha liberdade para me deitar com o irmão do diabo.

Irmão do diabo... *Ele* era o diabo.

— Você está me assustando, ele não pareceu...

— As aparências enganam, boneca. E como!

Jordin respirou fundo dando passos e parou na minha frente. Ela segurou meus ombros e me encarou enquanto a confusão ainda se fazia presente.

— Fique longe deles.
Eu realmente não tive que contestar, nunca mais veria *bestia* ou seu irmão.
— Ok, tudo bem!
Jordin suspirou, sorriu e depois olhou para os meus braços.
— Que diabos você está fazendo com um lençol?
— É seda pura, juro. — Ergui o tecido e Jordin me encarou, parecendo chocada.
— Você roubou o lençol da casa deles?
— Não! Quer dizer, eu... peguei emprestado. Não! Eles me doaram. É caridade — murmurei, exasperada, e Jordin riu.
— Uau. Muito macio — ela resmungou ao tocar. — Pegue uma tesoura, eu quero um pedaço.
— O quê? De jeito nenhum!
Afastei-me dela agarrando o tecido e Jordin riu novamente, indo para seu quarto.
Era bom ter uma amiga em Nova Iorque. A única que eu tinha estava fazendo faculdade no Alabama. Suspirei, sentindo saudade de Taylor. Ligaria para ela assim que eu tomasse um banho.
— Eu preciso dormir antes de ir para a aula. E você, certamente vai se atrasar se não mover sua bunda.
Jordin estava certa. A ligação ficaria para outra hora.
Lavei o cabelo no banho, e quando saí joguei creme, finalizei rapidinho e sequei. Peguei uma calça, botas e um casaco grosso. Estava frio. Assim que cheguei à aula, eu me desconectei do mundo e emergi na dança.
— Uau! — Uma voz grossa soou quando fiquei sozinha na sala.
Eu me virei, passando a mão no meu tutu. Um homem estava parado à porta. Seu olhar era apreciativo a tudo no local, inclusive a mim.
— Eu posso ajudar em algo? — Minha voz não vacilou mesmo eu estando incomodada.
— Oh, não! Sou um dos professores das preparatórias para a audição de inverno.
Quando meu coração bateu depressa, abri um largo sorriso. Teríamos um espetáculo de inverno que seria apresentado na Julliard, no Natal. Todas as bailarinas queriam um lugar no espetáculo. Eu queria, mas era consciente de que não participaria.
A faculdade era imensa e havia garotas, como Jordin, muito melhores e experientes.
— Você vai participar? — Sua pergunta me trouxe de volta.
— Não, acabei de chegar. Sou caloura.
— Você dança muito bem para mim. — Ele cruzou os braços. Seu rosto não era desconhecido, eu só não conseguia o ligar a um nome. Ainda. — Participe das aulas preparatórias. Testes são sempre bem-vindos para nosso crescimento.
Era o que minha antiga professora falava.
— Vou pensar nisso. Obrigada!

Andei até minha água e a bebi. Peguei meu casaco e o vesti por cima da roupa, tirando apenas o tutu. Quando me virei, ele ainda estava parado.

— Você não me disse seu nome.

— Adalind Sink. — Sorri, tentando relaxar.

O homem sorriu, inclinou a cabeça e se aproximou. A cada passo dele, eu me sentia mais nervosa. O que estava havendo comigo?

— Frankie Palacios.

Meu Deus!

Ele era apenas o bailarino mais famoso do mundo. Ele estudou na Julliard, saiu dali direto para Bolshoi. Rodou o mundo na melhor companhia de dança da Terra. Era o nome mais admirado dentro da escola de balé.

— Oh meu Deus... Você! É um prazer conhecê-lo. — Estendi minha mão e ele a apertou. Demorou um pouco a soltá-la, fazendo-me puxá-la. — Eu preciso ir.

— Eu também. Tenho uma aula exclusiva agora. — Ele se afastou e eu acenei, andando para a saída. — Caso queira assistir...

Fiquei tentada. Assistir à aula de um membro da Bolshoi era um sonho, mas havia algo dentro de mim que pedia para que eu me afastasse. Jordin me acharia estúpida por recusar. Era idiota e infantil. Frankie era conhecido em todo o mundo, ele era um profissional ímpar.

— É... Claro. Pode ser. — Agarrei minha bolsa e Frankie sorriu mais uma vez.

— Ótimo, vamos lá!

Frankie me guiou pelos corredores da faculdade, então chegamos à sala. Ele entrou primeiro, enquanto vários alunos estavam espalhados pelo espaço. Eu fiquei parada. Quando vi Jordin perto das suas amigas, sorri assim que ela me viu.

— Bem-vindos! Mais que dançar, hoje nós vamos sobrevoar esse piso. Prontos? — Frankie sorriu amistoso e todo mundo rugiu, empolgado.

Mariano Vitali

Meu irmão bateu no saco como se estivesse socando a cara de alguém. Cruzei os braços, observando seus movimentos. Eu tinha de inserir Kalel na Cosa Nostra. Nosso Don pousaria em Nova Iorque em algumas horas, e o caçula dos Vitali precisava estar apto para sua passagem.

— Está na hora — falei devagar e Kalel cessou seu ataque. Andei até estar ao seu lado e apertei seu ombro. — Hoje será o dia em que se tornará um homem feito.

— Não tenho escolha, tenho?

Não, ele não tinha. Nossa família nasceu dentro da Cosa Nostra. Éramos a máfia desde sempre. Não havia fuga, era a nossa realidade.

— Não, Kalel. Nem você nem nenhum outro homem com sangue da *famiglia*.

Meu irmão respirou fundo, tirando as luvas e as jogando no canto. Quando seus passos sumiram pelo corredor, apoiei minha cabeça no saco de pancadas e soquei a porcaria repetidas vezes. Para mim, não era fácil obrigar Kalel a se inserir. Ele era meu irmão, eu o amava e sempre o protegi. Quando nasceu, eu já estava com quase quinze anos.

Kalel era a única coisa boa em minha vida, desde que perdi Lunna.

Eu sorri. *Não se perde o que nunca possuiu, imbecil.*

Afastei-me do saco e me virei, indo para fora.

Algumas horas depois esperei por meu irmão na nossa sala. Quando desceu, Kalel parecia comigo, mas loiro. O terno feito sob medida, o olhar frio, tudo.

— Você vai se sair bem.

Eu não tinha tanta certeza, mas era melhor encorajá-lo.

Nós seguimos em meu carro para a mansão de Enrico Bellucci, em Nova Iorque. Fazia alguns meses desde a minha viagem até a terra siciliana para resolver pendências, mas parecia mais tempo. Enrico veio à cidade especialmente para saber mais sobre os roubos e inserir os mais novos.

— Você precisa deixar sua mente calma. Pegue a pistola, é mais fácil e rápido. É indolor. As outras porcarias manterão você ocupado mais tempo.

— Quem é a pessoa? — A voz de Kalel estremeceu.

— Não importa quem é, Kalel. Você não vai matar ninguém inocente, isso eu garanto.

Meu irmão acenou duas vezes.

Estacionei o carro e nós saímos. Alguns soldados nos cumprimentaram e eu vi nosso pai de pé na entrada.

— Já era hora, Kalel. Brinque um pouco com o desgraçado. — Sorriu, apertando o ombro do filho mais novo.

Kalel engoliu em seco, acenou e continuou andando.

— Fique fora disso — ordenei ao meu pai assim que meu irmão estava mais longe. — Você já fodeu com minha cabeça, deixe a dele livre das suas porcarias.

— Agradeça-me, porque se não fosse por minhas porcarias, você não seria dono de Nova Iorque.

— Você se dá muito crédito. Relaxa. — Bati em seus ombros e me afastei, encontrando Kalel com Enrico.

— Nunca é tarde para servir a *famiglia*. Você será um bom homem feito, Kalel — Bellucci falou sério e me encarou. — Mariano, é bom ver você.

— Igualmente, Don. — Acenei para o *consigliere* do Enrico. — Juliano.

Ele estendeu a mão e eu a apertei.

— Você está fazendo um bom trabalho, Mariano. Nossas cargas dobraram desde que tomou posse — Enrico resmungou quando desfizemos o aperto.

— Estou tentando colocar as coisas em ordem.

Nós andamos até um hall onde vários homens estavam reunidos. Assim que Kalel parou ao meu lado, eu o vi ficar rígido. Bati em seu ombro e me inclinei, falando em seu ouvido.

— Arma, dois tiros. Acabou.

Ele acenou, engolindo com força. Todos os presentes foram inseridos com dezesseis anos, Kalel demorou mais. Era estranho ver alguém do seu tamanho tão nervoso, mas isso era culpa minha.

Eu decidi esperar.

— É bom estar em Nova Iorque! — Enrico começou a falar e eu me posicionei ao seu lado, enquanto Juliano ficava do outro. — Essa cidade é leal a Cosa Nostra, a nossa *famiglia*, e hoje estamos juntos não apenas para rever nossos negócios, mas para inserir mais um irmão.

Os homens assoviaram, gritaram e festejaram. Enrico acenou, parecendo satisfeito.

— Kalel Vitali é irmão do seu capo, Mariano, e será o homem de confiança dele — Juliano falou de maneira firme para a multidão de homens antes de olhar para mim.

— Kalel, honre a Cosa Nostra.

Meu irmão andou até o meio do hall, pegou o pequeno canivete de ouro e deslizou na palma da mão. Seu sangue pingou e eu prendi a respiração quando ele andou até a mesa onde colocaram as armas.

Quando ele passou os olhos por elas, esperei que pegasse a pistola, porém, para minha preocupação, ele escolheu a faca. Apertei meus pulsos, irritado. Kalel não estava pronto para a violência que uma lâmina como aquela poderia causar.

Infelizmente, nada mais poderia ser feito.

Trouxeram o homem vendado que devia dinheiro à Cosa Nostra. Os gritos ao redor fizeram o verme pular na cadeira, tremendo. Olhei para meu irmão e o vi sem reação encarar o homem.

Enfie a faca em seu coração, ordenei em pensamento, mas a cada segundo ficava pior. Kalel estava tremendo, a faca quase caía dos seus dedos frouxos.

— Kalel, faça.

Ouvi a ordem de Enrico e continuei observando meu irmão. Quando me olhou, Kalel estava se recompondo. Acenei para encorajá-lo. Ele andou até o homem e rapidamente enfiou a faca em seu pescoço. O corpo se debateu e foi lentamente parando.

Assim que a cabeça caiu para o lado, meu irmão se virou para nós. Eu gritei aplaudindo e todos fizeram o mesmo. Kalel foi cumprimentado por nossos homens, e quando abriram caminho, fiquei diante dele.

— Você foi ótimo! Sorria, você faz parte da *famiglia*.

Ele acenou e seus ombros relaxaram. Kalel sorriu e cumprimentou Enrico e Juliano.

Nós saímos da mansão e fomos para a Rebel. Fazia mais de duas semanas desde o dia em que pisei na boate. Desde que levei Adalind para a minha casa e a coloquei em meus lençóis. Pensar nisso me fez balançar a cabeça. Agi de modo irracional.

Aquela menina não era para meu bico imundo.

— A vida de um homem feito requer uma boa mulher — Juliano respondeu a Enrico, enquanto eu franzia as sobrancelhas.

Não escutei o que o Don falou.

— Estou dizendo que Matteo precisa de uma noiva.

Eu observei em silêncio enquanto Juliano balançava a cabeça.

— Nada como ter uma esposa em casa.

Juliano era casado há alguns anos e estavam esperando o primeiro filho. Já tinha conhecido sua esposa em outra ocasião, mas sempre esquecia o nome dela.

Peguei a garrafa de uísque e enchi meu copo. Beberiquei devagar, olhando ao redor da boate. Eu não gostava de sair, apenas quando era algo importante, e estar com Enrico era.

— Mariano, isso se estende a você. Até o Natal, se não escolher alguém, eu o farei.

Meu sorriso quase morreu. Eu não queria mais me casar. Um dia sonhei com isso, em pedir a mão de uma mulher, mas ela escolheu outro. Um inimigo. Isso doeu, mas foi pior depois, quando ela me deu a esperança de voltar para a Cosa Nostra e se casar comigo.

Isso nunca aconteceu, porque ela amava Romeo Trevisan.

E ela sempre amaria.

Eu já tinha aceitado isso. Porém não queria mais um casamento. Nem hoje nem nunca.

— Vamos focar no Matteo primeiro. — Olhei para seu *consigliere* e ele acenou.

A música alta explodiu no ambiente e meu foco deslizou para a pista de dança abaixo. Estávamos em um dos camarotes VIP. Vi Kalel na parte dos banheiros com a colega de Adalind. Não menti quando falei que pesquisei sua vida.

Cada pedaço dela.

Adalind Sink tinha dezoito anos, entrou na faculdade recentemente e só tinha a mãe que morava a cinco horas de carro de Nova Iorque. Em Riverhead. Ela era alérgica a frutos do mar e quase morreu quando comeu lagosta, aos seis anos.

Procurei por ela ao redor dos dois, mas não a achei. Adalind estava assustada demais há duas semanas. Ela não se lembrar de mim, de novo, me deixou irritado. Como tinha tanta facilidade para esquecer as coisas quando bebia?

— E o seu pai, Mariano? — Enrico levou o copo à boca, encostando-se no assento.

Tirei os olhos da pista e o encarei.

— Sondei um pouco, Kalel vai ficar de olho.

Ele acenou, com o semblante fechado.

— Se ele estiver me roubando como Carmelo um dia ousou, eu vou matá-lo. Preciso ter certeza de que isso não será um incômodo para você.

Como não seria? Ruan era meu pai, um horrível, mas ainda era meu pai. Que não merecia qualquer afeição, no entanto. E minha lealdade estava no homem a minha frente.

— Nenhum.

— Ótimo! Fico em Nova Iorque até amanhã. Quero ver nossos clubes de luta, então nos vemos lá.

— É claro!

Eu me ergui e estendi minha mão a Enrico. Ele foi embora enquanto Juliano permaneceu. Seus olhos eram treinados, absorvendo o ambiente desconhecido. Servi-me de mais uísque e voltei a olhar para Kalel. Dessa vez, ele havia sumido, mas vi algo melhor.

Adalind.

E seus olhos azuis estavam fixos em mim.

— Suba. — Mexi meus lábios e ergui meu dedo.

Adalind engoliu em seco e balançou a cabeça, negando. Semicerrei os olhos, irritado. Eu não queria Adalind, mas não gostava da maneira imprudente com que se embebedava.

— Quem é a garota?

Havia me esquecido de Juliano. Que porra!

— Amiga do meu irmão — respondi a contragosto, não gostava de ninguém enfiando a cara nas minhas coisas.

— Hum... E ela não obedece ao capo de Nova Iorque? — Juliano ergueu a sobrancelha, levando sua bebida à boca.

Ela não sabia que eu era o capo. Na verdade, apostava que ela nem mesmo saberia o que era um.

— Ela vai, não se preocupe.

Kalel estava me olhando quando o procurei. Peguei meu celular e digitei depressa o que eu queria.

"Traga Adalind aqui."

"Ok."

Assisti ao meu irmão ir até ela e chamá-la. Quando o ouviu, seus olhos vieram para os meus. Irritado, segurei seu olhar e a vi negar, mas, infelizmente para ela, Kalel recebeu uma ordem e não um pedido. Quando ele a puxou pelo braço, vi a amiga andar na direção deles parecendo assustada. Bom.

Assim que Kalel subiu com Adalind, a amiga foi barrada na escada. Eu me virei para Juliano e o vi observar a cena. Ele riu, erguendo o copo enquanto eu virava o meu.

Kalel soltou Adalind assim que entrou no lounge. Meu irmão acenou para mim e se retirou. Provavelmente, indo domar a leoa lá embaixo.

— Você sabe se fazer ser atendido. — *Ballerina* ergueu o queixo.

Meus lábios tremeram para rir, mas me segurei. Eu me ergui e caminhei até ela. Jesus, meu pau endureceu quando vi sua roupa. Ela usava um vestido decotado que empurrava seus seios para frente. Minha mente doentia não conseguia parar de imaginar minha boca chupando os mamilos pequenos e arrepiados.

Aproximei-me mais e me inclinei, saboreando seu perfume de baunilha.

— Sempre, *ballerina*. Agora, comporte-se.

Eu toquei suas costas e Adalind ficou rígida. Eu me virei para Juliano, tirando o copo de bebida das mãos dela.

— Juliano, esta é senhorita Sink.

O *consigliere* de Enrico se ergueu e estendeu a mão para ela.

— Juliano. É um prazer conhecer você.

— Obrigada. É um prazer conhecer alguém pelo nome. — A alfinetada dela não passou despercebida, mas preferi ignorar.

— Sente-se conosco — falei perto do seu ouvido e ela começou a negar. — Eu insisto.

Adalind se deixou ser puxada até o nosso assento. Seus olhos fugiram para baixo e eu vi sua amiga discutindo com Kalel. Juliano pigarreou e se ergueu, com o celular na orelha. Ele saiu do lounge, deixando uma Adalind rígida.

— Eu quero ir.

— E eu quero que me diga o que diabos está tomando. — Peguei seu copo, cheirando a bebida.

— Por quê? Eu nem sei seu nome e você fez seu irmão me arrastar até aqui.

Assim que sua língua enrolou, odiei perceber que ela já estava bêbada.

— Você deveria parar de beber. Não aguenta nada de álcool, esquece das pessoas com quem conversa. É um perigo.

Adalind semicerrou os olhos. Eu imaginei que teria um ataque de nervos, gritaria me mandando cuidar da minha vida, mas, caralho, nunca que lágrimas encheriam seus olhos.

— Não se meta na minha vida, diabo... — Um soluço cortou sua frase.

Já me chamaram de muitas coisas na vida, inclusive de diabo, mas a *ballerina* falando era muito divertido.

— Eu vou levar você para casa.

— Não! — Ela se pôs de pé e eu segui seus movimentos.

— Adalind, pare de retrucar o que digo. Pelo menos uma vez, obedeça meu comando sem discussão.

— Não sou Kalel, que correu feito um soldado quando ordenou.

Ela se virou e correu para fora, então peguei meu celular. Digitei rápido e saí do local, encontrando Juliano em seguida.

— Preciso ir. Nós nos vemos amanhã.

Suas palavras me deixaram mais livres para sair.

— Claro.

Ele foi embora e eu saí para o estacionamento. Meu carro estava ligado e meu irmão parado ao lado com Adalind. Os olhos dela soltavam faíscas quando cheguei perto e liberei meu irmão.

— Peguei você, *ballerina*.

05

Adalind Sink

Vitali, *bestia* ou diabo dos infernos me enfiou no carro. A força dele era mil vezes maior que a minha, o homem era composto por músculos tonificados. Minha bunda bateu no couro segundos antes de ver Jordin chegar.

— Deixe-me falar com ela. — Agarrei o paletó dele antes que fechasse a porta e seus olhos pousassem em mim.

Não sabia como eu podia ser tão consciente dele, meu coração batia frenético e meu ventre estava apertado. Cada pequeno pedaço meu queria que ele me tocasse. Eu culpei a bebida e a droga da ovulação.

— Um minuto ou juro que vou jogar você sobre meu ombro.

A promessa não pareceu tão horrível assim, na verdade, quase senti o sabor disso.

Eu estava louca.

Saí do carro e Jordin olhou sobre meu ombro.

— Que merda houve? — Sua voz estava exasperada. — Eu disse para ficar longe dele, Adalind.

— Eu sei. Fiquei longe até Kalel me arrastar da pista. — Passei a mão pelos meus braços. — Estou bêbada já, é melhor eu ir.

— Com ele? — Suas sobrancelhas se arquearam em direção a *bestia*.

— Não sei se percebeu, mas também estou aqui contra a minha vontade. — Eu me irritei, respirando fundo. — Se ele quisesse me fazer mal, já teria feito. Lembra que dormi na cama dele?

Jordin praguejou baixo, mas acenou.

— Cuide-se!
Ela se virou e entrou na Rebel.
— Entre, *ballerina*.
Seu comando me deu arrepios. Eu o obedeci e me aqueci dentro do carro.
— Seria mais fácil você só dizer seu nome. Aliás, vou pesquisar igual você fez comigo.
Assim que minhas palavras saíram, peguei meu celular. *Bestia* me ignorou enquanto eu jogava o nome Vitali no Google, porém, quando a página apareceu, o carro freou abruptamente. Meu corpo foi jogado para frente, mas antes que eu batesse a cabeça no painel, o braço dele me manteve no lugar. O aparelho não teve a mesma sorte. Ele caiu e foi para baixo do banco.
— Meu Deus! — gritei, assustada, enquanto seu braço continuava empurrando meu peito.
— Mariano. — Sua voz rouca ecoou.
— Você não podia... — Sua mão tapou minha boca.
Só percebi naquele momento que ele estava falando ao celular. Ele não quis de jeito nenhum falar o nome para mim, mas falava em um telefonema?
— Estou a caminho.
Sua mão me deixou solta e ele desligou a ligação. Mariano se inclinou sobre mim devagar e meu coração parou de bater. Sua cabeça estava perto, sua boca a centímetros da minha, parecendo tão convidativa.
Meus seios incharam, sedentos por toque, e enquanto o desejo ardia em minha pele, eu me questionei por qual motivo estaria reagindo assim a Mariano. Não o conhecia e isso nunca aconteceu.
O barulho do cinto de segurança me assustou, porém não mais que a distância que ele colocou entre nós. Ouvi quando foi afivelado e quase praguejei.
— Vou passar em um lugar antes de cruzar a cidade para deixar você.
Não discuti, ainda preocupada comigo mesma.
Mariano — seu nome era lindo, aliás — dirigiu por mais dois minutos e estacionou. Ele se virou para mim e semicerrou os olhos. Novamente, sua aproximação aconteceu.
— Suas pupilas estão dilatadas. Que porra você bebeu?
Nada de mais. Apenas Cosmopolitan.
— Eu estou me sentindo diferente — falei, engolindo com força.
Mariano segurou meu rosto, franzindo as sobrancelhas.
— Como assim?
— Eu quero muito que me toque, eu nunca quis nada assim. Eu não sou assim, eu juro.
Quando minha voz soou vacilante, as mãos dele caíram. Envergonhada, fechei os olhos e ouvi a porta bater. Mariano soltou meu cinto e me tirou do carro.
— Eu consigo andar.

— Eu sei, só não quero.

Ele andou depressa, e quando olhei ao redor percebi que estávamos na sua casa. De novo. Droga! Fechei meus olhos de novo por todo o caminho que ele fez. Quando senti uma cama abaixo de mim, engoli com força.

— Fique quieta até eu voltar.

Acenei, vendo-o na penumbra do quarto. Assim que ele saiu, tentei ficar alerta, mas meu corpo ficou cansado demais. Ele parecia pesar mais que os sessenta quilos que realmente tinha.

Estava escuro quando despertei, então tentei caçar o interruptor ao lado da minha cama, mas bati em algo que caiu, fazendo barulho. Só aí percebi que não estava em casa. Saí de debaixo das cobertas macias que lembravam a que roubei da casa do *bestia*. Meu coração martelou quando vi que estava no mesmo quarto de antes. Andei para fora. Novamente, o corredor estava escuro, as portas me deixaram nervosa.

— Mariano! — gritei, apertando minhas têmporas.

Minha cabeça doía como a morte. Que horas eram? Não me lembrava de onde estava minha bolsa ou celular. Fui para a Rebel, bebi um pouco, então vi Mariano. Deus, ele estava tão lindo! Eu odiava me sentir atraída por ele.

Enfim, depois disso, tudo estava em névoa.

— Mariano!

Uma porta foi aberta no final do corredor. Minha boca se abriu quando o vi com uma arma erguida, comigo na mira. Horror varreu qualquer reação, deixando-me petrificada.

— Merda!

Mariano baixou a pistola e a enfiou na parte de trás da sua calça de moletom, enquanto andava em minha direção. Meu coração batia alucinado, e quando o corpo dele tapou qualquer visão que eu tinha, ergui meus olhos.

Ele estava sem camisa, tatuagens cobriam a maior parte do seu peito. Mas não era apenas isso. Cicatrizes, várias delas, espalhadas. Ergui meus dedos, deslizando pelos rabiscos e pela carne deformada. Quem havia feito isso?

— *Ballerina*. — Sua voz ruidosa e forte me dava a sensação estranha de calmaria.

— Por que eu estou aqui? — perguntei, nervosa, ainda traçando os contornos da sua pele.

— Droga! — Ele segurou meus pulsos e eu o encarei, assustada. — Isso é alguma brincadeira, Adalind?

— O quê? Não! Eu estou confusa...

— O que você se lembra de ontem?

Contei a verdade e seu aperto diminuiu. Mariano me soltou e andou para longe. Sua arma ficou visível, fazendo com que estremecesse e abraçasse meu próprio corpo.

— Que horas são?

Ele se virou e me encarou, sério.

— Quatro da madrugada.

Ok.

— Eu posso ir embora... Vou chamar um Uber.

— Você vai voltar para o quarto. Quando amanhecer, eu a levarei.

Não queria isso, mas estava cansada de discutir com ele. Eu me virei e voltei para o quarto, respirando fundo. Deitei na cama aquecida e puxei o lençol escuro para mim. Olhei para minha mão e a trouxe para meu peito. Sua pele estava machucada tanto quanto seu rosto. O que tinha acontecido? Foi na mesma ocasião?

Fechei meus olhos e suspirei, tentando adormecer mais uma vez.

Mariano estava à minha porta assim que amanheceu o dia. Bocejei depois de prender meu cabelo e espalhar pasta nos dentes com o dedo. Não estava ótimo, mas dava para o gasto.

— Bom dia, *ballerina*!

Ele me deu passagem para sair. Sua voz rouca de sono, com certeza, virou minha favorita.

— Bom dia, Riri!

Ele inclinou a cabeça, confuso, enquanto andávamos um ao lado do outro.

— Achei adequado colocar um apelido em você, já que me deu um.

Nós viramos em um novo corredor.

— Riri é ridículo. Pode me chame de Mariano ou *bestia*. O último tem um sabor diferente quando pronunciado por você.

Minhas bochechas coraram. Ele estava brincando comigo?

— Ok, *bestia*.

Andei à sua frente e desci a escada. Kalel estava de pé na sala e, quando me viu, franziu as sobrancelhas sutilmente.

— Bom dia! Pensei que tivesse levado Adalind para casa.

Era estranho ouvi-lo falar meu nome. Kalel era amigo da Jordin, mas nunca me aproximei dele ou conversamos. Mariano, de uma forma estranha, era mais conhecido que ele.

— Trey trouxe o homem que estava trabalhando para roubar a *famiglia*. Enviei mensagens a você, onde estava? — Mariano soou irritado, parecendo deixar Kalel nervoso.

— Fui deixar Jordin e acabei dormindo.

— Tudo bem. Vou deixar Adalind e ir para o escritório. Almoçaremos com Enrico.

A mão pesada tocou minha cintura e eu dei um sorriso pequeno a Kalel antes de sair da mansão. Respirei fundo ao sentir a brisa fresca. A entrada da mansão era de tirar o fôlego. O caminho entre dois jardins era lindo. No final, havia um portão com vários seguranças.

— Você é famoso e eu não sei?

Mariano abriu a porta do carro e eu entrei, esperando sua resposta. Uma que ele só me deu quando entrou no veículo.

— Algo assim.

— Entendi.

Minha barriga roncou, então ele ergueu a sobrancelha e eu lhe dei um sorriso amarelo.

— Vamos passar em uma cafeteria aqui perto.

Na verdade, não era qualquer cafeteria, mais como um restaurante que cheirava a riqueza. Eu jamais colocaria meus pés ali se não estivesse com Mariano.

— Peça o que quiser.

Se tinha sido uma liberdade dada por educação, não sabia, mas pedi bastante coisa. E comi tudo com ele. Marino era silencioso, assim como eu, mas de alguma forma, quando estava com ele, eu queria falar.

— Você trabalha com o quê?

Ele parou de comer e ergueu o rosto. Seus olhos escuros encontraram os meus. Mesmo tendo escolhido a mesa mais afastada e sem iluminação, consegui ver seu rosto por completo.

— Captação de informações e venda de produtos. Também montamos um clube, fora o Rebel.

Uau, era muita coisa. Sorri, toda empolgada.

— Eu quero viajar o mundo dançando. Ainda tenho alguns anos presa a Nova Iorque, mas sei que, quando acontecer, vai ser incrível.

— Você se ilumina dançando, *ballerina*.

Meu coração parou.

E eu juro que a batida esperou cinco segundos para continuar. Ninguém nunca me elogiou dançando, nem minha professora. Desde criança, sempre ouvi dicas para melhorar ou o que eu estava fazendo de errado.

— Eu disse algo errado, Adalind?

A preocupação genuína dele fez eu me erguer. Andei até seu lado e o abracei com força, enquanto meus olhos se enchiam de lágrimas.

— Obrigada, Mariano!

Afastei-me e percebi que as pessoas estavam nos olhando. Olhei para ele e me desculpei.

— Não se desculpe. Está tudo bem.

Mariano apontou para minha cadeira e eu voltei a me sentar. Peguei o café com baunilha e bebi mais um pouco.

— Você divide apartamento com Jordin?

— Sim. Eu a conheço há pouco tempo, desde que cheguei.

— Kalel gosta dela. — Sua afirmação não era uma novidade.

— Ela também gosta dele. — Sorri, dando de ombros.

— E você? Quem é seu namorado?

Era interesse em sua voz? *Não, Adalind. Pare de ser louca.*

— Eu nunca namorei.

A tosse dele ecoou pelo salão lotado de pessoas ricas. Mariano se recuperou enquanto eu arregalava os olhos.

— Está tudo bem? — Toquei sua mão, nervosa.

— O que você quer dizer com nunca namorou?

— Nunca tive um namorado. Nunca.

Era vergonhoso dizer que nunca fiz sexo ou beijei. Eu tinha dezoito anos, deveria ter beijado algumas bocas.

— Mas isso vai mudar em breve. Jordin vai me levar à fraternidade dos jogadores de hóquei de uma faculdade vizinha, no outro final de semana. Estou ansiosa.

Mariano ficou em silêncio, apenas me observando.

— Acha que vou me sair bem? — falei de novo, incomodada com sua falta de reação.

— Onde fica essa faculdade?

Contei mais sobre o lugar enquanto Mariano continuava me olhando, calado.

— Você é muito nova para beber. Ainda mais com seus esquecimentos. É um conselho, Adalind. Não beba em lugares com muitas pessoas desconhecidas. — Sua voz era firme.

— Não me lembro de esquecer tantas coisas antes de chegar aqui. Nova Iorque é mais forte até nas bebidas. — Sorri, dando de ombros. — Mas você está certo. Vou ficar de olho nisso.

Mariano cruzou os braços e acenou. Sua cicatriz no rosto ficou visível quando olhou para o lado oposto a ela. Engoli com força e me inclinei na mesa.

— Seu rosto... Essa marca... Como a conseguiu?

Cada palavra dita deixava seu corpo mais rígido. O ar foi expulso dos meus pulmões quando ele puxou a lapela do sobretudo, escondendo a marca.

— Desculpe, Mariano. Não quis ser indelicada.

Ele se ergueu enquanto eu me sentia menor e chateada comigo mesma. Por que eu tinha de abrir minha boca grande? Levantei-me e o vi andar para fora, sem pagar.

— Nós temos de pagar antes de sair...

— Eu sou o dono.

Oh! Engoli com força e o segui mais rápido. Quando chegamos do lado de fora, ele me colocou no carro, pôs meu cinto e bateu a porta.

— Mari, é sério, eu sinto muito! — Minha voz soou frágil.

Não queria machucá-lo ou envergonhá-lo.

— Não peça desculpas.

— Só quero que saiba que o considero lindo. De verdade. Quando o vi pela primeira vez, fiquei sem ar. A cicatriz não diminui nada. — Minhas palavras soaram apressadas.

Ele pisou no freio e os carros ao redor começaram a buzinar, mas sua atenção estava focada em mim.

— Não minta e não peça desculpa.

Droga!

06

Mariano Vitali

Se havia algo que eu não queria era me importar com o que Adalind Sink pensava ou com ela própria. Porém, a minha parte estúpida queria que ela me visse de uma forma agradável. Nunca pensei que chegaria a esse ponto, mas lá estava eu.

— *Bestia*, por favor!

Cada vez que ela pronunciava essa merda, eu queria fodê-la. Foder cada pedaço dela, deixá-la com tanta porra na boceta que deslizaria por suas coxas. Mostrar a ela a fera que havia em mim.

— Não me chame assim.

— Mas é seu apelido... Você disse. — Adalind franziu as sobrancelhas, confusa.

Bem, bem-vinda à porra do clube.

Desde que conheci essa garota, minha cabeça estava me dando pensamentos e vontades que não eram fiéis a mim. Adalind era jovem, muito mais que eu. Nunca me relacionei com garotas tão novas, porque nunca foram atraentes para mim, mas desde que Kalel a enfiou no espaço lounge, seu olhar azul e seu cabelo de fogo me deixaram hipnotizado.

Eu desejei a garota e ainda desejava. Isso era *errado*.

— Não me chame assim. Mariano ou Sr. Vitali. Você escolhe.

Adalind semicerrou os olhos.

— Sr. Vitali, eu acho o senhor bonito, é até inquietante olhar. Não deveria ficar tentando memorizar seus traços ou sua boca, porque isso é estranho vindo de mim, mas não vou continuar essa discussão. O senhor é lindo e pronto. Aceite minha desculpa e vá se foder!

Que porra ela falou?

Meu sangue bombeou rápido enquanto eu encostava o carro na pista. Eu virei para Adalind e puxei seu braço, aproximando-a de mim.

— Não repita isso. Nunca mais. — Seus olhos se arregalaram e a atenção deles ia e vinha da minha boca para meus olhos. — Você parece dócil, mas é mal-educada e violenta. Seus pais não a educaram?

Isso a fez ficar rígida.

— Não lhe interessa. Solte-me, agora!

Eu recuei, soltando-a. Adalind abriu a porta e correu, deixando-me sem reação. Estávamos no meio do nada. Havia árvores dos dois lados e o fluxo de carros, apenas. Amaldiçoando, desci do carro.

Corri até alcançá-la, querendo arrancar seu lindo pescoço. Adalind tinha condicionamento de uma bailarina, melhor que a maioria das pessoas, mas eu tinha o de um soldado letal. Em segundos, quase a alcancei, porém, a pequena praga entrou na floresta.

— Adalind Sink, eu vou esfolar seu pescoço! — gritei assim que a vi subindo na porra de uma árvore.

Sério? Como diabos ela subiu tão rápido?

— Vá embora!

— E deixar você aqui para ser estuprada, morta e esquartejada? — Ela arregalou os olhos. Continuei, amando ver seu pavor. — Ou melhor, ser traficada? Hum?

— Pare com isso...

— Desça já, Adalind!

A garota malcriada respirou fundo e começou a descida, e quando desceu do último galho, suas pernas curtas não acharam o chão e ela ficou pendurada. Meu corpo reagiu rápido à pele exposta, mas ignorei e me aproximei.

Agarrei seus quadris e suas mãos se soltaram, vindo diretamente para meu pescoço. O cheiro dela me envolveu, cada sentido aguçado, querendo mais da bailarina impertinente. Suas pernas se enrolaram em minha cintura e eu quase assobiei. Porra, meu pau estava tão duro que não havia como Adalind não sentir.

— Be-bestia...

Sua garganta subiu e desceu lentamente. Seus olhos grandes se arregalaram e, sem pensar, eu a empurrei contra o tronco da árvore. Quando seus seios perfeitos foram empinados com a pressão abrupta na coluna, desejei enterrar meu rosto ali.

Apenas um gosto. Que sabor teria seus mamilos rosados?

Sua boca estava perto, seus olhos surpresos ainda olhavam para meus lábios. Nunca desejei beijar alguém com tanta força como naquele momento. Queria empurrar minha língua, provar a sua, gemendo a cada gosto, enquanto uma das minhas mãos agarraria sua bunda, pressionando sua boceta doce contra meu pau. E a outra baixaria seu top, dando-me a visão dos seus peitos, da porra do paraíso.

Eu apostaria Nova Iorque que eu gozaria em segundos.

— *Ballerina*... — Minha voz saiu como um rosnado. — *La mia ballerina*.
Adalind lambeu o lábio rosa, ainda me mantendo entre suas coxas.
— O que isso quer di-dizer? — A inocência em seus olhos era perigosa demais.
Eu era um monstro, daqueles que ninguém queria por perto mais que o necessário. Essa garota perfeita e cheia de sonhos não merecia a minha escuridão.
— Minha bailarina.
Adalind parou de respirar. Sua boca se abriu, por um segundo achei que ela gritaria, mandando me afastar, mas pelo contrário, Adalind enfiou os dedos finos em meu cabelo enquanto a mão descia e, pela primeira vez, alguém tocou minha cicatriz.
— Você se assustaria se eu dissesse que gosto do som disso?
Meu pau cresceu mais e isso a fez se remexer. Subi minha mão e toquei em sua pele, deslizando o polegar por sua clavícula e parando acima da sua pulsação.
— Eu me assustaria, se eu não sentisse o mesmo.
Adalind respirou fundo e se inclinou devagar em minha direção. Seu coração batia tão acelerado que meu polegar mal contabilizava a frequência.
— Be-bestia.
Jesus, cada vez que dizia isso, eu queria virá-la, amarrar suas mãos e comer sua boceta com força. Meus pensamentos sujos inundaram minha mente.
— Amarrar? — A questão ficou no ar, então percebi tarde demais que havia falado em voz alta. — Você gosta disso?
— Eu sinto muito. Falei sem pensar. — Afastei-me depressa, apertando suas coxas para ela me libertar.
— Pare, eu quero isso. — Adalind segurou meus ombros. — Pegue-me na sexta.
Caralho! Eu a encarei tentando ver alguma diversão, mas só havia resiliência e, talvez, um pouco de nervosismo. Agarrei sua bunda e a puxei para perto, então minha *ballerina* ofegou com a brutalidade.
— Preste atenção, não brinque com isso.
— Não estou brincando...
Agarrei seu pescoço, inclinando-me até ficar bem perto do seu rosto.
— Você não me conhece, Adalind. Não faz ideia de com quem está brincando. — Apertei devagar e ela arregalou os olhos, pela primeira vez, o medo aparecendo. — Sua boceta doce merece alguém que valha a pena.
Isso fez o medo desaparecer. Adalind soltou as coxas, e ao se manter de pé sem minhas mãos em seu corpo, ergueu o rosto e mordeu o lábio inferior.
— Se vou perder a virgindade na faculdade, que seja com um homem experiente.
Ela precisava me lembrar disso? Virgem. Intocada. Ninguém fodeu a querida *ballerina* e eu tinha a chance. Mas não podia.

— Não fale isso.

— Eu vou perder a virgindade no outro final de semana, com ou sem você.

Adalind andou para longe enquanto eu ficava no mesmo lugar, amaldiçoando mil pessoas e seus antepassados. O que essa diaba estava fazendo comigo?

Voltei para o carro e abri a porta para ela. Quando voltamos para a pista, ninguém falou nada. Bem, se ela queria foder com um moleque qualquer era problema dela.

Adalind fechou a porta com força assim que estacionei em seu prédio.

— No outro final de semana, Mariano. Não esqueça.

Eu não respondi, apenas dirigi para longe.

Assim que cheguei à mansão de Wayne, cumprimentei meu primo apertando sua mão. Ele era filho da irmã do meu pai, tia Francesca que já havia falecido.

— Enrico não veio à cidade apenas para iniciar Kalel. — Ele suspirou, andando até sua poltrona. Sentei-me diante dele e aguardei. — Seu casamento? Você sabe que a irmã de Raquel tem idade para noivar.

Esse assunto do caralho de novo.

— Não quero me casar. Enrico logo vai mudar de pauta.

Wayne riu, pegando um copo e o enchendo de uísque. Aceitei quando me ofereceu e relaxei na cadeira.

— Enrico não vai esquecer. Ele é nosso Don, mas há pessoas mais conservadoras que o enchem sobre isso. — Meu primo se sentou e me olhou sobre a borda do copo. — A irmã da Raquel...

— Way, pelo amor de Deus, ela tem o quê? Dezoito?

Igual la mia ballerina. Foda-se!

— Sim, é nessa idade que elas se casam.

— Não, não a quero ou qualquer outra. — Virei a bebida na boca e bati o copo em sua mesa. — Não vim aqui para falar de casamento. Enrico está desconfiado de que meu pai estava roubando a *famiglia* junto a Carmelo.

Wayne ficou quieto. Essa não era a reação que eu esperava.

— Ele falou comigo...

— Como é? — Minha garganta fechou.

Era um assunto particular, ainda estávamos sondando. Como diabos Enrico falou sobre isso com Wayne?

— Enrico achou que você é leal ao seu pai, que talvez não fosse tão neutro. Eu disse a ele que isso era um erro. Sua vida é a Cosa Nostra e todos sabem disso.

Minha lealdade à *famiglia* sempre foi intacta. Nada me fez duvidar disso. Nem mesmo a sentença de morte que Enrico deixou subtendido, caso meu pai estivesse envolvido.

— Se ele duvida da minha lealdade, por que estou à frente em Nova Iorque?

Não era uma pergunta idiota. Era válida. Minha família não merecia a minha lealdade ou consideração se me traísse, mentisse e roubasse de mim. Ninguém mereceria.

— Enrico já fez merdas por sua família, ele só queria que eu ficasse de olho no tio, mas, cara, de verdade, espero tudo de Ruan. — Wayne suspirou e colocou as mãos atrás da cabeça. — Vou ajudar você nisso. Precisamos colocar responsabilidade nas mãos dele, depois vamos saber como ele lida com ela.

Wayne estava certo. Eu precisava me mexer antes que Enrico achasse que eu estava atrasando de propósito.

— O jantar será com toda a *famiglia* de Nova Iorque, será um bom momento para falarmos sobre isso.

Concordei com Wayne. Seria o melhor momento. Enrico partiria depois dele, eu precisava agir antes.

Assim que batidas soaram, Wayne autorizou a entrada e Raquel apareceu. Ela era como o marido, tinha olhos castanhos e havia simpatia em seu rosto. Ambos se casaram há mais de treze anos. Wayne e eu tínhamos a mesma idade. Ele noivou no tempo certo, no entanto.

— Mariano! Que bom vê-lo em nossa casa! — Ela sorriu, colocando-se ao lado do marido.

— Como vão as crianças? — perguntei, lembrando-me dos dois filhos deles.

— Ah, Giulia está no balé, e Giulian perdido pelo campo de futebol.

— Giulia é uma bailarina? — A pergunta deslizou fácil demais e eu odiei um pouco.

Tudo me fazia lembrar da maldita e suas palavras imundas. Eu poderia torcer o pescoço dela, mas a visão disso vinha acompanhada dos quadris dela rebolando em meu colo.

Diaba.

— Sim! Temos uma professora particular. Ela está grávida, no entanto, e logo irá se afastar. Preciso de outra. — Seu rosto parecia preocupado e ela balançou a mão. — Enfim, estou divagando. Ficará para o almoço?

— Não, preciso almoçar com um dos meus capos.

Raquel engoliu em seco, acenando. Nenhuma mulher gostava dos nossos negócios. Elas apenas toleravam, e era o melhor.

Eu me despedi deles e saí de lá pensando no que faria com meu pai.

───────※───────

— Cara, odeio essa merda. Por que você me obrigou a colocar? — Kalel grunhiu ao meu lado, tentando afrouxar a gravata.

Eu o ignorei, porque Wayne estava vindo na minha direção, mas não sozinho. Que porra de inferno!

— Mariano, quero que conheça Rihanna, irmã de Raquel. — Meu primo sorriu largamente e eu sabia que era de propósito. Infeliz.

Eu me virei para a garota tão loira quanto sua irmã, mas com olhos azuis. Como o da minha *ballerina* endiabrada.

Tire essa garota da cabeça, porra!
— Rihanna, é um prazer conhecê-la.
Já havia odiado aparecer no meio de tanta gente, agora estava pior, porque Wayne queria dar uma de casamenteiro. Eu o mataria.
— O prazer é meu. — Ela sorriu e estendeu a mão, então eu a beijei.
Sua pele era macia e cheirosa. A garota sorriu, amável e quieta. Rihanna daria uma bela esposa, não havia dúvidas.
— Por que não dançam? — Raquel ajudou o marido na missão.
— É claro. — Respirei fundo.
Rihanna ficou radiante quando aceitei. Nós fomos para a pista, e assim que coloquei a mão em suas costas, a cunhada de Wayne apoiou o rosto em meu peito.
— Eu sei que não quer se casar. Sendo sincera, nem eu, mas não tenho escolha. E se for para escolher alguém, que seja o nosso capo. Um que não vai me esfolar viva na noite de núpcias, de preferência.
Foi inútil segurar o sorriso. Rihanna era altiva e esperta.
— Ninguém esfolaria você.
— Não tenho tanta certeza. — Ela se afastou sorrindo.
— Na verdade...
Minha voz se transformou em nada quando meus olhos focaram na ruiva pequena de pé a alguns metros, olhando diretamente para mim.
Quem trouxe Adalind para cá, porra?

07

ADALIND SINK

Não sabia o que havia de errado comigo. Primeiro, agi como uma cadela no cio, esfregando-me nele, em seu pau duro, depois falei que queria que ele tirasse minha virgindade, e agora aceitei ir a um jantar idiota só para vê-lo. De novo.

Tudo isso em vinte e quatro horas.

O que Mariano estava fazendo comigo? Onde estava a garota que chegou a Nova Iorque há mais de um mês?

— Quem é a menina com ele? — Jordin perguntou o que eu mataria para saber.

Ele estava sorrindo de algo que ela falou. O que ela falou? Queria saber para repetir depois, para conseguir a proeza de fazer Mariano ser menos rabugento comigo.

— Futura noiva ou alguma merda assim.

Meu batimento cardíaco caiu um pouco. Ele iria se casar? Naquele momento, Mariano me viu e eu tentei segurar seu olhar, mas se tornou demais. Engoli em seco e encarei Jordin.

— Eu preciso de uma bebida. Volto já!

Não esperei por sua resposta. Andei rápido em direção ao bar e me inclinei contra o balcão. Assim que o barman trouxe um Cosmopolitan eu o agradeci, chupando a bebida pelo canudo.

— Ora, ora. — A voz que ecoou me deixou rígida.

Eu me virei e encontrei o homem que estava ontem com Mariano, na boate.

— Juliano, se não me engano. — Sorri, tentando relaxar. — Olá!

— Isso. E você é encrenca do Mariano.
— Não sou nada dele.
E nunca seria. Ele ia se casar, inferno.
— Eu poderia dizer uma ou duas coisas sobre isso, mas vou me abster. — Juliano chamou o garçom e entregou uma taça ainda cheia de champanhe. — Quer dançar, querida? Eu me divertiria se aceitasse.
Como assim, ele se divertiria? Olhei ao redor e acenei. Não importava. Eu estava com várias pessoas em meu entorno, era só uma dança.
Juliano me guiou para a pista e seu rosto se transformava a cada passo que dávamos.
— Você é dançarina ou algo assim?
— Bailarina.
Ele sorriu, acenando devagar.
— Faz todo sentido. Você estuda? — Ele me rodou e meu vestido girou comigo. Era uma festa de gala, Jordin me emprestou um vestido depois de eu dizer que não tinha nenhum. O tecido era preto e a saia tinha um pouco de volume. Não havia alças, o busto parecia um espartilho, mas era apenas um tule drapeado.
— Sim, em Julliard.
— Parabéns! Você deve ser uma bailarina incrível.
Hum, nem tanto, mas eu me dedicava muito. Hoje, passei o dia treinando em um estúdio. A seleção para bailarinos seria em um mês e depois que Frankie me incentivou, estava mais confiante.
Nós dançamos duas músicas e, quando a última acabou, Juliano me levou até onde Jordin estava com Kalel.
— Você se divertiu? — perguntei, engolindo em seco.
— Demais. Obrigado, Adalind! — Juliano se afastou enquanto eu ficava parada, assistindo-o ir.
— Que homem lindo! Quem é? — Jordin questionou a Kalel, que não parecia contente com o comentário dela. — Vamos, deixe de ser ciumento.
— Ele é o braço direito do Enrico.
Jordin engoliu em seco e se virou, pegando meu braço.
— Você não sai mais daqui.
— Por quê? Aliás, o que sua família faz? Trabalham com o quê?
Mariano já respondeu essa pergunta, mas a maneira como Jordin sempre ficava nervosa ao redor deles estava me deixando inquieta.
— Você não disse a ela? — O irmão de Mariano sorriu, olhando para minha amiga.
— Cala a boca! — Jordin grunhiu, rígida.
— Ei, não! Eu quero saber...
Assim que os pelos do meu corpo se arrepiaram eu me virei, vendo Mariano de pé bem atrás de mim. A sua noiva havia sumido.
— Saiam.
Jordin e Kalel se mexeram rápido, nem mesmo o questionaram.

— O que você faz da vida? Por que minha amiga o teme e por que diabos todo mundo faz o que você quer, sem questionar? — O tom da minha voz era ferino.

Raiva borbulhava dentro de mim e eu não precisei me perguntar os motivos. Era simples. Mariano me deixou dormir em sua cama, ir à sua casa, que me esfregasse nele e quase o beijasse, enquanto tinha uma noiva.

Odiava admitir que isso estava doendo.

Eu não o conhecia. Não sabia nada sobre ele. Nós nos conhecemos há um mês ou mais, mas não me lembrava de nada significativo, apenas essa atração idiota.

Não havia motivos para estar chateada com ele.

— Baixe o seu tom, Adalind.

— Fale agora... — Comecei a falar alto.

Mariano agarrou meu braço, puxando-me para a primeira porta que encontrou. Estava escuro, era apertado, mas ele não deu a mínima. Mariano me imprensou contra uma parede fria enquanto sua respiração morna atingia meu pescoço. Os pelinhos se eriçaram, meu ventre se apertou e eu odiei a reação involuntária do meu corpo a ele.

— Você quer saber o que sou, *ballerina*? — Sua voz enviou tremores pelo meu corpo.

Não parecia leve ou simpática, ele parecia um monstro. Uma fera pronta para me devorar. A *bestia*.

— Quer saber o que faço da vida?

Seu peito me empurrou mais. Minhas mãos foram para sua cintura e eu apertei o tecido grosso do seu terno. Mariano agarrou meu pescoço e se afastou para me encarar. Um flash de luz passava pela fresta, iluminando uma parte do seu rosto. Ele estava furioso.

— Fale, Adalind. Pergunte.

Não encontrava a minha voz ou língua, o medo da sua explosão me paralisou.

— Pergunte. Agora.

Respirei fundo com dificuldade pela mão ainda firme em minha garganta.

— O que você é? O que faz, Mariano?

Ele sorriu. Não era o sorriso que eu queria, aquele que deu à noiva idiota. Era um perverso, acentuando ainda mais a sensação de que eu estava de frente a uma fera disposta a me comer.

— Eu sou um assassino. Um mafioso.

Todo o sangue do meu corpo foi drenado. Mariano mordeu o lábio, deslizando o dedo na veia onde minha pulsação batia.

Um mafioso. Sempre ouvi sobre a máfia que comandava Nova Iorque, isso não era segredo, mas jamais imaginei que eu chegaria perto disso.

— Eu sou dono de Nova Iorque e de todos que aqui moram. Eles me pertencem... Você me pertence, *ballerina*.

Ele estava brincando. Só podia. Porém Jordin apareceu em minha cabeça. Seu medo, sua cautela e até a sua obediência.

— Solte-me!

— Por que eu faria isso? — Ele se aproximou mais até sua respiração bater em meus lábios. — Você não queria que eu a tocasse? Que a amarrasse e tirasse sua virgindade? Comesse sua boceta doce com raiva?

Minhas bochechas arderam. Mariano estava sendo um filho da puta de propósito.

— Você nunca vai me tocar de novo. Nunca!

— Escreva o que digo, Adalind Sink, *la mia ballerina.* Vou tocar cada parte do seu corpo e você vai implorar por isso.

De alguma forma, eu sabia que ele estava certo.

— Agora, escute bem. Se eu vir outro homem tocando em você, eu vou matá-lo. E você vai assistir, para aprender a me obedecer.

Meu coração doeu. Eu não gostava desse Mariano. O outro era cuidadoso, legal, esse era apenas frio e malvado.

— Juliano que me chamou...

— Não importa. — Seus dedos apertaram minha garganta. — Não atirei nele porque é superior a mim dentro da Cosa Nostra, mas se fizer de novo, eu vou.

Estremeci dentro da sua posse. Meus olhos se encheram de lágrimas, odiei ser tão fraca. Onde eu havia me metido?

— Por que está fazendo isso? — perguntei em um fio de voz.

— Eu? Foi você quem fez isso. Você veio até aqui, dançou com um homem na minha frente e depois gritou comigo diante de pessoas que me devem obediência.

Assim que Mari soltou meu pescoço, levei minhas mãos a ele.

— Você estava dançando com ela. Sua noiva... — Comecei a falar, mas ele me calou com um olhar.

— Ela não é minha noiva. Rihanna quer, no entanto, eu não. — Ele ergueu a mão e a enfiou em meu cabelo, aproximando-se novamente. — Não vou me casar com ninguém, Adalind. Ninguém.

Alívio inundou meu peito, mas me perguntei quais os motivos para isso. Depois do que ele fez, por que eu estava preocupada se ele ia ou não se casar?

— Sexta-feira.

O quê? Eu o encarei, rígida.

— Sexta-feira. — Ele lambeu os lábios grossos. — Vou buscar você.

— Não! — gritei, reunindo coragem. — Eu falei a você. Não quero que me toque de novo. Tenho nojo...

Mariano se afastou rapidamente. Odiei minhas palavras.

— Do que faz, do seu mundo. Não de você. — Apressei-me para completar, explicando. — Eu quis que fosse meu primeiro, mas não quero mais, Mariano.

— Não importa mais o que você quer, *ballerina.*

Meu batimento aumentou.

— Você estupra mulheres também? Faz parte do pacote do mafioso? — Minha língua era ácida.

— Se eu abrir suas coxas agora — disse Mariano, sorrindo, limpando o canto da boca —, sua boceta estará pingando, Adalind. Eu sei disso.

Fiquei em silêncio, porque ele estava certo. Meu corpo me traía e o medo que sentia dele me excitou.

— E na sexta-feira, eu vou encher a porra de uma taça com as gotas.

Meu ventre se apertou ao imaginar isso. Droga!

— O que mudou? Você foi firme ao dizer que não faria isso...

— Agora você já sabe o monstro que sou. Você sabe onde se sentará.

O duplo sentido disso me fez ficar com os seios doendo.

— Eu posso dar um jeito na minha virgindade na sexta-feira.

— Você quer que eu a foda agora, Adalind? Está parecendo. — Ele sondou, rígido. — Se na sexta você tiver permitido que outro homem toque em você, eu a levarei comigo para matá-lo.

Virei o rosto, não mais querendo ver o homem cruel diante de mim. Não queria esse Mariano, queria o outro.

— Eu posso ir? — perguntei, de olhos baixos.

— Eu vou deixar você dentro de um carro. — Mariano respirou fundo.

— Não precisa. Eu vim com Jordin...

Ele me puxou mais para dentro do espaço pequeno e abriu outra porta. Ela deu para a cozinha, onde havia várias pessoas trabalhando. Eu me calei enquanto Mariano me levava entre as pessoas. Assim que chegamos ao lado de fora, havia um carro parado.

— Mariano...

— Não discuta. Entre.

Respirei fundo quando ele abriu a porta, acenando para dentro.

— Eu não gosto desse Mariano — afirmei, parada, consciente da bagunça que eu estava.

Ele se inclinou sobre mim, e quando seus lábios pousaram em minha testa, lágrimas encheram meus olhos.

— Mariano tem nuances, *ballerina*. Você vai aprender a lidar com todas elas.

Eu não respondi nada, apenas deslizei para o banco. Mari fechou a porta e eu o vi se virar e voltar para a festa, para Rihanna, para sua vida insana.

A viagem demorou, como sempre. Quando o homem careca estacionou, eu saí do carro rapidamente. Virei-me, andando rápido para o dormitório enquanto o carro ainda estava parado. Só depois que entrei, ele sumiu.

Deitei em minha cama, abraçando meu travesseiro. As lágrimas chegaram e eu funguei. Como diabos me meti nessa bagunça? Mamãe ficaria mais decepcionada se soubesse disso. Na verdade, ela surtaria.

Meu celular tocou e eu vi o nome de Jordin. Atendi, cansada, e ela gritou questionando onde eu estava. Depois de explicar, o silêncio foi sua resposta.

— Vou dormir, divirta-se por mim.

Desliguei, porém, o celular voltou a tocar. Dessa vez eu atendi depressa.

— Taylor. — Suspirei, aliviada.

Minha melhor amiga desde o fundamental apareceu de pijama e comendo. Ela me deu um sorriso largo e eu me senti melhor.

— E aí, como anda minha bailarina favorita?

— Você só conhece uma bailarina. — Respirei fundo, e Taylor riu. — Como você está?

— Bem... — Ela pausou e ponderou. — Na verdade, aqui é muito diferente de Riverhead. Eu me sinto oprimida a maior parte do tempo.

— Oh, Tay, eu não fazia ideia. — Eu me senti mal no mesmo segundo. — E o Garret?

— Ele está ocupado a maior parte do tempo. Treinos, aulas... Sobra pouco para mim. E eu sabia que seria assim, não estou reclamando, mas me sinto só.

Taylor e Garret se amavam, era um casal que todos diziam que duraria para sempre. E eu fazia parte desse clube. Garret a amava mais que tudo, se ele soubesse disso, com certeza faria algo para melhorar.

— Vocês namoram há cinco anos. É muito tempo para não ser franca com ele.

— Eu sei, mas não quero preocupá-lo. Isso aqui é o sonho dele. — Taylor riu, mas não havia felicidade. — Não fiz amigos, eu só o sigo. Sinto falta de ter minha vida.

— Vá dançar. Nós sabemos o poder da dança em nossas vidas. Ela me trouxe você.

E Taylor foi a melhor coisa. Minha mãe mal me suportava e Taylor sempre deu seu jeitinho de tornar as coisas melhores. Ela me levava para sua casa, seus pais me amavam, e tudo que eu vivia dentro do meu lar, eu esquecia naqueles momentos.

— Eu passei em frente a uma escola... Talvez...

— Talvez, não. Amanhã você vai acordar cedo, irá até lá e fará sua matrícula. Ou melhor, vai se candidatar para ser uma professora.

— Não, Ade, é demais. — Taylor riu, mas eu falei sério.

— Garret a ama mais que tudo, ele quer vê-la feliz. Faça algo por você.

Minha melhor amiga respirou fundo e seus olhos ficaram úmidos.

— Eu sinto tanto a sua falta. Queria que estivesse no Alabama comigo.

— Eu também, mas eu quero dançar profissionalmente e você quer ser médica. — Dei de ombros e sorri. — É complicado.

— Eu amo você, Adalind Sink!

— Eu amo você, Taylor Brown!

08

Mariano Vitali

Enrico viajou assim que o jantar acabou. Evitei ficar próximo de Juliano, porque minha mão estava sedenta para segurar minha arma bem na cara daquele desgraçado. O sorriso estúpido na sua cara enquanto dançava com Adalind e me encarava estava fervendo em minha mente.

— No final, deu tudo certo. Ele já está movimentando a conta — Wayne resmungou assim que Kalel saiu para deixar Jordin.

Eu dei acesso ao meu pai da conta do exterior, onde os maiores movimentos da Cosa Nostra acontecem. Se ele estivesse roubando a *famiglia*, seria seu fim.

— Sim, vamos ficar de olho.

Raquel se aproximou com sua irmã. Wayne se ergueu e eu fiz o mesmo. Não havia mais ninguém no restaurante.

— Vamos indo. Apareça lá em casa, as crianças gostariam de ver você.

Acenei e nós andamos para fora. Assim que Wayne foi para seu carro, Raquel o seguiu.

— Raquel disse que não quer se casar. — Rihanna ficou parada, encarando-me.

— Não, mas vou garantir que não se case com alguém que vá esfolar você na noite de núpcias.

Ela riu e acenou devagar.

— Obrigada, Mariano! Foi bom conhecer você.

Rihanna foi embora e eu fiz o mesmo. A noite tinha sido longa demais.

Kalel estava diante da lareira quando cheguei. Ele estava rígido e com o olhar fixo nas chamas.

— Ei, cara, tudo bem? — Aproximei-me devagar e ele se virou.

Meu irmão acenou e se sentou no sofá, engolindo em seco.

— Jordin não quer que você se envolva com a amiga dela.

Fiquei em silêncio enquanto Kalel parecia nervoso.

— Eu adoro aquela menina, mas ela quer se afastar por causa de Adalind. Você pode deixá-la para lá? — Ele me olhou, passando a mão pelo rosto.

Já vi Kalel ter várias crises de ansiedade e, com certeza, essa era uma delas.

— Adalind é adulta, Kalel. Jordin não pode escolher com quem ela se relaciona.

— Eu sei! Falei para ela. — Ele respirou fundo, puxando os fios de cabelo. — Mas ela não entende isso.

— Vá dormir. Sua namorada não vai me dar ordens. Diga isso para ela, ou eu vou.

Eu me virei e subi a escada. Assim que cheguei ao meu quarto, fui tomar banho e depois me deitei na cama. Estava cansado do dia de merda. Tirei a munição da minha arma e a coloquei sobre a mesa. Depois olhei a que estava debaixo da cama, acoplada na estrutura.

Os olhos medrosos de Adalind foram a primeira coisa que apareceu quando fechei minhas pálpebras. Vê-la dançando com Juliano, rindo e conversando, deixou-me mais que furioso, nunca senti tanta raiva de alguém.

E eu agi depressa, sedento por machucá-la. Não queria contar sobre minha vida agora, porra, nem mesmo queria que ela soubesse, mas me senti poderoso ao contar. Fui imprudente, mas não me arrependia.

Agora, ela pensaria mais vezes antes de deixar alguém tocá-la.

Adalind era minha. *La mia ballerina*.

E era bom que ela soubesse disso.

Na sexta-feira da semana seguinte, eu passei o dia inquieto. Kalel não tocou mais no nome de Adalind, e eu, muito menos. Amava meu irmão, mas não deixaria que ele ditasse com quem eu podia ou não me envolver.

Estacionei diante do prédio dela, mas fiquei no carro. Havia enviado duas mensagens dizendo o horário que eu chegaria. Ela disse que estava ensaiando. Optei por ir até os locais de ensaio, e quando cheguei lá, saí do carro. Andei até o prédio, ignorando todos ao redor e focado nas informações do dossiê de Adalind.

Eu sabia seus locais de estudo e onde dançava. Seu histórico escolar e todas as suas aulas estavam a um palmo de distância. Quando cheguei ao primeiro local, estava vazio, fui para o próximo e lá a encontrei.

Adalind movia os braços para cima, depois para o lado de forma lenta, enquanto seu peso ficava sobre as duas sapatilhas pretas. Na verdade, ela estava usando tudo preto. *Ballerina* rodopiou e parou.

Ela se sentou no chão, ergueu os braços e seu rosto ficou visível. Havia tanta emoção em seus olhos que me deixou sem fôlego. Adalind ergueu a perna e depois a desceu. Assisti, admirado, a ela se erguer, flutuar pelo chão e depois girar.

Quando a música lenta, porém forte parou, ela estava na ponta das sapatilhas, mãos para a frente e olhos nos meus. Eu nunca a vi mais linda. Esse era o seu lugar, aqui ela irradiava. Adalind era perfeita, mas dançando ela conseguia me deixar sem palavras.

— Mari. — Seu peito subia e descia rápido.

Dei um passo para dentro e fechei a porta com a ponta do pé. Adalind assistiu a meus movimentos, tentando controlar sua respiração. Isso só aconteceu quando parei diante dela.

— Você tem noção do quanto é perfeita?

Sua garganta subiu e desceu. *Ballerina* estremeceu quando toquei seu cabelo preso. Puxei a redinha e depois o prendedor, colocando-o em meu pulso. Seu cabelo desceu e eu andei até ficar atrás dela, de frente para o espelho.

— Tem noção do quanto é talentosa? Você é linda, mas dançando se torna esplêndida.

Deslizei minha mão em seus braços suados, vendo sua pele se arrepiar. Inclinei-me contra seu pescoço e beijei sua pulsação. Adalind suspirou, trêmula.

— Você tem medo de mim, *ballerina*?

Encontrei seu olhar no espelho e ela lambeu os lábios, mordendo o inferior depois.

— Não, Mari. — Seu suspiro me fez sorrir.

— Bom.

Eu toquei sua barriga, perto dos seus seios pesados. Rocei meu dedo em seu mamilo e Adalind pulou.

— Não se mexa, deixe-me tocar.

— A-aqui? Alguém po-pode chegar. — Sua voz tremia e eu apreciei.

— Ninguém vai entrar, Adalind.

O campus estava quase vazio, e o corredor até ali era um breu. Ninguém entraria, e se entrasse, eu seria capaz de arrancar seus olhos. Ela ficou em silêncio e eu segui em frente. Rocei seu mamilo de novo e Adalind respirou profundamente.

— Segure sua saia para cima.

Ela fechou os olhos e depois os abriu, obedecendo-me. O tecido que empurrava seus seios cobria também sua boceta. Não fazia ideia de como era o paraíso, mas apostava que tinha pelos vermelhos e seria delicioso.

Olhei ao redor e vi um piano ali. Puxei Adalind e me sentei, empurrando a tampa para baixo. Sentei *la mia ballerina* na parte de cima e coloquei suas sapatilhas em meu colo.

— Suba sua saia, separe suas coxas.
— Ma-mari... — Ela olhou ao redor, nervosa.
— Não me desobedeça, Adalind!

Ela estremeceu, mas fez o que mandei. Suas coxas se separaram e ela colocou a saia para cima. O tecido, agora visível pela claridade, estava molhado e grudado nos lábios da sua boceta.

— Eu disse que você pingaria, *ballerina*. Olhe isso, tudo molhadinho.

Adalind ficou vermelha dos pés à cabeça. Deslizei meu polegar no tecido molhado e levei à boca, chupando. Hum, delicioso.

— Se eu vir vou querer comer aqui, mas não posso, então fique coberta.

Meu dedo voltou e eu rodopiei sobre o clitóris. Deslizei pelos lábios e a umidade começou a crescer. Sorri e pressionei, ouvindo o primeiro gemido de Adalind. Ela mordeu o lábio querendo se conter, mas aumentei o ritmo. Os sons de prazer aumentaram, e quando dei um tapa em sua boceta coberta, ela gritou.

Pressionei com mais força e me inclinei, assistindo Adalind gozar. O tecido estava tão encharcado que pingou na tampa. Peguei a gota e levei meu dedo à boca de Adalind.

— Prove o que fiz você fazer. Prove o gosto que vou ter na minha boca pelo resto da noite.

Obediente, ela abriu os lábios e chupou, deslizando a língua doce em meu polegar.

— Baixe sua saia, nós estamos indo.

Adalind fez o que pedi e foi pegar sua bolsa em um guardador na parede oposta. Segurei sua mão, levando-a para fora do local. Ainda de sapatilhas e roupa de bailarina. Perfeita.

Abri a porta para ela, e quando entrei, dirigi rápido para fora do campus.

— Eu deveria tomar um banho... — Sua voz soou.

Eu sorri, com o dedo sobre meus lábios. O cheiro dela nele estava me deixando louco.

— Em casa você toma.

Isso a deixou em silêncio. No meio do caminho, ela ligou o som e colocou músicas. Sua voz soava baixa, cantarolando, então fui o resto do caminho pensando em como eu poderia foder Adalind a noite toda sem machucá-la.

— Onde está Kalel? — Sua pergunta soou nervosa assim que chegamos.
— Não faço ideia.

Nós subimos a escada, quando entrei em meu quarto, puxei Adalind contra mim.

— Espera. Antes, você tem de me dizer de novo que não é noivo. — Ela se virou ainda em meus braços.

Andei para frente, pressionei sua coluna na parede e me inclinei, lambendo sua pele suada. Adalind estremeceu e eu subi para sua orelha, mordiscando todo o caminho.

— Não sou noivo, *ballerina*.

Puxei suas alças e ela permitiu, quando o tecido desceu, os peitos ficaram visíveis. Não eram enormes, mas enchiam minhas mãos. O mamilo rosado fez minha boca se encher de água. Inclinei-me e raspei minha barba ali antes de mordiscar.

— Segure-se.

Eu a puxei para cima e Adalind prendeu suas pernas em minha cintura. Seu seio ficou diante de mim, um banquete que eu não recusaria. Fechei meus lábios sobre o mamilo e chupei. Sua cabeça foi para trás quando gritou.

Agarrei o outro, apertando com força. Adalind gemeu, suas pernas a mantendo presa a mim, enquanto meu pau babava. Segurei sua bunda, continuando a chupar e apertando o mamilo.

— Mariano! Ah, meu...

Ela se esfregou em mim, gozando de novo. Troquei de seio e chupei mais forte. A pele vermelha e o mamilo duro quase me fizeram gozar na calça. Adalind enfiou as unhas em meus ombros e eu mordi seu mamilo, deixando-o escapar da minha boca.

— Mari, por favor...

Deus, sabia que ela imploraria, mas não tão rápido. Eu a carreguei até a cama e me sentei, deixando-a sobre mim. Adalind se apoiou em meus ombros e me encarou.

— Você vai me beijar? — Sua voz soou nervosa.

Não, eu não iria.

— Tire esse maiô. Fique apenas com a saia e as sapatilhas.

Coloquei Adalind para o lado e me ergui, vendo-a engolir em seco.

— É um collant. — Franzi as sobrancelhas e ela desceu o tecido e depois puxou a saia para cima. — Não um maiô.

Quando o tecido caiu no chão, apertei meu pau dolorido. Tirei meu paletó e abri meus botões, vendo minha bailarina subir mais na cama. Andei até a ponta e Adalind ficou com os olhos presos em meu peito.

— Vem aqui, *ballerina*.

Ela se arrastou até ficar apoiada em seus tornozelos. Seios nus, apenas a saia cobrindo sua nudez.

— Toque.

Segurei seu pulso e a guiei. As cicatrizes a fizeram arregalar os olhos, mas continuei. Eu a fiz sentir todas elas. Toda a carne defeituosa de anos de tortura tentando ser o melhor.

— Mariano... Quem fez isso? — Seus olhos estavam cheios de lágrimas.

— Não chore por mim, Adalind. — Toquei seu rosto e me inclinei, beijando sua testa. — Isso me moldou, fez-me forte e me deu a posição mais alta dentro da Cosa Nostra em Nova Iorque. Eu sobrevivi.

Ela fungou devagar e se inclinou. Ao sentir seus lábios na minha pele, fechei os olhos enquanto Adalind continuava. Quando parou, ela beijou meu pescoço e, por último, minha cicatriz.

— Você já era forte antes de tudo isso.

Segurei seu rosto e me inclinei, deslizando minha mão até seu pescoço.

— Você é boa demais, *ballerina*. Minha escuridão vai manchar você.
— Eu a quero. Faça-me mulher, Mariano.
Suas palavras me deixaram rendido.
— Deite e abra suas coxas, deixe-me ver o que fantasio desde a noite que dançou para mim.
Adalind engoliu em seco e acenou. Quando se deitou, sua saia subiu e eu vi o monte liso, fazendo-me praguejar.
— Você se depilou...
— Eu... queria estar agradável.
Tenso, olhei para seu rosto.
— Qual a cor? Eu queria ver. — Minha voz saiu irritada, mas sabia que Adalind não tinha culpa.
— Meu cabelo... é igual.
Eu sabia. Voltei para sua boceta e me ajoelhei. Puxei seus quadris e sua bunda pousou na ponta da cama. Abri os lábios e seu buraco rosa me fez salivar. Ela estava úmida, brilhando contra a luz do quarto.
Puxei a pele acima do seu clitóris e beijei devagar. Adalind pulou, mas pressionei seu quadril para baixo. Chupei a carne, mas a abandonei, raspando minha barba nos lábios grandes.
— Já fiz coisas imperdoáveis, mas comer sua boceta será meu maior pecado, Adalind.
Enfiei a língua em seu canal virgem e chupei a carne, amando o sabor. Deus, ela era perfeita.
Gemi quando suas unhas fincaram em meu braço, sentindo minhas bolas incharem mais. Coloquei um dedo dentro dela, testando, então coloquei mais um. O aperto ficou insuportável. Meu pau amaria esse espaço pequeno.
Afastei-me para olhar em seu rosto.
— Não se contenha. Grite, gema, morda-me. Essa porra vai doer.
Adalind acenou, engolindo em seco, parecendo nervosa.
Brinquei com sua boceta até ela gozar de novo. Ela estava bem molhada, isso era ótimo. Abri meu cinto e puxei meu pau. Bombeei um pouco com os dedos melados enquanto Adalind observava, mordendo o lábio.
— Vou foder sua boca, mas outro dia. Abra bem suas coxas.
Minha bailarina fez isso rápido. Pressionei meu pau contra seu clitóris e esfreguei devagar. Minhas bolas estavam tão cheias que doíam. A boceta de Adalind pedia pela minha porra, então decidi dar a ela.
Bombeei mais forte e, em segundos, meu sêmen surgiu. As gotas peroladas se juntaram nas dobras rosadas. Grunhi, jogando minha cabeça para trás.
— Espalhe, use seus dedos.
Adalind engoliu em seco, então peguei sua mão. Guiei-a até sua boceta, devagar seus dedos finos, com unhas longas, deslizaram. Quando cada pedaço dela tinha minha porra, empurrei meu pau em seu canal.

Minha *ballerina* ficou rígida, então me deitei sobre ela e entrei devagar. Suas unhas fincaram em minhas costas e eu gemi, parado.
— Diga-me quando ir.
— Agora.
Adalind empurrou os quadris em minha direção e eu fiz o mesmo. Meu pau se enterrou fundo e minha bailarina gritou. Foi alto, sem reservas. Quando olhei para ela, lágrimas enchiam seus olhos.
— Ah, meu Deus! Dói demais, Mariano! — Seu soluço me cortou ao meio.
— Sinto muito! Não queria fazer você sentir dor...
— Shhhh, fique quieto.
Eu me movi, levando minha mão para seu clitóris. Adalind poderia ter me matado apenas com o olhar, mas relaxou quando sentiu seu ponto doce ser pressionado.
Rodeei devagar e depois rápido. O aperto em meu pau cedeu um pouco e eu senti umidade crescer.
— Você vai me cavalgar, *ballerina*. Mostre-me sua força.
Inverti nossa posição, fazendo Adalind gritar. Porém suspirou quando pousou em meu colo, comigo enterrado dentro dela.
— Como eu faço isso?
Deus, ela era tão inocente.
Movi seus quadris devagar, ensinando a ela. No final, ela estava gemendo ao rebolar em cima de mim. Dor e prazer se misturando.
— É um ruim bom. — Ela gemeu, apoiada em meu peito.
Seus seios pulavam com seus movimentos. Eu me ergui e capturei o mamilo com meus lábios. Quando suguei, Adalind gemeu. Seu quadril subiu e desceu, e então ela me apertou. Seus gritos me deram tanto prazer que me deixei gozar. O corpo dela caiu sobre o meu e eu a deixei respirar. Minha mão foi para suas costas e eu deslizei devagar de cima para baixo.
— Você vai me deixar ir, Mariano? — Sua voz sonolenta ecoou.
Ponderei sua pergunta por apenas um segundo.
— Não, Adalind. Nunca.
E era verdade.
Eu estava obcecado por ela, por tudo que ela fazia, por seu corpo, seus olhos, seus pensamentos...
Ela me pertencia.
— Você é minha, *ballerina*.
Seu silêncio não me incomodou. Adalind precisava pensar sobre isso para entender logo que ninguém mais tocaria nela. Eu não a deixaria ir.
Nunca.

09

Adalind Sink

As palavras de Mariano rodaram em minha mente a cada segundo e não me deixaram adormecer. Ele, no entanto, adormeceu logo depois que tomamos banho.

Sua camisa tinha seu cheiro, eu amava o frescor, mas também a força da fragrância. Ela era completamente Mariano. Sua mão pousou em minha barriga, puxando-me mais contra si.

Ainda não conseguia acreditar que estava ali, em seus braços. Que ele me tocou e sentenciou que eu era dele. Isso era uma loucura, certo? Eu era livre. Era adulta, pagava minhas contas, não havia como um homem me possuir.

Ele não é qualquer homem, Adalind.

Fechei meus olhos, tensa. Sim, ele não era. Ele era o chefe de uma organização criminosa. Eu fiz meu dever de casa, pesquisei sobre ele, sobre a Cosa Nostra. Eles eram antigos, o poder passava de pai para filho. Em raras ocasiões mudanças aconteciam.

Jordin murmurou nos dias depois do jantar o quanto eu havia me encrencado. Ela parecia nervosa e eu agradeci por tê-la como amiga, mas Mariano não me faria mal.

Ele era possessivo, o que me assustava bastante, mas eu gostei de vê-lo perder a paciência.

Depois de ferver de ódio por vê-lo dançar com uma mulher, gostei de ver que não era apenas eu que tinha ciúme.

— Durma, *ballerina*. — Sua voz grossa ecoou.

Eu me virei dentro dos seus braços. Mariano me encarou sob as pálpebras cansadas e meus dedos tocaram seu peito.

— Estou pensando no que disse... Em como sou sua.

Ele respirou fundo, mudando de posição para ficar sobre mim. Seus quadris afastaram minhas pernas e minha boceta dolorida me fez suspirar.

— Não cansei você o suficiente.

Sua mão desceu até meus lábios doloridos. Ele brincou um pouco, e quando a umidade se acumulou, seu pau deslizou para dentro.

— Mariano... Oh!

A dor estava menor agora, e o prazer era tão delicioso. Seu pau era longo e tocava em um ponto doce dentro de mim. Era tão bom.

— Quero que goze duas vezes, e então, você ficará exausta.

Ele capturou meu mamilo, mordeu a ponta e sugou com força, mamando realmente. Era bom demais. Abri mais minhas coxas e Mariano sorriu. Suas mãos agarraram minha bunda e ele me ergueu, indo de encontro ao seu pênis grosso.

— Você vai ser uma amazona, *ballerina*. Vai ser um prazer ter você sobre mim.

Sua voz era tão rouca do sono, tão sedutora. Gemi, segurando seu pescoço e me erguendo, querendo sua boca. Um beijo e eu sabia que nunca mais iria querer ser algo além de sua.

— Goze, *ballerina*. Ordenhe meu pau.

Eu o obedeci tão rápido que me assustei. Gozei forte e ele me acompanhou. Seu sêmen me encheu e vazou pelos lados. Mariano saiu de mim e castigou meu clitóris sensível.

Ele só parou quando gozei de novo, gritando tão alto que eu apostava que as pessoas na casa me ouviram.

— Isso, pequena, agora feche suas coxas e durma.

Ele se deitou ao meu lado e me puxou contra si, mantendo minhas pernas fechadas. Cansadas demais, bocejei e o sono chegou.

— Boa garota, *ballerina*.

Quando acordei no dia seguinte, Mariano estava de pé próximo à janela. Ele estava sem camisa, com uma calça de moletom baixa nos quadris. Sentei-me puxando o edredom para cima, cobrindo-me.

— Você tem certeza? — A pergunta foi feita por ele.

Percebi o celular em sua orelha e me lembrei do horário.

Eu tinha um ensaio com Frankie e seus alunos. Ele disse que queria me ajudar a me preparar para a audição. Jordin me convenceu a ir com ela depois de muita discussão. Eu não estava confortável com ele.

— Preciso ir ao Brooklin. Art conseguiu pegar dois homens da Bratva.

Voltei a encarar o homem que estava me deixando louca em pouco tempo. Mariano se virou devagar e seu rosto impassível não se alterou quando me viu.

— Cuide disso até eu voltar. — Então, desligou. — Você dormiu bastante, *ballerina*.

— Você sempre falou italiano? — A questão curiosa deslizou.

— Minha família toda fala em italiano. Nós somos patriotas, o inglês facilita nossa vida nos Estados Unidos, mas o italiano é nossa língua.

Okay.

— Eu preciso ir. Tenho ensaio.

Joguei minhas pernas para o lado e me ergui. Calcei minhas meias, ainda vestindo sua camisa. Procurei minhas roupas, mas Mari andou até ficar diante de mim.

— Hoje é sábado.

Mariano parecia resiliente e um pouco desconfiado.

— Eu tenho uma audição em breve. Terá um festival de inverno e é muito importante para mim se eu for aprovada.

Suas mãos tocaram meus ombros e Mariano se inclinou, beijando minha testa. Eu ainda estava esperando por um beijo real, mas parecia que ele não queria o mesmo.

— Eu vou deixar você nesse ensaio.

— Não quero atrapalhar... — Seu olhar me calou.

— Você não vai.

Depois que ele me levou para o banheiro, observei suas tatuagens quando estávamos debaixo do chuveiro. Havia uma coruja abaixo do peito, acima das costelas. Ela estava com os olhos vivos, olhando-me. Engoli em seco, inquieta. Era tão real.

— Kalel pediu que me afastasse de você.

Suas palavras abruptas me fizeram deixar a coruja de lado e encará-lo. Mariano jogou a cabeça para trás e as gotas desceram por seu pescoço.

— Por que ele faria isso? — questionei, semicerrando os olhos.

— Jordin.

Oh, nossa. Jordin não estava confortável com a aproximação de Mariano. Conversamos durante o dia de ontem, tentei explicar que ele não me machucaria. Minha amiga não acreditava.

E uma parte de mim também não.

— Ela... Na verdade, nós duas estamos nervosas com essa situação.

Mariano passou a mão pelo cabelo afastando a água e tocou minha cintura. Tentei manter meus olhos acima da sua cintura e me esquecer da nossa nudez, mas era difícil. Ele estava duro, as veias marcando o pênis grosso.

— Eu jamais vou machucar você, Adalind. — Suas mãos subiram para meu rosto. Seus lábios grossos estavam úmidos, gotas pingando. Seus olhos ficaram presos aos meus, firmes. Nunca me senti tão hipnotizada por alguém.

Mariano tinha esse poder.

— Nunca. Quero tê-la. Meu mundo não vai respingar em você.
Meu coração parou com sua promessa.
— Você não pode me prometer isso.
Sua mão foi para a minha cintura enquanto a outra erguia minha coxa. Gritei, assustada, e Mariano me elevou, empurrando minhas costas contra a parede fria.
— Eu posso e vou. Ninguém nunca vai pôr as mãos em você.
Respirei fundo e envolvi seus quadris com minhas coxas.
— E se alguém puser?
— Ele vai implorar por uma morte rápida, *ballerina*.
Parei de respirar com o apelido. Quando Mariano se inclinou para meu pescoço, ouvi sua inspiração forte e franzi as sobrancelhas.
— Você está me cheirando?
Eu ouvi a diversão em sua voz quando me respondeu.
— Sim, como um maldito cachorro farejando o que quer comer.
Fechei os olhos tremendo em seus braços. Tudo que ele falava me deixava à beira de um colapso. Mariano tinha poder não apenas sobre Nova Iorque, mas sobre mim. Meu corpo o obedecia.
— Você cheira a baunilha. Doce como a torta que fazem na Candy.
Sua língua deslizou em minha pele e meu corpo se arrepiou. Lembrei da cafeteria que me levou e gemi. Apertei seus ombros e Mariano me carregou até debaixo da água quente.
— Vou deixar que se recupere, *ballerina*. Sua boceta está machucada, mas posso fazer você gozar de outras maneiras.
Engoli com força, ansiosa para conhecer todas elas.

Mariano me levou para o estúdio, o tempo todo focado no trânsito. Depois de me dar prazer com sua língua, ele saiu do banheiro e nos vestimos em silêncio. Nenhuma palavra foi pronunciada até aquele momento.

Eu estava em dúvida se havia feito algo, se ele se arrependeu ou se esse era o seu jeito. O lance do morno e quente que Jordin já mencionou sobre Kalel.

Olhei para a janela, tentando deixar isso de lado. Mariano era adulto o suficiente para lidar com suas emoções, quando ele quisesse falar, iria. Era simples.

Respirei fundo e segurei minha bolsa onde estava apenas a roupa do balé. Pedi a Jordin que levasse uma limpa para mim, eu me trocaria no estúdio.

— Obrigada pela camisa — murmurei, ainda olhando pela janela.

Como não havia nada limpo meu, ele me emprestou uma camisa. Coloquei minha legging por baixo, era isso que estava usando. Eu estava parecendo uma largada na rua, as pessoas no campus me considerariam louca.

Mariano continuou em silêncio, o que estava me deixando irritada.

Meu celular começou a tocar e eu o peguei dentro da bolsa. A bateria estava com 5%. Merda!

— Mamãe.

Engoli em seco e ela começou a falar várias coisas de uma vez. Tentei me concentrar para responder, mas Mariano entrou no campus.

— Eu posso ligar para a senhora assim que sair do ensaio? — pedi, elevando a voz.

— Você nunca tem tempo para mim, Adalind. Já percebeu?

Meu coração ficou pequeno e meus olhos arderam.

— Mãe, desculpa! Pode falar. Está tudo bem.

Ela respirou fundo e senti os olhos de Mariano em mim. Olhei pela janela e foquei na voz da minha mãe.

— Seu pai ficaria feliz se passássemos o Natal juntas. — Ela não repetiu nada sobre as compras que não conseguia carregar sozinha, ou sobre sua vizinha, a que ela detestava, ter jogado o lixo em sua calçada.

— Sim, eu também acho. Vou enviar uma passagem. Terei uma apresentação, na verdade, não sei ainda se vou ter, farei uma audição, mas o importante...

— Não quero ir a Nova Iorque. Eu odeio essa cidade, você sabe disso.

Eu sabia. Ela estava certa.

— Não é nada certo, acho que nem vou passar mesmo. — Meu pé batia loucamente no chão, só percebi quando Mariano colocou a mão em cima. — Eu viajo para casa.

— Ótimo. Será bom, Adalind.

— Sim, mãe. Será ótimo.

Ela desligou e meus olhos se fecharam com força antes de olhar para fora e ver Jordin entrando no estúdio. Ela não conseguia me ver, os vidros eram escuros, mas certamente podia imaginar pelo carro luxuoso.

— Preciso ir. — Olhei para Mariano e ele ficou me encarando.

— Você não quer ir, então por que vai?

Tudo era preto no branco para ele. Mariano jamais entenderia o que era fazer algo pelos outros, não apenas porque queremos. Eu me desdobrava para caber na expectativa da minha mãe, sempre fiz isso. Eu a amava, queria vê-la feliz.

— Minha mãe mora sozinha. Vir morar aqui já foi algo que ela não queria, então voltar para casa não é muita coisa.

— Você vai se atrasar.

Mari apontou para o prédio, então entendi que nossa conversa havia acabado.

Abri sua porta e saí do carro, usei toda minha força para bater a porcaria. Andei para longe com o cabelo já preso no coque, mas uma buzina soou. Eu me virei e vi Mariano com os vidros baixos, olhando para mim.

— Volte aqui.

— Vou me atrasar — devolvi, irônica.

Ele desceu do veículo, arrumou o terno mais caro que toda minha faculdade e parou diante de mim, passando o polegar no lábio. Odiava o quão bonito ele se tornava cada vez que fazia isso.

— Você está irritada comigo, Adalind?

Eu quis revirar os olhos e repetir sua pergunta numa voz irritante.

— Você me ignorou por toda a viagem e, quando chegamos, quis me dar lição de moral sobre ser egoísta. Desculpe, sr. Vitali, estou mais que irritada.

Mariano se aproximou mais e meus pés, sem minha permissão, começaram a recuar.

— Fique parada, Adalind. Agora!

Parei, engolindo com força.

— O que você quer agora?

— Eu quero que pare de ser infantil. Passei meia hora com a porra do pau duro dentro de um veículo fechado, com você se remexendo no banco. Tudo que minha cabeça pensava era em encostar o carro e foder sua boceta.

Meu colo e rosto ficaram vermelho-vivo, meus mamilos ficaram duros, marcando a camisa dele, e meu ventre apertou.

— Eu estava me concentrando. Na próxima vez, não vou seguir meu bom senso já que ele irritou você.

Olhei ao redor, excitada e envergonhada. Vários alunos estavam olhando para nós dois, curiosos, mas ninguém conseguiu ouvir. Voltei a olhar para ele e percebi que Mari se virou e foi para o carro.

Droga.

— Mari...

— Você vai se atrasar.

Ele entrou, bateu a porta e cantou pneu ao sair do estacionamento. Merda!

Entrei no estúdio depois de me trocar. Sentei-me ao lado de Jordin e lhe dei um sorriso pequeno. Estava nervosa demais com tudo que estava acontecendo em minha vida. Mariano bagunçou tudo.

— Você dormiu na casa dele.

Não era uma pergunta. Jordin suspirou e segurou minha mão.

— Com ele, também.

Ela esfregou o rosto e seu olhar de pena mexeu com meu estômago. Eu já estava nervosa o suficiente. Achei que Jordin não podia me deixar pior, eu estava errada.

Minha vida sempre foi correta. Tentei ser uma boa aluna, ficar longe de confusão, tornar-me uma bailarina e orgulhar meus pais, mas parecia que tudo foi por água abaixo. O que mamãe falaria se soubesse que eu estava ficando com um homem errado?

Com um cara que faz coisas horríveis?

— Você parece que vai vomitar.

Virei meu rosto e vi Frankie de pé, diante de nós. Eu não havia percebido que ele havia chegado. Meu rosto esquentou e pedi desculpa.

— Não, é sério, está tudo bem?

Sua preocupação me deixou à beira de lágrimas, porém, eu me recompus.

— Estou bem, obrigada!

Ele acenou, puxando as mangas da camisa que usava, e focou no restante da turma. Cada um foi dançar de forma individual para que ele apontasse melhorias a todos. Quando chegou minha vez, eu estava mais calma e focada.

A música suave ecoou, então ergui meus braços, puxando-os junto ao peito em seguida. Fiz um *jeté*, pernas esticadas em um pulo impecável. Minha mente me levou a Mariano, ontem, vendo-me dançar. Meus passos foram feitos com precisão, quando pousei desejei que ele estivesse ali, para me assistir.

Os outros bailarinos bateram palmas e alguns deram gritinhos como em todas as apresentações. Esperei pelas instruções de Frankie, olhando para Jordin, que colocou os polegares para cima.

— Realmente foi impecável. Só quero lhe pedir uma coisa. Tire as massas do seu cardápio até as audições. Se passar, continue sem até o Natal.

Suas palavras se assentaram dentro de mim enquanto o silêncio recaía sobre o estúdio. Meu estômago ficou frio, como se houvesse uma tempestade se formando. Nunca senti tanta vergonha na minha vida.

Mamãe já comentou sobre meu peso quando eu era menor, e era horrível, mas sempre foi algo íntimo, dentro de casa, não para uma sala com vinte alunos.

Frankie estava rindo, como se o que tivesse acabado de dizer não fosse prejudicial à mente de milhares de mulheres. Prejudicial a mim.

— Não entendi.

Levou dois segundos para ele parar de sorrir.

— Oh, não falei por mal, Adalind. Você está em ótimo peso, falo para não exagerar e acabar aumentando seu busto nas audições.

Minhas mãos tremiam, eu estava enjoada e nervosa. Queria chorar muito, mas engoli minhas emoções e acenei.

— Próximo!

O ensaio passou tão devagar que no meio eu já estava retirando minhas sapatilhas. Não conseguia mais ficar ali. Jordin estava ao meu lado, quieta. Ela foi perfeita em sua dança, sempre era.

— Que filho da puta! — minha amiga gritou assim que saímos do estúdio e alcançamos o jardim do campus.

Eu me curvei sobre uma lixeira e vomitei todo o café da manhã que comi com Mariano. Meus olhos arderam. Assim que terminei, lavei a boca com a água da minha garrafa.

— Você está perfeita. É linda! Bunda, coxas, peitos. Porra, tudo sob medida e esse demônio fala isso?

Pisquei para afastar as lágrimas. Não sabia por que Frankie foi tão maldoso, mas não o deixaria acabar com meu dia.

— Idiota! — Respirei fundo e acenei para o caminho que dava para nossos dormitórios.

— Não fica com isso na cabeça, ok? Já vi muitas bailarinas se perderem por causa de comentários estúpidos.

Acenei, porque eu jamais me deixaria levar. Eu era bem resolvida com meu corpo. Quando meus seios começaram a crescer fiquei nervosa, eles ficaram maiores que os de algumas bailarinas, empurravam o collant, apertava um pouco. Porém eu não podia fazer muito.

Meu corpo era de uma bailarina, não padrão, mas isso não diminuía minha posição.

— Vamos embora.

Quase uma semana depois, eu queria correr para tentar esquecer mais um dia de merda com Frankie. Ele estava estressado e, comigo, era pior. Avisei a Jordin aonde iria e saí.

O Central Park não ficava tão longe da Julliard, mas como estava sem carro, não quis me distanciar. Então corri dentro do campus mesmo. A calçada fazia barulho contra meus sapatos. Era sábado, quase ninguém estava ao redor, por isso o som ecoava nitidamente.

Corria muito quando estava em casa, gostava da minha cidade. Ela era bem menos caótica que Nova Iorque. Se me perguntassem se eu trocaria, diria que não. Riverhead era meu refúgio. Nova Iorque era meu lugar.

O som de novas passadas desritmaram as minhas. Continuei firme, mas elas pareciam mais próximas. Eu me virei para checar e vi alguém atrás. Um capuz preto estava sobre seu rosto, usava calça moletom como eu, e fones.

Olhei para frente de novo e respirei fundo.

Não seja paranoica.

Continuei meu percurso, mas antes de entrar numa parte esquisita eu parei e me curvei, tentando respirar. Havia pessoas sentadas em uma grama afastada. Foquei nas passadas, esperando que a pessoa seguisse, mas ela havia cessado.

Eu me virei para procurar enquanto meu coração martelava de cansaço e, talvez, nervosismo. Rondavam muitas histórias sobre ataques em parques. Em Julliard, nunca ouvi falar, mas não queria ser a primeira.

Franzi as sobrancelhas ao ver a calçada vazia. Não tinha mais ninguém.

Andei de volta, procurando pelo gramado. Talvez ele estivesse apenas descansando. Tomando água, quem sabe. Porém não havia mais ninguém.

Gritei quando o som do meu celular ecoou. Peguei o aparelho e vi um número privado. Odiava atender chamadas assim, mas me sentei na grama e cliquei, levando o celular à orelha.

— Oi.
— Onde você está?
Mariano.

Desde o dia que me deixou no campus, semana passada, ele não entrou em contato. Optei por não tentar também. Ele sabia onde me encontrar.

— Correndo um pouco. E você? Está mais calmo?

Mordi meu lábio, nervosa. Não gostei da nossa interação dias atrás. Quando dormimos juntos foi ótimo, no dia seguinte tudo pareceu tão deslocado.

— Onde está?

Olhei ao redor, consciente do homem que sumiu.

— No campus. O que houve?

— Um segurança vai ficar de olho em você a partir de hoje.

O quê? Não precisava de segurança nenhum. Eu não era famosa, muito menos uma mafiosa. Já percebi os carros pretos que sempre seguiam Mariano, nunca comentei porque realmente não me importava. Essa era a sua vida.

— Não. De jeito nenhum. — Minha voz soou cortante.

Algumas pessoas até olharam sobre os ombros. Se um mafioso estivesse falando para elas que quer colocar um segurança nas suas costas, elas também estariam.

— Não é um pedido.

— Era ele quem estava correndo atrás de mim? Seguindo-me pelo campus? — grunhi, irritada, mas Mariano ficou em silêncio. — Não acredito que fez isso. É sério?

— É para sua segurança.

— Não! Você disse que seu mundo não respingaria em mim. Não preciso de proteção.

Olhei novamente sobre meu ombro, procurando o segurança infeliz. Infelizmente, ele realmente havia sumido.

— Mande-o ir embora! Fiquei superassustada. — Suspirei, aliviada. Odiava me sentir insegura.

E por ironia, o segurança dele me fez sentir assim.

— Vou buscar você às 11h e os apresento.

— Mariano, não, é sério!

— A palavra *não* é inexistente no meu mundo.

A ligação foi encerrada, desejei que ele estivesse diante de mim para eu enforcar seu pescoço cheio de veias e com aquela barba baixa. Droga!

10
Mariano Vitali

Eu sabia que Adalind colocaria empecilho na minha ordem direta, como a teimosa que era, por isso eu falaria pessoalmente. Apresentar Art a ela e só depois ele começaria a segurança dela. Amanhã, não hoje.

Então, quem estava seguindo-a?

— Como a maioria dos pais dentro da Cosa Nostra, o meu não era legal. Porém ele me ensinou várias coisas, uma delas foi como arrancar a verdade de bichos de esgoto. Eu era grato por isso.

Na verdade, não era. Meu pai era um filho da puta. Eu jamais agiria assim se tivesse tido filhos. Eles seriam fiéis à *famiglia*, mas eu não os ensinaria a torturar torturando-os.

— Capo, eu juro que não...

Eu soquei seu rosto, cansado da sua conversa.

Tirei meu terno e arregacei as mangas. A blusa branca era impecável, eu não queria sujá-la. Sentei-me ao lado do homem branco de olhos escuros e cabelo loiro. Ele era um dos homens que trabalhava diretamente para meu pai.

Um dos de confiança.

— Carmelo roubou a Cosa Nostra antes de morrer. Nosso Don descobriu, óbvio, porém, mesmo após a morte daquele verme, os roubos continuaram. — Curvei-me, pegando minha faca. — Tivemos acesso a sua conta e, ultimamente, ela anda bem recheada. Conte-me, Shelby, de onde veio esse dinheiro?

— Capo, eu prometo...

A lâmina entrou em sua coxa, bem perto da sua barriga. O tecido preto da calça começou a ficar úmido. Olhei para o homem de novo.

A sala de tortura ficava no Rebel. Gostava dali porque sempre tinha música alta, ninguém ouviria gritos. Pousei minha mão na ponta do cabo e o grito de Shelby ecoou, ainda meio preso. Eu não tinha pressa.

Ouvir os gritos deles me dava satisfação. A morte sempre me deu prazer. Tínhamos um pacto, eu lhe dava vidas e ela me dava prazer.

— Meu pai transferiu o dinheiro para você, então retirou sem levantar suspeitas. É isso? — Empurrei a faca para frente, em direção ao joelho, cortando mais. — Ou ele pagou você pela contribuição...

— Juro que...

Forcei a lâmina de uma vez e a carne foi rasgada. Eu me ergui, peguei Shelby e o empurrei na parede. Meus homens o prenderam nas correntes presas ali. Quando o ergueram, braços e pernas estendidos, os gritos dele penetravam meus sentidos.

— Ok, agora eu vou cortar seu pau como a porra de uma cenoura.

Shelby berrou implorando e eu cortei a calça e cueca. A porra do pau dele era minúsculo, comparar a uma cenoura foi um erro.

— Você quer me contar alguma coisa antes?

O peito de Shelby tremia e ele soluçava. Eu lhe dei um tempo e, quando cansei, me aproximei. Segurei a faca e olhei para seu pau.

— Sabe, tem aquele lance de aumentar pau. Se sobreviver, eu indicaria.

Shelby ficou mais vermelho. Aproximei a lâmina do seu pau, mas Shelby gritou o que eu queria saber.

— Ruan está roubando. Não corte meu pau, por favor!

Seu choramingo me fez virar. Encarei Wayne, que ficou impassível no outro lado da sala.

— Porco nojento.

Apunhalei seu peito, bem no coração, e vi a vida se esvair dos seus olhos.

— Vou matar meu pai.

Wayne abotoou seu paletó e eu saí para lavar as mãos. Assim que me recompus, meu primo parou ao meu lado, no camarote da Rebel. Havia uísque em meu copo e eu o engoli rápido.

— Enrico já sabe. Ele ordenou que leve seu pai até a Itália.

— Eu? Como diabos vou deixar Nova Iorque?

Wayne respirou fundo. Droga!

— Vou ligar para ele.

Deixei meu primo no Rebel e entrei em meu carro, seguido por Art e Trey. Os dois eram, junto a Kalel e Wayne, as pessoas que eu mais confiava dentro da Cosa Nostra.

— As informações foram esclarecedoras. — Enrico apareceu na tela, inclinando a cabeça. — Voe hoje ainda. Seu pai já deve ter sentido falta de Shelby. Wayne foi buscá-lo neste momento. O jatinho sai às 2h da madrugada.

— Por que Wayne não pode ir? Confio minha vida a ele.
— Não me questione, Mariano. Está na hora de pousar na Sicília. Boa viagem!
Enrico desligou e eu soquei o volante. Porra!
Disquei o número de Adalind, furioso por ter que deixar Nova Iorque. Nem na hora de morrer o verme me deixava em paz.
— Oi. — A voz acompanhada de música fez meu corpo ficar ainda mais rígido.
— Onde você está, Adalind? — A raiva ficou visível na minha voz.
A batida era jovem, essas músicas idiotas de aplicativo que não tinham letra coerente. Adalind parou de rir com alguém quando me ouviu. Conforme o tempo passou, vi que ela se afastou do som.
— Na fraternidade que lhe falei.
Os nós dos meus dedos ficaram brancos. Meu Deus, eu ia matar essa garota.
— Dos jogadores? Os que tirariam a porra da sua virgindade?
Seu silêncio me dizia muito sobre seu nervosismo.
— Em qual cômodo você está? — grunhi, tentando me controlar.
— No quarto, trancada por dentro. Olha...
— Mande-me o endereço agora.
— A gente pode se vir amanhã ou na semana... — Sua voz estava incerta.
Bom, porra, porque eu não esperaria.
— O endereço. Agora!
Ela suspirou, mas falou o endereço rapidamente. Mudei a rota e pisei no acelerador.
— Fique dentro do quarto até eu chegar.
— Mariano...
— Eu espero que você não tenha deixado nenhum filho da puta tocar em você, porque eu juro que vou enfiar uma bala na cabeça dele.
Desliguei a chamada e me concentrei em chegar à merda da faculdade.
Trey e Art se espalharam assim que paramos. Aos poucos, os jovens foram saindo do gramado e da casa, em direção aos seus carros. Os rostos assustados olhavam para meu carro, mas ninguém se atreveu a se aproximar.
Quando na minha vida pensei que iria a porra de uma casa de fraternidade pegar a garota teimosa por quem eu estava obcecado?
— Limpo, chefe.
Saí do carro e entrei na casa, deixando Art junto a Trey. Sentei-me no sofá imundo e esperei. Em alguns minutos, Adalind apareceu. Jeans curto, top que mal cobria seus peitos e uma jaqueta no braço. Estava fazendo cinco graus, como diabos ela conseguia ficar com esses pedaços de pano?
— Mari...
Eu a encarei e esperei, mas Adalind não conseguia falar.

— Você me tentou, *ballerina*. Eu disse que não tocaria em você, mandei você ir embora, mas o que fez? — questionei, cruzando minha perna e acendendo um cigarro.

Inspirei a fumaça espessa e soltei, aguardando.

— Eu fiz a porra de uma pergunta, Adalind.

Ela empurrou o cabelo ruivo para trás e engoliu em seco.

— Eu queria você...

— E eu dei o que queria, mas foi uma troca. Eu por você. — Traguei mais forte e a encarei. — Venha para seu lugar. Sente-se em meu colo, *ballerina*.

Adalind deu passos cautelosos e colocou um joelho no sofá, ao lado da minha coxa esquerda. Depois o outro, do lado aposto. Sua bunda pousou em meu colo e eu segurei seu pescoço pequeno.

— Você me pertence.

— Mariano...

Apertei o membro frágil e fiquei ereto, mais alto que ela, mesmo sentados.

— E eu exijo obediência. Não sou esses moleques que correram ao ouvir meu nome. Se você é minha e acabou. Entendeu, Adalind?

Seu batimento estava acelerado, suas pupilas dilatadas. Ela estava bêbada. *Ballerina* acenou mesmo assim.

— Quem deu bebida a você?

Adalind engoliu em seco.

— Jordin e eu tomamos a bebida da festa.

Jordin. Essa garota estava se tornando um problema.

— Nós vamos viajar.

Eu me ergui e a coloquei sobre meu ombro. Ouvi seus gritos, surtando, então dei um tapa em sua bunda. Tocando em suas coxas, percebi a meia-calça. Só podia, porque o frio estava ridículo.

— Mariano, como assim viajar? Ponha-me no chão! — Seus gritos continuaram até chegar ao carro.

Abri a porta e a sentei, inclinando-me sobre Adalind. Ela estava vermelha, eu só não sabia se era por ficar de cabeça para baixo ou pela raiva. E linda, aliás. Ficar sem vê-la por uma semana depois que a tive a primeira vez testou meus limites, mas eu estive muito ocupado.

— Não faça escândalo. Preciso ir para a Itália. Você vai comigo.

Prendi seu cinto, irritado. Bati sua porta e andei até meu lado. Quando entrei, pisei no acelerador.

— Itália? Não tenho nem passaporte, Mariano!

— Nós não precisamos dele.

Levar Adalind não tinha passado pela minha cabeça, mas essa garota estava me deixando louco. Era bom eu mantê-la sob meus olhos ou logo, logo, eu mataria um estudante.

— Por que quer me levar? Estarei aqui quando voltar...

Seus gritos cessaram, agora ela parecia lúcida. Adalind continuou me olhando enquanto eu dirigia. Parei em um sinal vermelho e me virei.

— Porque não quero matar um desgraçado que acabou de sair das fraldas por tocar em você.

Ballerina fechou os olhos e respirou fundo, mordendo o lábio.

— Você fala sério sobre isso.

— É claro que eu falo. — Voltei para o trânsito, segurando o volante com força.

— Isso me dá medo.

Bom, era para ela ter.

— Não vou machucar você, já falei, mas não pense por um segundo que vou titubear se eu vir alguém tocar em você.

Minhas palavras a fizeram se sentar de lado para me encarar.

— E você? Alguém pode tocar em você?

— Não quero ninguém, Adalind. Você sabe a minha idade, se eu quisesse alguém, estaria casado e com filhos.

Ela continuou de lado, em silêncio até chegarmos ao seu dormitório. Desci do carro e andei ao seu lado. Ela não disse nada sobre eu subir, e mesmo que dissesse que não, eu iria.

— Jordin sabia que estava no celular, dentro do quarto? — perguntei quando entramos no elevador.

— Não, ela havia ido ao banheiro. Enviei uma mensagem avisando que estou com você.

É claro. Evitei dizer que sua colega de quarto não deveria tê-la deixado numa casa sozinha.

Entrei primeiro em seu dormitório, com Adalind atrás de mim, deixando Art e Trey no corredor. Jordin estava sentada no sofá e tinha pó branco na mesa de centro. Eu a observei pegar o prato e escondê-lo no chão. Depressa, limpou o nariz.

Adalind, que ainda estava atrás de mim, não viu nada.

— Jordin, que bom que está em casa! — Adalind a abraçou e as duas sumiram no corredor. Segui de perto, olhando para Jordin.

— Eu ouvi o nome dele e todo mundo meio que evaporou. Eu sabia que estaria bem com ele, por isso a deixei — a amiga dela explicou enquanto assistia a Adalind puxar uma mala. — Para que a mala?

— Vou ter de viajar com Mariano. — *Ballerina* suspirou, enfiando roupas.

— Mas o quê? Adalind, não!

Eu respirei fundo e dei um passo para dentro.

— Jordin, podemos conversar?

Adalind ficou rígida, mas não se mexeu. Sua amiga se virou e andou até a porta. Eu a encontrei na sala e me sentei.

— Por que você está tentando afastar Adalind de mim? Primeiro pedindo a Kalel, agora isso. — Apontei para o quarto e Jordin franziu as sobrancelhas.

— O que eu pedi a Kalel?

Mais que odiar traidores, eu detestava mentirosos. Cínicos.

— Adalind é minha. Não importa o que faça. — Pontuei lentamente e me ergui. — Na próxima vez que eu souber ou ver, como segundos atrás, você tentando afastá-la, vou pedir que se retire da minha cidade.

Jordin ficou branca. Dei um passo em sua direção.

— Não me desafie.

Ela acenou depressa.

Esperei por Adalind, e quando ela estava pronta, saí do seu dormitório e a deixei a sós com a amiga. Art e Trey acenaram, e quando *ballerina* saiu, eu a guiei de volta ao elevador.

— Então, o que vamos fazer na Itália?

— Matar meu pai.

11

ADALIND SINK

Nunca fui exposta à violência, em casa ou na rua. Meus pais sempre me deram amor, mesmo mamãe sendo rígida, nunca foi agressiva comigo. Na rua, nunca fomos a bairros perigosos. Meu único contato com violência foi em filmes e jornais.

Eu só podia ter escutado errado.

Virei-me com o rosto pálido e vi Mariano ereto, focado nas portas de ferro. Meu coração batia de forma irregular enquanto deslizava minhas palmas suadas na meia-calça grossa que estava vestida.

— O que disse?

Mariano respirou fundo quando as portas se abriram e algumas pessoas entraram. Ele colocou a palma quente em minha coluna e me pôs na sua frente. Dois garotos e uma menina entraram, sob o olhar rígido do segurança mais baixo que estava ao lado de Mariano. O outro estava na frente, firme.

— Mari, nós...

As portas voltaram a abrir. Nós saímos primeiro e Mariano pegou minha mão. Meu estômago se agitou e eu senti como se mil borboletas tivessem sido soltas nele. Minha garganta fechou e eu tentei acompanhar suas passadas enquanto tentava compreender o que havia de errado comigo.

Mari abriu a porta e eu entrei. Ele se inclinou e colocou meu cinto, como se eu não fosse capaz de fazer isso sozinha. Respirei fundo, sentindo seu cheiro me rodear.

— Esqueça o que falei. — Sua voz era tensa. — Preciso resolver problemas na Itália.

Ele se afastou rápido, só quando se sentou ao meu lado tive oportunidade de falar.

— Mas por que eu tenho de ir?

Ele já havia respondido na casa da fraternidade. Ainda custava a entender que ele fez dúzias de jovens correrem apenas para me ensinar uma lição.

— Porque não confio em você para se manter quieta até eu voltar.

Quando o carro saiu do campus, suas palavras ainda estavam me deixando nervosa.

— Eu sei me cuidar.

— Não vamos discutir sobre isso.

— Você sempre faz isso. — Reuni coragem e me virei para ele. Mariano parou em um sinal e me olhou. — Decide tudo e eu só tenho de acenar.

— Minhas decisões são mais sensatas que as de uma garota de dezoito anos.

— Minha idade não é um problema para você quando está entre as minhas coxas.

Seus olhos ficaram escuros. Ele parecia a ponto de explodir, enforcar-me e me foder ao mesmo tempo. Minha boceta ficou úmida, meus seios duros, implorando para serem esfregados contra seu peito.

— Sua idade me incomoda, Adalind, mas sua boceta compensa o trabalho.

— Isso é um elogio? Não sei se agradeço ou mando você se...

— Cuidado — Mari me interrompeu, irritado. — Pare com essa sua boca malcriada ou eu vou dar algo para você se sujar.

Minha mente imaginou. Ele baixando a calça, eu, sobre o câmbio com a boca em seu pau. Droga! Engoli com força e ouvi buzinas soarem. Mariano não se mexeu, seus olhos estavam fixos em meu peito.

— Eu preciso chegar à minha casa e ir para o heliponto em uma hora. Não vou ensinar você a chupar meu pau agora. Na Itália, sim — Mariano afirmou, pisando no acelerador, acalmando os motoristas ao redor.

— Quem disse que preciso que me ensine?

Ele riu sombriamente, mas ficou em silêncio. Virei-me para olhar a rua e o trânsito caótico de Manhattan. Levamos um bom tempo para chegar à sua mansão. Kalel estava na sala quando entramos.

— Adalind. — Sua voz estava séria e, mesmo que houvesse falado comigo, seus olhos estavam em seu irmão.

— Onde está minha mala, Sully? — Mariano perguntou a uma moça de uniforme, que apontou para a escada. Uma mala preta estava lá, junto a uma maleta pequena.

— Irmão, podemos conversar?

Mariano se virou para Kalel.

— Nós vamos conversar quando eu retornar. É melhor ter explicações.

Mariano pegou sua mala e tocou em minha coluna.

— Você vai levá-la para a Sicília?

Fiquei rígida com o olhar de horror que Kalel me deu.

— Sabe o que Enrico pretende e vai levar sua amante?

Não percebi muita coisa depois que as palavras deixaram sua boca, porque eu estava entorpecida e confusa. O que esse tal de Enrico pretendia? Amante?

Voltei a mim quando Kalel caiu. Horrorizada, assisti a Mariano erguê-lo pelo colarinho. O rosto do seu irmão tinha um corte logo abaixo da sobrancelha e sangue descia, alcançando seu olho e bochecha.

— Nunca mais me questione. Nunca mais diga isso sobre ela.

— Você bateu em mim por causa de uma garota que conheceu há algumas semanas? — Kalel cuspiu, furioso e, no fundo, magoado.

eu me encolhi, tensa.

— Não, eu soquei você porque mentiu para mim. Escondeu que nosso pai é um *figlio di puttana*.

— Não! Eu...

Os olhos de Kalel se expandiram e horror cobriu seu rosto.

— Escute o que estou dizendo, Kalel, não vai ficar empune. Fique em casa até eu voltar.

Mariano soltou o irmão e se virou, puxando um lenço do bolso do terno. Ele enxugou as gotas de sangue do irmão, encarando-me.

— Para o carro.

Eu me virei tão depressa que fiquei tonta, mas nem isso me parou. Andei até o carro e dessa vez eu mesma coloquei meu cinto de segurança. Mariano dirigiu pouco e logo estávamos em um prédio. Não quis argumentar sobre o local não ser, nem de longe, apropriado para um jatinho pousar.

— Vamos de helicóptero até o aeroporto.

Okay.

Mari agarrou minha mão quando saímos no topo do prédio imenso. O helicóptero já estava posicionado. Mariano segurou minha cintura e me colocou dentro. Afastei-me e ele entrou.

O som das hélices me deu frio na barriga, como quando Mariano olhava para mim. Quando ficamos no ar, meu coração acelerou à medida que eu via a paisagem. O céu estava escuro e as estrelas que ninguém conseguia ver foram substituídas pelas luzes da cidade que não dormia.

A visão era de tirar o fôlego.

Sorri, aproximando-me da janela e tentando captar cada pedaço do céu. Mamãe amaria isso. Ela sempre gostou do céu, mas nunca tivemos a oportunidade de voar. Não de avião, muito menos de helicóptero.

Eu poderia dizer ao Mariano que nunca fiz isso, que estava nervosa, mas não queria lhe dar mais uma informação que só reforçaria o quão jovem eu era.

A viagem não durou mais que cinco minutos. No avião de pequeno porte, não esperei por Mari, corri para perto da janela e me sentei, esperando para decolar. Foi um erro. Cabeças se viraram e vi dois homens de pé. Um era o segurança mais baixo, e o outro estava sentado, com as mãos algemadas.

— O que está acontecendo, Mariano? — A voz era forte, o homem era grande, mesmo estando sentado.

Meu corpo pulou na cadeira e eu cacei Mari ao redor, encontrando-o tirando o paletó calmamente.

— Coloque uma fita na boca dele.

O segurança obedeceu depressa. Mariano realmente comandava todos ali dentro. Não tinha escapatória para ninguém.

Nem para mim.

Voltei a olhar pela janela e Mariano se sentou. Pude sentir sua temperatura mesmo que sua pele não estivesse tão perto da minha. As borboletas estúpidas voaram, deixando-me nervosa.

— Você quer me contar agora como sabe chupar um pau?

Engasguei-me com minha saliva. Virei, olhando ao redor, mas não havia ninguém nos observando. O homem sentado estava com um saco na cabeça, qualquer barulho que fizesse era capturado pela fita.

— Não, depois.

A aeromoça pediu que colocássemos o cinto, e depois de lutar para descobrir como fechar, Mariano fez o serviço por mim. Sua mão pousou em minha perna, dedos posicionados tão perto do vale das minhas coxas que quase pude sentir.

O jatinho começou a correr na pista e meu coração ficou eufórico.

— Assim que decolarmos, vou levar você para o quarto.

Tirei os olhos das luzes brilhantes no chão da pista e o olhei, com minha garganta seca.

— Dormir, Adalind. A viagem é longa.

Havia me tornado uma pervertida pelo que parecia, porque, assim que esclareceu, meus ombros cederam. Eu o queria de novo. Senti-lo dentro de mim, apertando minhas coxas, amassando meus mamilos.

— Olhe, *ballerina*.

Segui seu comando e me virei, vendo a pista ficar para trás. Minha coluna grudou na cadeira, mas eu ainda conseguia ver tudo. Era perfeito. As luzes, as nuvens, tudo era inacreditável.

— É incrível — murmurei bem baixinho e peguei meu celular. Tirei fotos para um dia mostrar à minha mãe. — Vem, tire uma comigo.

Mariano me olhou como se eu tivesse feito um pedido de casamento.

— O quê?

— Não tiro fotos. — Sua voz ficou mais rude que antes.

Odiei ver a irritação em seus olhos, não por ela em si, mas por saber que toda essa raiva era pela vergonha da cicatriz.

— Nem comigo? Sua *ballerina*? — Fiz bico, sendo cuidadosa.

Mariano colocou a mão em minha nuca, os dedos entrando em meus fios soltos, e me puxou para perto.

— Quarto.

Mari soltou meu cinto e o dele. Assim que nos erguemos, eu o segui até uma porta. Dentro, havia uma cama e outra porta. Talvez, o banheiro.

— Venha cá. — Mariano agarrou minhas coxas e me ergueu.

Coloquei meu tornozelo um sobre o outro, prendendo-o entre minhas coxas.

Mariano me empurrou contra a parede e eu arqueei minhas costas, empurrando meus seios em seu rosto. Respirei fundo, ansiosa, quando sua mão ergueu meu top.

— Sem sutiã?

Não quis pôr a peça para ir à festa. O top havia ficado lindo sem.

— Você queria que alguém tivesse visto esses peitos cremosos? — Mari questionou, agarrando o mamilo rosado.

Suas mãos amassaram o outro, a visão da carne vazando pelos seus dedos me fez gemer, mas, em seguida, a voz de Frankie ecoou.

Tire as massas.

— Você acha meus peitos grandes demais para meu corpo? — A pergunta deslizou tão fácil, mas me arrependi em seguida.

Mariano queria transar, não falar sobre gordura.

— Eu os acho perfeitos. Cabem em minha mão, amassariam meu pau se eu o enfiasse entre eles. — Ele se inclinou, roçando a barba na pele entumecida e sensível.

Meu ventre sacudiu, minhas coxas o apertaram mais contra mim, minhas mãos sedentas pelo seu toque serpentearam por seu cabelo macio.

— Por que você perguntou isso, *ballerina*?

Minha respiração era rápida, igual a dele. Seus lábios ainda estavam sobre meus mamilos sensíveis, apertando-os, raspando a barba neles.

— Meu professor disse para eu cortar as massas... — Sorri, tentando afastar a sensação esmagadora de vergonha.

Lembrar Frankie dizendo isso na frente de vários alunos me fez tremer.

As mãos de Mariano não deixaram meus seios quando se afastou devagar.

— Ele falou o quê? — Sua voz estava rígida, exatamente como seus músculos.

A blusa estava meio aberta, talvez eu tivesse aberto, não lembrava.

— Frankie é o professor das aulas reparatórias para a audição. Dancei para ele, e quando parei, ele disse isso.

Mariano levou as mãos para as minhas coxas, gemi com o aperto delas. Quando soltei seus quadris, ele se afastou o tanto que podia. O quarto minúsculo não dava muitas opções.

— Esse filho da puta viu você dançando e disse que precisa cortar comida?

— Sim, ele disse que meus seios... — Minhas palavras ficaram presas na minha garganta.

Mariano me encarou sem nenhum pingo de simpatia, seu rosto estava tomado por fúria, seus punhos estavam brancos pelo aperto.

— Ele falou dos seus seios, Adalind?

— Você está com raiva. — Constatei assim que ele perguntou.

— É óbvio! Um maldito falou merda para você, deixou-a nervosa com isso e olhou para seus peitos.

— Ele não olhou... Eu estava de collant...

— Adalind, a mente de um homem é porca o suficiente para imaginar. Com a porra de collant ou não, seus seios são algo que pagariam para ver.

Calor cobriu meu colo e bochechas. Meus seios ainda estavam visíveis, do jeito que ele deixou. Eles doíam, imploravam por sua atenção. Não havia mais vergonha ou nervosismo.

— Só você viu. Nunca mostrei a ninguém.

Mariano respirou fundo, seus ombros com tremulação. Dei um passo em sua direção, depois outro e parei.

Puxei o top para fora e juntei meu cabelo atrás. Os olhos dele eram famintos. Eu não sabia que um homem poderia gostar tanto de seios, mas o meu, sim.

Meu.

Não, Adalind. Ele não é seu.

Mariano Vitali jamais seria meu. Ele estava se divertindo. Nós estávamos. Eu com ele, ele comigo. Meu corpo pelo dele e estava tudo bem.

Mas não estava. Sentia no fundo do meu estômago que ele seria o único a sair ileso da nossa diversão. Eu era dele. Ele disse isso, que eu pertencia a ele.

O que isso queria dizer? Qual era a sensação de pertencer ao diabo?

— O que você é?

A pergunta soaria confusa para alguém de fora, mas para mim, não.

Eu sabia exatamente o que responder.

— Sua.

Mariano puxou minha cintura contra seu corpo, meu ventre rente à sua barriga. Meus seios raspando em seu peito duro. As mãos grandes apertaram minha cintura, raiva emanava dele.

— Eu vou matar esse professor. Não apenas porque ele cobiçou o que me pertence, mas por ter colocado insegurança em você. Seu corpo é perfeito. Cada parte dele.

Fiquei rígida em seus braços, nervosa com sua ameaça. Mariano agarrou meu cabelo, inclinando meu rosto até o olhar.

— Diga, *ballerina*. Repita isso.

Engoli com força, sentindo sua posse vibrar em cada terminação nervosa do meu corpo. Sua boca estava tão perto, mais um pouco e eu saberia qual era o sabor do seu beijo.

— Meu corpo é perfeito. Cada parte dele.

Mariano se inclinou, cheirando meu pescoço sem pressa, deliciando-se. Minhas coxas tremeram, minha boceta pulsou, querendo seu toque.

— E me pertence.

Quis perguntar se ele me pertencia. Se um dia, eu poderia dizer isso com tanta certeza quanto ele, mas empurrei de lado. Eu não precisava disso. Gostava da forma como Mari me fazia sentir, do seu toque, e era só isso.

— Junte seus seios, vou gozar neles e depois vou lamber cada mamilo como se fosse meu jantar.

Tremi, sedenta quando ele me fez sentar na cama. Juntei meus seios, assistindo-o baixar a calça. Sua cueca estava molhada, isso fez minha boca se encher d'água.

— Você me fez fazer uma bagunça, agora, você vai limpar.

12

Mariano Vitali

Seus seios eram minha tela e, porra, eu estava amando preparar a tinta para fazer a melhor pintura do caralho. Meu pau estava dolorido, e quando despejei minha porra na pele clara, gemi com um prazer que nunca senti na porra da minha vida.

— Fique quieta — grunhi, com o pênis ainda duro e as bolas cheias.

Ajoelhei-me diante dela, agarrei um seio e espalhei minha porra em toda a pele. Lambi o mamilo duro, ouvindo Adalind gemer e esfregar a boceta na cama. Mordi a pele deliciosa e me afastei, puxando-a para ficar de pé.

— Mari...

— Incline-se, preciso gozar dentro de você.

— Oh, meu Deus...

Deslizei para dentro dela e sua boceta me engoliu, apertada. Agarrei sua bunda, apertando, deixando minhas mãos marcadas nela.

— Foda-me, Adalind, empurre contra mim, leve meu pau.

Ela tremeu, gritando, mas me obedeceu. Cada vez que sua bunda tocava minha pélvis, eu deixava um rastro de sêmen. Porra, ela usava pílula? Eu não pensei nisso na primeira vez. Eu era realmente um filho da puta.

— Você usa pílula, *ballerina*? Hum? Protege seu ventre da minha porra? — Inclinei-me, gemendo ao perguntar ao seu ouvido. Levei minha mão à sua boceta, esfregando seu clitóris. — Responda, *ballerina*. Sua boceta está protegida?

— Mariano... — Ela empurrou a bunda em minha direção, engolindo meu pau. Adalind parecia fora de controle, sedenta pelo orgasmo.

Agarrei seus quadris com minhas mãos, ficando ereto e a puxando. Minhas investidas ficaram rápidas, e quando seu grito ecoou, também gozei. Dentro dela, imprudente, como um animal com o foco apenas em marcar sua companheira.

— Eu uso pílulas.

Porra, graças a Deus!

Caí na cama e a puxei para meu peito, deslizando meus dedos em suas costas. Logo Adalind adormeceu e eu fiquei acordado, ponderando como seria quando pousasse em Roma.

Várias vezes vim para a Itália na companhia do meu pai, mas hoje, por mais que estivéssemos juntos, não era a mesma coisa. Ruan me traiu. Traiu a *famiglia* e pagaria por isso.

— O que está acontecendo, Enrico? — Sua voz não denotava nenhum medo ou insegurança.

Meu pai sempre foi poderoso por fora, mesmo que estivesse se cagando todo por dentro. Orgulhoso demais.

— Diga-me você, Ruan.

O Don jogou papéis com todas as transações que meu pai fez sobre a mesa, em seu escritório. Tanto dinheiro, dólares e mais dólares roubados bem debaixo do nosso nariz.

Do meu nariz.

— O que é isso? Transações? Não estão no meu nome. O que eu tenho a ver com isso? — Sua voz aumentou gradativamente e ele se ergueu da cadeira escura.

O escritório de Enrico era mal iluminado, os móveis não tinham cor clara. Uma mesa de mogno, poltronas confortáveis e uma estante de livros, que se pressionada no lugar certo se abriria, mostrando um arsenal.

— Sente-se antes que eu o obrigue — grunhi, ciente dos olhos de Dino, Enrico e Juliano sobre nós.

Ruan me encarou, balançando a cabeça.

— Você armou isso para mim, seu pedaço de merda!

— Eu mandei você se sentar, porra! — gritei, erguendo-me. Eu o encarei de perto, éramos da mesma altura, mas ele era mais forte. — Nós já sabemos de tudo, pai. Agora sente no caralho dessa poltrona. — Empurrei seu ombro para baixo e ele me obedeceu. — Art.

Meu soldado clicou, ligando a tevê onde Shelby aparecia confessando tudo. O rosto do meu pai ficou sem expressão, apenas a rigidez dos seus punhos foi perceptível a mim. Andei até a tevê e passei a mão pelo meu cabelo, empurrando a mecha que insistia em cair na minha testa.

— Eu o trouxe para nosso Don decidir qual a sua sentença. Fique calado e espere.

Ruan olhou para Enrico, mas ficou em silêncio.

— Não admitimos traição na Cosa Nostra. Nenhuma. — O Don se ergueu, fechando seu paletó. — Você servirá de exemplo para os meus homens.

Nós saímos do escritório e descemos para a ala onde os soldados treinavam. Meu pai foi levado por homens de Enrico enquanto eu ficava. Ele não esboçou nenhuma reação.

— Sua lealdade a mim é invejável, Mariano. Obrigado!

Enrico acenou e eu devolvi o gesto, mesmo sabendo que não era necessário. A *famiglia* era minha vida. Cresci nela e aprendi a seguir as regras.

— Depois dessa merda toda, haverá um jantar em minha casa. Apareça.

Enrico se virou e andou para ficar diante dos seus soldados.

— Mais que respeito por seu Don ou pela Cosa Nostra, exijo sua lealdade. Sua entrada na minha *famiglia* foi de comum acordo. Vocês me devem lealdade, e se não houver, pagarão ela com suas vidas. — Ele andou de um lado para o outro devagar, olhando para os homens, sério. — Ruan Vitali é um rato, um *figlio di puttana*. Ele roubou a *famiglia*. E vai pagar por isso.

Meu pai foi empurrado para frente e caiu de joelhos. Ainda assim, ele não parecia rendido. Seu olhar ainda era poderoso. As noites de tortura brilharam em minha mente. Como ele se deliciava com seus ensinamentos cruéis.

— Última palavra, Ruan?

Todos o encararam. Meu pai cuspiu nos pés de Enrico.

— Você está matando um inocente. Eu me envergonho pelo meu Don.

Enrico pegou um lenço, limpou os sapatos e tirou a faca do paletó. Ele se inclinou sobre meu pai, e com uma destreza incrível, enfiou a faca sobre o olho do meu pai, logo abaixo da sobrancelha.

— Envergonho-me por ainda ter ratos como você em minha família.

Assisti à sua tortura do começo ao fim, e quando Ruan caiu sobre o sangue, virei-me e saí. Art me seguiu e nós entramos no carro.

— E Trey?

— Disse que ela ainda está dormindo.

Adalind dormiu no voo e, assim que pousamos, ficou acordada apenas até chegarmos ao hotel. Era horário de almoço para nós quando pousamos, enquanto aqui o sol estava se pondo. Agora passava das 7h da noite, precisava apenas tomar banho e sair para jantar com Enrico.

Assim que abri a porta do quarto de hotel, que mais parecia um apartamento, andei até a porta onde Adalind dormia. Ela não estava na cama. Eu a cacei entre os lençóis que ela gostava e fui para o banheiro, encontrando-a escovando os dentes e com uma toalha na cabeça e outra no corpo.

— Ei, que horas são? — Ela sorriu pelo espelho.

Havia algo nela que sempre me relaxava. Não sabia ainda o que era, mas alguma coisa me dizia que logo eu descobriria.

— Quase 6h. Vou a um jantar importante. — Minha fala ficou no ar. Não sabia se era apropriado levar Adalind para a casa de Enrico, então não sabia se a chamava, porém, o olhar ansioso dela me fez jogar todas as preocupações para o alto.

— Você trouxe algum vestido?

— Oh. Não. — Seus ombros cederam. — Foi rápido, eu nem imaginei...

— Tudo bem, vou pedir que alguém compre.

Adalind engoliu em seco, mas acenou. Aproximei-me devagar e segurei sua cintura, puxando seu corpo contra o meu lentamente. Inclinei-me sobre sua boca vermelha, imaginando qual seria o sabor dos seus lábios.

Não saberia.

Não beijaria Adalind. Não conseguia fazer isso. Por mais que eu quisesse com tudo de mim.

— Esse jantar é na casa do meu Don. Ele é o chefe de toda a máfia. Não fale nada, apenas acene e sorria. Tudo bem? — Minha frase a deixou rígida.

Adalind se soltou da minha posse.

— Não quero mais ir.

Encostei-me na pia, vendo-a puxar a toalha da cabeça. Adalind penteou os fios e começou a secá-los. Saí do banheiro e pedi o vestido dela. Quando ele chegou, ela estava com os fios vermelhos secos e em ondas perfeitas.

— Eu disse que não quero mais ir...

Ballerina começou, mas tirei o vestido da caixa. Ele era longo, tinha uma fenda na perna com brilhos por todo o tecido.

— Não vou deixar você sozinha aqui. Finja que é sua audição, dance conforme a música e logo estaremos de volta.

Seus olhos ficaram umedecidos.

— Eles não vão me querer lá.

— Por que não iriam? — grunhi, irritado.

— Kalel disse a Jordin que eles querem que se case. Eu sou sua amante, certo? Tipo, seu brinquedinho...

Acho que nunca me movi tão rápido na minha vida. Adalind arquejou assim que a empurrei contra a parede, colocando as mãos em cada lado da sua cabeça. Inclinei-me, ouvindo minha respiração alterada.

— Você não é meu brinquedo. *La mia ballerina*. Minha. Só isso.

Ela não acreditou em nada, eu via pelo queixo erguido, a coragem brilhando com as lágrimas em seus olhos.

— E se eles quiserem que se case? Jordin disse que você não pode escolher nada...

Jordin e sua boca grande.

— Jordin não sabe de nada — afirmei, sentindo raiva borbulhar em minhas veias. — Pare de escutar os outros.

— Então diga algo para que eu o escute, Mariano. Uma coisa que seja verdade.

— Eu falei.

— O que você falou? — Adalind grunhiu, rígida.

— *La mia ballerina*. Isso é real.

Ela levou as duas mãos para o rosto e o esfregou devagar. Quando me olhou, Adalind parecia muito mais forte.

— É, eu sou sua bailarina. Até quando?

Apertei meu punho contra a parede e soquei três vezes, fazendo-a pular. Raiva incendiava dentro de mim. Até quando, porra? Eu estava ficando velho, era óbvio, mas Enrico nunca se preocupou com isso.

— Eu não deveria ter vindo. Na verdade, você não deveria ter me obrigado a vir.

Ela saiu da minha posse por baixo do meu braço estendido. Virei-me, vendo-a ir até o vestido. Adalind tocou no tecido e seus ombros subiram e desceram com sua respiração.

— Vou a esse jantar, Mariano. Vou sorrir e acenar. Sorrirei para seus amigos, mas depois eu quero ir para a minha casa, quero que pare de me procurar.

Nunca.

A palavra ressoou em minha mente com tanta força que me assustei.

— E se alguma italiana aparecer para ser sua noiva, Deus me ajude, porque não sei do que sou capaz.

Minha *ballerina* andou para o closet e eu me inclinei sobre uma cômoda, tentando respirar. Não era possível que essa ruiva, pequena e jovem, tinha tanto poder sobre mim. Isso era errado.

Muito errado. Enrico arrancaria meu pau.

— Não consigo fechar.

Virei-me e a encontrei segurando o vestido contra os seios. Caminhei até ela, e assim que se virou, subi o zíper, tocando em sua coluna com a ponta do meu dedo. Os pelos eriçaram e, quando terminei, me inclinei e beijei seu pescoço enquanto ficava quieta.

— Não quero uma italiana, Adalind. Quero uma estadunidense que é bailarina, ruiva e tem o dom de me fazer gozar nas minhas calças.

— Preciso me maquiar.

Ela se afastou e eu respirei fundo. Ok.

Depois de tomar banho e vestir um novo smoking, fui me servir de uísque e me sentar no sofá macio. Esperei por ela na sala, provando a bebida que Juliano mandou deixar como presente de boas-vindas.

Ouvi passos e levei meu copo aos lábios, bebendo Adalind Sink no vestido caro.

Seu cabelo estava solto, seus seios pareciam querer liberdade, presos no tecido sem alças. O vestido abraçava suas curvas até o quadril, e abaixo, uma fenda fazia o tecido se tornar fluido.

— Não trouxe minhas melhores armas.

Adalind franziu as sobrancelhas, tão confusa que era adorável.

— Preciso delas quando quero matar alguém, e hoje à noite, eu acho que vou.

Ergui-me e andei até a bailarina doce e confusa. Seus lábios estavam pintados de vermelho e eu desejei os verem volta do meu pau, sujando toda minha extensão. Deixando-o vermelho igual aos seus lábios.

— Vamos, senão nos atrasaremos.
Eu a levei para o elevador e descemos com Art e Trey.
— Quem mais estará nesse jantar? — A única frase que deixou os lábios de Adalind foi essa depois que entramos no estacionamento.
Destravei meu carro alugado em silêncio e abri a porta para que entrasse antes de andar até meu lado.
— Juliano, talvez. Você o conheceu na Rebel, e dançou com ele no jantar que demos em Nova Iorque. Lembra? — A irritação me fez apertar o volante.
Adalind olhou para a janela e acenou devagar.
— E a esposa do Enrico, Giovanna.
Pelo menos, era isso que eu esperava. Não queria mais ninguém ao redor de Adalind. Ela já estava irritada o suficiente.
— Bom, espero que a música seja boa.
Música? Oh, porra!
Para ela dançar.
Eu quase sorri, surpreendido pelo seu atrevimento.

13
Adalind Sink

Tudo dentro de mim pedia, não, implorava para que eu corresse dali. A Itália era linda, de tirar o fôlego, como o homem que estava me deixando louca, mas ali não era meu lugar. Eu não deveria estar ali.

— Mariano. — Um homem loiro, alto e forte se aproximou quando abriram a porta.

Ao seu lado, uma mulher de cabelo castanho e olhos brilhantes sorriu para mim. Senti-me um pouco melhor, mas o frio no estômago não passou.

— É um prazer receber vocês em nossa casa. Meu nome é Giovanna.

A esposa do chefe de tudo.

Evitei estremecer enquanto a mão de Mariano estava na minha coluna.

— Obrigado, Enrico. Giovanna. Essa é Adalind Sink.

Apenas isso. Adalind. Nada dele.

— Obrigada por me receberem. — Tentei sorrir ao falar, mas estava tão magoada que não sabia se havia feito direito.

— Entrem. Juliano já chegou também.

Nós fomos direcionados para a sala onde não havia apenas Juliano. Havia várias pessoas. Olhei para Mariano e ele deu um aperto sutil em minha cintura.

— Ele chegou! — Juliano, o homem com quem dancei e causou toda essa loucura em minha vida, ergueu-se. — Adalind, que surpresa ver você em terras sicilianas.

Seu rosto realmente denotava a surpresa. Sorri, mas me mantive de boca fechada.

— Juliano, onde está Graziela? — Mari perguntou e o homem com quem dancei sorriu.

— Estava indisposta.

Mariano acenou e olhou para a mulher ao lado do tal Dino. Ela era alta, tinha o corpo voluptuoso. Era linda demais.

— Paige, como estão os rapazes?

A mulher sorriu largamente, parecendo se acender como uma árvore de Natal. Com sua reação, eu soube que ela amava esses garotos mais que tudo.

— Mariano, é bom rever você. Eles estão ótimos.

Dino envolveu o braço em torno da cintura dela possessivamente, ela apenas riu.

— Fico feliz. Esta é Adalind.

Paige se aproximou e pegou minhas mãos. Ela parecia tão alegre, tão bem, senti um pouco de inveja naquele momento.

— Está gostando de Roma? Moro na Sicília, mas adoro visitar a capital.

— É linda. Estou apaixonada.

Ela sorriu, soltando minhas mãos. Mariano soltou minha coluna quando pediram que nos sentássemos. Havia mais dois casais que cumprimentaram Mari. Juliano era o único sem acompanhante e era casado, pela pergunta de Mariano.

A conversa seguiu sobre coisas fáceis. Quando o jantar foi servido, Mariano estava mais à frente, enquanto eu caminhava ao lado de Paige e Giovanna. As duas eram amigas, pelo que parecia, e eram supersimpáticas.

— Matteo será inserido? — Paige questionou baixinho, fiquei curiosa para saber quem era Matteo.

— Em alguns dias. — Giovanna parecia querer vomitar.

— Sinto muito. Vittorio e Scott logo serão também e eu estou louca com isso.

Os filhos delas.

— Desculpa, Adalind. Deus, você é tão jovem. — Gio sorriu, inclinando a cabeça. — Tinha sua idade quando me apaixonei por Enrico. Paige e eu não éramos da *famiglia* quando conhecemos nossos maridos.

— E isso é permitido? — Minha voz soou incrédula.

Conversei com Jordin sobre a Cosa Nostra porque ela era minha única fonte. Na internet havia coisas superficiais. E ela foi firme ao dizer que Kalel disse a ela que eles não podiam se casar com mulheres de fora.

— Não, não é. — Paige engoliu em seco.

Os homens já estavam na sala quando nós paramos.

Meu coração parou de bater por um segundo. Não era permitido. Olhei para Mariano e vi seus olhos presos nos meus. Nunca poderíamos ficar juntos. Ele se casaria com uma mulher de dentro, e nosso tempo juntos, que foi escasso, iria se perder no vento.

— Sinto muito, Adalind, explicamos melhor após o jantar.

Giovanna nos guiou para a mesa e Mariano puxou uma cadeira para mim. Sentei-me ao seu lado, e a cada palavra de todos, eu me sentia mais fora do lugar. Nunca parei para ponderar sobre minha idade e do Mari, porque isso nunca foi o foco.

Eu o desejava na mesma intensidade que ele a mim. Foi por isso que eu quis dormir com ele. Porém, ali, era óbvio que eu parecia uma garota boba no meio de pessoas ricas, inteligentes e poderosas.

— Coma. — Sua voz enviou calafrios à minha espinha.

Ainda podia sentir o seu dedo em minha coluna, deixando um rastro de arrepios.

Eu o obedeci, porque assim ninguém perceberia que eu não tinha nada a acrescentar à conversa. Juliano estava na minha frente, e quando o olhei, seu foco estava em mim. Não era apreciativo. Suas sobrancelhas estavam juntas e eu soube o que estava pensando: *por que diabos essa menina está aqui?*

Terminamos o jantar e os homens se retiraram, deixando as quatro mulheres comigo. Gio nos levou para sua sala e nos sentamos.

— Você é linda, Adalind — uma das mulheres falou, com um sorriso.

— Muito obrigada!

— Gio, Enrico comentou sobre Ravena?

Giovanna ficou dura igual a uma pedra. Eu a olhei e seus olhos saíam faíscas de tão irritada que ela ficou. O que houve? Quem era Ravena?

— Não precisamos falar sobre isso, Francesca.

— Acho que precisamos. Adalind merece saber. — A outra mulher, uma morena, falou e levou à boca a taça de champagne que não aceitei.

— Mereço saber o quê?

Na verdade, eu já sabia. Essa tal de Ravena devia ser mais uma pretendente a casar com ele. O homem tinha mais noivas que um xeique.

— Enrico quer que Mariano se case e venha morar na Itália.

Meu estômago girou, tentei engolir a bile que subiu. Casar era algo que estava me deixando doente, agora, morar ali?

— Abriela, por que você e Francesca não vão olhar meu jardim? Está lindo. Logo nos juntaremos a vocês.

As duas mal olharam para mim quando obedeceram. Olhei para Paige, que estava quieta, assassinando Abriela com os olhos.

— Parece que foi ontem. Eu chegando aqui, Christian noivo dessa cobra. — Seus olhos brilhavam de raiva. — Christian só se casou comigo depois de muita luta com Enrico.

— Enrico se casou comigo depois de muita luta com o antigo Don. — Gio respirou fundo. — Não acho que esteja apaixonada por Mariano a ponto de renunciar à sua liberdade, mas quero que saiba. A Cosa Nostra segue regras.

Não, eu não estava. Gostava de Mariano, queria ficar com ele, mas apaixonada era demais.
— Ficar com pessoas normais é uma luta.
— Não estou apaixonada...
— Então, o que está fazendo aqui? Por que viajou longas horas?
Minha boca ficou seca.
— Porque sou dele.
Paige semicerrou os olhos e Gio me olhou com bastante compreensão.
— No começo era assim com Enrico. Dessa mesma forma. Possessiva, descontrolada. Parecia impossível sair das mãos dele. — Gio respirou fundo e me deu um sorriso tenso. — E foi, porque um mafioso só ama uma vez na vida, e esse amor não vem sozinho. A obsessão sempre o acompanha e ela é incontrolável.
Eu me arrepiei dos pés à cabeça, estremeci e tentei imaginar fazer o que falei para Mariano antes de virmos. Sair da sua vida, ele me deixando em paz.
— E se eu quiser sair?
— Você consegue correr? — Paige perguntou, girando a taça.
— Não há lugar onde se esconder, Adalind. Ele sempre a encontrará.
Engoli com força e olhei pela janela, tremendo dos pés à cabeça.
Jordin estava certa, eu realmente não sabia onde estava me metendo.
Ouvi uma tosse e me virei, vendo-o de pé. Ele parecia furioso, seus ombros estavam tensos e seus olhos pareciam fogo, chamas brilhando.
— Vamos.
Coloquei-me de pé e olhei para as duas mulheres que foram tão simpáticas comigo. Abracei as duas, sentindo-me pequena e indefesa.
— Foi bom conhecer vocês. Obrigada por me receber, Gio, e por sua simpatia, Paige.
Ambas sorriram e me viram caminhar até Mariano. Ele me guiou para fora, quando entramos em seu carro, o silêncio se tornou denso.
— Então, Rihanna, Ravena, você tem algo com a letra R?
Mariano fechou os olhos, balançando a cabeça e apertando os lábios. Os nós dos seus dedos estavam brancos enquanto agarrava o volante.
— Você acha divertido? Hum, Adalind? Você acha divertido essa merda?
— Minha opinião não importa.
Ele girou o volante de repente e nós paramos no acostamento, numa avenida completamente escura. Meu coração bateu mais forte, quando o olhei, Mariano parecia a ponto de romper.
— Só desejei me casar uma vez, depois jurei nunca pensar nisso. Não quero me casar com Ravena, Rihanna ou com qualquer mulher. — Seu grito ecoou.
Meu corpo começou a tremer involuntariamente, então soltei meu cinto e abri a porta. Meus saltos tropeçaram na calçada, mas me mantive ereta, andando para longe dele e da sua vida caótica.
— Adalind!

Não era normal sentir medo do homem que tocava em todo seu corpo à noite. Não era.

— Volte para o carro. — Ele já estava ao meu lado.

Sem me tocar, apenas acima, tão poderoso.

— Não.

— Não? — Ele sorriu, tocando o canto da boca.

Ele estava tão lindo, iluminado pelos faróis do carro, parecendo fora de si.

— Case-se, você sabe que é seu dever. A Cosa Nostra segue as regras, certo?

Mariano se aproximou e segurou minha nuca, puxando meu cabelo para que eu o olhasse. Não doía, mas a pegada era firme. Seu cheiro me rodeou, era bom, fazia-me sentir tanto aconchego.

Como se ele fosse meu lar. Minha casa.

Para onde eu sempre voltaria depois do mundo me deixar para baixo.

— Segue e eu odeio isso, mas, sim, Adalind, eu vou me casar.

Por que estava doendo? Por que suas palavras rasgaram meu peito?

— Com Ravena, Rihanna, com quem Enrico quiser, porque sou leal a Cosa Nostra. Ela é minha vida e eu obedeço a ordens.

Sua mão puxou minha cintura, meus seios esmagados pelo seu peito duro, enquanto suas palavras continuavam me triturando.

— Que bom, Sr. Vitali. Seja feliz!

Mariano apertou meu cabelo e agora, sim, havia dor. Ele queria isso, que eu sentisse. Não era o bastante a dor em meu coração, a física precisava surgir para aplacar sua própria agonia.

— Você vai me machucar para sua aflição? Quer matar sua irritação me maltratando, Mariano? Vá em frente. Eu sou sua, certo? É para isso também? Hum? Ser seu saco de pancadas?

Ele bateu sua boca na minha. Nem em um milhão de anos imaginei que ele faria isso naquele momento. Nem sequer pensei que um dia realmente seria beijada por ele.

Seus lábios foram impiedosos, chupando, mordendo e esmagando os meus. Seu beijo era desesperado, faminto. Mariano estava literalmente comendo minha boca. Eu gemi quando ele me levantou. A fenda no vestido permitiu que eu erguesse as coxas e prendesse meus tornozelos um no outro.

Minha bunda bateu sobre o capô do carro enquanto sua língua entrava, roçando na minha, puxando-a para sua boca. Ele chupou a carne enquanto eu puxava seu paletó. Sua mão livre apertava meu quadril, deixando-me marcada.

Nunca me senti tão necessitada de contato na minha vida. Eu o queria, naquele momento, dentro de mim. Queria que ele ficasse assim para sempre. Desejei ter seus lábios todos os dias pelo resto da minha vida e eu sabia que ainda não seria suficiente.

Sua boca deslizou para meu pescoço, ele chupou com força e depois mordeu. Seu pau duro estava alinhado com a minha boceta úmida.

— Foda-me. Agora.

Mariano não discutiu. Eu abri seu cinto, tirei o botão da casa e desci o zíper. Seu pênis era quente contra meus dedos frios. Deitei-me sobre o capô, enquanto Mari encontrava minha boceta nua.

— Você estava sem calcinha esse tempo todo?

Não respondi, porque ele sabia que sim.

— Com outros homens por perto, podendo ter um vislumbre da sua boceta doce? — A ira em sua voz rouca me fez erguer meus quadris. — Você queria que eles vissem o que como todos os dias? Hum? Queria que soubessem quão rosada e molhada ela fica?

— Mariano...

— Ela é minha, *ballerina*. Exatamente como você. Cada parte sua me pertence.

Oh, meu Deus! Seu pau entrou em mim em um só golpe. Era grosso demais, tão grande que uma pontada atravessou meu útero. Gritei, olhando para as estrelas no céu. Meus quadris o encontravam no caminho, tão necessitada.

— Diga, Adalind. A quem você pertence?

Só mais um pouco. Prendi seu quadril com minhas coxas e me remexi, usando-o para gozar. Quando o fiz, o pau de Mariano pulsou, sem controle, gozando dentro de mim, enchendo-me até vazar em seu carro.

Ele me puxou, ainda dentro de mim. Eu me sentei e suas mãos amassaram meus seios doloridos.

— *Ballerina*, diga!

Senti meu coração bater mais rápido, as malditas borboletas voaram e eu não menti ao responder.

— Pertenço a você.

Nada parecia mais verdadeiro e perigoso que isso.

14

Mariano Vitali

Não gostava de outra pessoa determinar meu caminho. Eu era leal a Enrico e o respeitava, mas havia algo de errado. Ele nunca fez questão de casamentos dentro da Cosa Nostra, era algo dos mais conservadores.

— Seja sincero. Essa coisa de casamento não é do seu feitio. Sabemos disso. O que está acontecendo?

Estávamos em uma das suas casas de prostituição. Algumas garotas estavam ao redor, dançando para homens sedentos para tocá-las. Não se estendia a mim. A única garota que eu queria tocar, mais do que eu queria que Enrico parasse de me arrumar noivas, estava no hotel.

Adalind ficou quieta desde ontem à noite, depois da confusão que fizemos no capô do meu carro. Ela dormiu em meu peito, mas sua mente estava longe. Quando acordei hoje, nós descemos para tomar café e, ainda assim, ela só me respondeu o básico.

Estava irritado por tudo que estava acontecendo. Mais ainda comigo, porque não conseguia lidar com a situação. Adalind Sink não deveria me fazer repensar as escolhas do meu Don.

— Você me conhece bem. — Enrico deu um gole na bebida forte e colocou o copo na mesa. Inclinando-se, meu Don respirou fundo. — Ontem, não conversamos sobre tudo. Deixei de fora algo importante.

Esperei, imaginando o pior, porque Enrico não era sutil com nada. O fato de ele estar sendo dizia muito.

— Preciso de você aqui, em Roma.

Que porra? Esperei tudo, cada merda colossal, mas nunca isso. Nova Iorque era meu lar, minha casa. Nunca pensei em deixar os Estados Unidos.

— E quem vai ficar em meu lugar?

Eu já sabia antes que ele falasse o nome do meu primo.

— Wayne. Ele é um bom capo, sabe disso. Confio nele...

Vou matar Wayne. Como diabos ele não falou sobre isso? Ele me fez vir até a Itália sabendo muito bem que eu jamais desejei sair de Nova Iorque.

— Ele sabe? — Minha voz saiu grunhida.

— Não. Ele não sabe. — Enrico me encarou, coçou a barba por fazer e voltou a falar. — Dino controla a Sicília com excelência. Eu confio nele, mas preciso de alguém em quem confio plenamente para San Marino. As duas cidades são as mais lucrativas dentro da Itália.

— Wayne pode fazer isso. Ele já é casado e você confia nele. Eu confio e sei que ele fará um bom trabalho.

— Talvez, mas quero você.

Apertei o copo de vidro em meus dedos e respirei fundo.

— Não quero deixar Nova Iorque.

— E não quer renunciar a garota.

Sua frase fez minha garganta fechar.

O sangue bombeou quente pelas minhas veias e senti líquido em minhas mãos. Cacos do copo caíram no chão e eu vi o sangue pingar.

— Você a quer? — Enrico ria sutilmente, enquanto meus olhos ainda estavam presos à minha mão cortada.

— Isso não é relevante, Don — grunhi, pegando o guardanapo e o colocando sobre minha mão. Ergui o olhar e Enrico parecia cético. — Não quero vir por minha cidade, pelos meus homens que são leais a mim, por meu irmão. Nova Iorque é meu lugar.

Ele parou de sorrir, então se curvou e me encarou, sério. Seu olhar me fez querer levantar, fazer qualquer coisa, menos encará-lo de volta.

— Você quer trazê-la? Casar-se com ela?

Que porra de conversa era essa?

— Você virá para a Itália, vai se casar e comandará San Marino. A única coisa que estou dando a você para escolher é sua noiva.

Enrico se ergueu, fechando o paletó, então fiz o mesmo.

— Não, eu não quero me casar. Nem com Ravena, Rihanna ou Adalind.

Ele riu devagar, como se soubesse exatamente o que eu falaria.

— Um dia, eu fui você. Mas ninguém me deu a opção de ficar com a mulher que eu queria. Eu cometi erros e quase a perdi para sempre. — Seu olhar me prendeu no lugar. — A história é sua, escreva como quiser, mas quando voltar atrás, lembre-se de que eu lhe dei a opção.

Enrico se virou e saiu devagar, acenando para alguns dos seus homens. Fechei meus olhos, caindo de novo na porra da poltrona.

— Seu casamento certamente acontecerá antes do de Matteo.

A voz de Juliano fez meus punhos se fecharem. Olhei para o lado e o vi caminhar até a cadeira onde Enrico estava. Olhar para sua cara presunçosa e seu cabelo loiro idiota fez com que me lembrasse de sua mão na cintura de Adalind e as risadas que ele a fez dar.

Sabia que ele era casado, mas isso não diminuía a ira por ele ter tocado no que era meu.

— Respeito você, Juliano, mas nunca mais coloque suas mãos sobre Adalind. — Minha voz o alcançou.

Ele ergueu as mãos e sorriu.

— Cara, Adalind é jovem demais para mim.

— Para mim também e isso não me impediu.

— Você é o *sugar daddy* dela ou algo do tipo? — Sua pergunta soou divertida.

— Eu preciso ir. — Eu me ergui e Juliano fez o mesmo.

— Boa viagem de volta, e depois de volta de novo. Sabe em quantos meses precisa estar aqui? Dois?

Não sabia que eram dois. Enrico queria me matar, só podia.

Saí do lugar e Art acenou, pegando o carro. Trey havia ficado com Adalind.

— Sua família se oporia a se mudar para cá? — perguntei direto a Art e ele me olhou pelo espelho.

— Não, chefe. Faremos o que o senhor achar melhor.

Leal.

Por que eu não podia responder Enrico com tamanha convicção?

— Viremos em dois meses. Organize-se.

Eu podia vir embora, mas não chegaria aqui sozinho.

Assim que entrei no quarto, Adalind estava de pé na varanda, olhando para o oceano. Seus ombros ficaram rígidos ao me ouvir. Andei até ficar atrás dela. Não a toquei, não achava que poderia.

— Arrume-me, estamos indo embora.

Chegamos a Nova Iorque à noite. Adalind dormiu todo o tempo de voo, ou fingiu para evitar falar comigo. Preferi não a incomodar. Porém, quando descemos do jatinho e ela falou que queria ir para o campus, eu discordei.

— Eu quero.

— Não, você não quer — grunhi, entrando no carro.

Adalind me encarou, irritada. Ela estava linda, suas bochechas coradas, lábios molhados e vermelhos. Um cachecol cobria seu pescoço e o sobretudo, seu corpo. O cabelo ruivo estava solto, em ondas sobre seu colo.

— Tenho aula amanhã cedo. Só quero comer alguma coisa e dormir. Não quero discutir com você ou transar.

— Você acha que quero você só para isso? Foder?

Ballerina engoliu em seco, mas de alguma forma reuniu coragem para falar.

— Sua amante. É essa a definição de uma, certo? Foder.

— Você não é minha amante. Porra, Adalind, eu fui pego de surpresa tanto quanto você — grunhi, irritado, acelerando o carro na avenida que dava acesso à minha casa.

— Isso não muda o fato. Você vai se casar em breve. — Sua voz soou furiosa.

Ela parecia com tanta raiva que me surpreendeu.

— Não quero me casar, já disse um milhão de vezes.

— Mas vai, porque é leal e obediente. — Adalind respirou fundo. — Não sei o que ainda quer comigo. Deveríamos parar de nos ver.

As palavras dela fizeram meus punhos apertarem o volante e meu pé pisar no acelerador. Não queria parar de vê-la. Na verdade, queria ver mais e mais. Essa menina estava sufocando minha mente.

— Você sabe que estou certa, Mariano.

Sim, ela estava.

Pisei no freio, quando o carro desacelerou, abri a porta. O veículo onde Art e Trey estavam parou atrás, a alguns metros. Chamei Trey e ele saltou do carro, vindo rápido.

— Leve Adalind para o campus.

Ele entrou no carro enquanto andei até a porta dela. Abri, tirei seu cinto e a puxei para fora.

— Mariano... O que está fazendo?

Seu rosto confuso enquanto eu abria a porta de trás me acertou.

Adalind era uma distração. Daquelas que eu me arrependeria de ter cruzado. Sabia disso, porque um dia cometi o mesmo erro.

Adalind não faria o mesmo que Lunna.

Eu não deixaria.

— Entre atrás. Agora.

Seus olhos azuis que pareciam o céu ficaram presos nos meus. Lágrimas os enchiam, empurrei a vontade de enxugá-las.

— Você vai para o campus. Vai estudar para ser a bailarina que sempre sonhou e, *ballerina*, você vai conseguir.

Ela desviou o olhar, piscou e sozinha limpou as bochechas. Soltei seu braço, sentindo falta imediatamente.

— E você? — Sua voz soou frágil.

— Vou me casar, morar na Itália e matar pessoas no processo. Nada com o que você poderia lidar.

Adalind acenou devagar e fungou, ainda sem me encarar. Meus dedos doíam para tocá-la, mas para quê? Eu sabia que depois não conseguiria deixá-la ir.

La mia ballerina entrou no carro e eu o vi sair do acostamento, levando-a para longe de mim.

Esperei pela sensação de ter feito a coisa certa. Ela não veio.

Virei-me, andando até o carro e encarei Art.

— Runa.

Ele acenou sem questionar, quando cheguei, joguei meu paletó de lado, abri os botões da minha camisa e me sentei.

— O quê?
— Uma bailarina.
— Onde?

Mirei os olhos de Jillian. A garota havia se tornado uma mulher linda desde o dia em que bateu no Rebel, pedindo um lugar para ficar.

Ela era irmã de um soldado que foi leal a mim até a sua morte, Roman. Prince Trevisan o matou diante de todos. Seu irmão gêmeo.

— Costas. Completa.

Seus olhos cresceram.

— Vamos precisar de várias sessões...
— Toda hoje.
— Sr. Vitali, vai ser muito dolorido, vamos ficar aqui até amanhã, no mínimo.

Não importava. Nada importava.

— Faça, Jill.
— Como você a quer? — A voz da garota soou firme.

Ela sabia que eu só sairia dali depois disso feito. Expliquei como eu queria a tatuagem e Jill a desenhou em um papel antes de empurrar diante de mim. Pedi algumas mudanças, mas no final estava perfeita.

— Você conhece alguma bailarina?

Não, eu não conhecia. Adalind Sink ainda era uma incógnita mesmo que eu soubesse tudo sobre sua vida. Conhecer alguém ia além disso, ia muito além de saber as curvas do seu corpo.

Mas isso não importava mais. Adalind Sink não era mais *la mia ballerina*.

Ela nunca foi.

— Apenas faça, Jill. — Respirei fundo.

Quando a agulha perfurou minha pele, eu fechei os olhos.

Não havia dor que eu não aguentasse depois de anos sofrendo nas mãos de Ruan. Sua morte piscou em minha mente, mas não senti nada. Ele nunca foi um bom pai, pelo contrário, tudo que sempre fez foi ser meu inimigo.

Sua morte foi necessária. Ela serviria de exemplo.

Kalel me traiu ao descobrir sobre isso e omitir. Meu irmão ainda não sabia como a máfia realmente funcionava na prática. O que teve sempre foram conversas, palavras jogadas ao vento. Nunca a coisa real.

Eu daria isso a ele.

Kalel aprenderia como ser um mafioso, aprenderia que o nome Vitali detinha poder, mas também lealdade.

Fui fraco com ele, deveria ter ouvido Ruan. Deveria tê-lo inserido na Cosa Nostra aos quinze anos. Eu errei. Agora, mais que nunca, precisava focar nisso ou Kalel colocaria minha cabeça à prova diante de Enrico.

Porque se Kalel omitiu para proteger Ruan, eu não era tão diferente, omitindo de Enrico para protegê-lo.

Não percebi que adormeci até Jill me sacudir, chamando meu nome.

— Acho que nunca fiz algo tão bonito. — Sua voz era contemplativa. — Essa bailarina deve ser importante para você.

— Não, ela não é. A tatuagem é só... algo.
Jill me observou levantar da maca em silêncio.
— Não marcamos nossa pele e alma por coisas insignificantes. Você vai levá-la para sempre, até na morte, então na próxima tatuagem escolha algo que o faça sentir.
Jill se ergueu, esticou a coluna e reuniu as canecas de café na bancada. Olhei para meu relógio e suspirei. Já eram 6h da manhã.
— Volte, preciso terminar o sombreado.
Virei-me para o espelho e engoli com força.
La mia ballerina.

15

ADALIND SINK

Art foi o caminho inteiro ora olhando para o trânsito, ora para mim pelo retrovisor.
Não o culpava, minhas lágrimas não cessaram, por mais que eu tentasse, elas continuavam caindo. Mariano foi tão abrupto. Esperei uma despedida, algo, qualquer coisa, menos que ele me jogasse para seu segurança sem nem me comunicar. Não sabia se era realmente isso que estava doendo ou o fato de que não nos veríamos mais.

— Você está bem? — Taylor estava me encarando pela tela do celular.

Estava no jardim da faculdade, sentada entre os arbustos, tentando estudar. Quando ficou nítido que eu não conseguiria, Taylor ligou.

— Não. — Mordi meu lábio com força. — Eu conheci uma pessoa aqui.

Taylor prendeu o cabelo loiro, seus olhos arregalaram.

— Sério? Então, por que está triste?

Seu sorriso era lindo. Deus, como eu sentia sua falta!

— Terminei com ele ontem. Na verdade, não tínhamos nada para terminar. — Sorri sem graça, arrancando uma flor azul-marinho. Era linda, havia cinco pétalas. — Mas dói. E eu o conheço há pouco tempo.

— As pessoas sempre tentam ironizar romances rápidos, mas a paixão é assim. Abrupta. Num segundo, você está bem, e no próximo, tudo que você percebe são as malditas borboletas no estômago.

— Exatamente. — Ri, piscando para afugentar as lágrimas. — Não é que eu o ame, Tay, não, mas o tempo que estive ao seu lado foi bom. Ele era bom para mim.

Mariano sempre foi. Cuidou de mim diversas vezes. Tinha seu lado possessivo, mas quem disse que eu não gostava disso também?

— Então, por que acabou?

Porque ele se casaria. Porque iria embora para a Itália. Porque ele era um mafioso.

— Porque estamos em momentos diferentes da vida.

Taylor não empurrou a questão, mesmo sabendo que fui vaga.

— O caminho de duas pessoas pode se cruzar quantas vezes forem necessárias. Foque nisso, Adalind.

Sim, talvez, mas quanto tempo eu esperaria por isso?

Taylor se despediu dizendo que iria para a aula. Eu permaneci no mesmo lugar até ficar com fome. Andei carregando minha bolsa por alguns metros e parei ao ouvir passos bem próximos. Virei-me devagar, olhei para a grama verde com alunos espalhados, sem ninguém tão perto.

Voltei a andar, balançando a cabeça. Porém me lembrei de Mariano falando que colocaria seguranças comigo. Era Art ou Trey? Virei-me novamente e, dessa vez, vi um homem de moletom se esconder atrás de uma pilastra.

Meu coração começou a bater rápido. Dei um passo na direção, mas parei. Mamãe sempre disse para correr diante do perigo, não ir até ele. Porém era um dos seguranças de Mariano. Certo?

Andei até lá, mas quando olhei atrás da pilastra, não havia ninguém.

— Ah, meu Deus! — O grito ecoou assim que senti um toque em meu ombro.

Virei-me rígida e vi um garoto diante de mim. O sorriso que tinha na boca sumiu com meu berro.

— Desculpe, eu não queria assustar você.

Coloquei a mão no meu peito e respirei fundo.

— Não, eu estava distraída. — Controlei minha respiração e o encarei. — Pronto.

Ele era alto, bem mais que eu, igual Mari, mas era magro. Não tinha os músculos do homem que estava na minha cabeça vinte e quatro horas por dia. Seu cabelo era preto, e os olhos castanhos.

— Oi de novo! — Nós rimos e ele continuou. — Sou Dean. Estou me formando esse ano com sua amiga Jordin.

Oh, um bailarino sênior.

— Oi, Dean! Eu sou Adalind. Entrei esse ano na Julliard.

Ele sorriu, como se já soubesse disso.

— Então, eu quero conversar com você sobre Jordin. Tem tempo para tomar um café?

Eu não tinha, mas resolvi aceitar porque a cara do Dean não era das melhores.

— O que tem Jordin? — perguntei assim que entramos no café da faculdade.

Dean pediu um minuto e voltou com dois cappuccinos.

— Ela é meu par na apresentação de sexta. Nós estávamos ensaiando ontem, e isso caiu da roupa dela.

Dean abriu a mão devagar e eu franzi as sobrancelhas. Havia um pacote pequeno. Era uma trouxinha e dentro tinha algo branco...

— Não. Não é isso que está pensando. — Corri para falar, mas Dean escondeu o objeto sem prestar atenção. — Ela não usa nada disso...

— Olha, você mora com ela. Não falei para ninguém, só queria que alguém ficasse de olho. Jordin é uma boa garota, sempre foi. Não quero vê-la se perder.

Dean se ergueu sem tocar no café. Quando ele saiu pela porta, eu me senti pequena e com medo. Não sabia o que fazer, muito menos se faria algo. Jordin não usava isso, eu saberia se usasse, certo?

Levantei-me da cadeira e vi Matt e Blanche entrarem. Jordin não estava com eles. Aproximei-me devagar e sorri quando eles me olharam.

— Tudo bem? Vocês viram Jordin?

Eles se entreolharam e Matt respirou fundo.

— Não estamos mais andando com ela.

— O quê? Por quê? — Minha voz aumentou e isso fez algumas pessoas nos olharem.

— Vidas diferentes.

Mentira. Porém não tinha mais tempo para falar. Eu me despedi e corri para minha aula. Não me concentrei em nada. Errei passos que aprendi ainda criança e minha professora olhou feio para mim toda a aula. Assim que acabou, eu a vi se aproximar.

— Adalind, você está bem? — Sra. Riley era uma bailarina linda e talentosa que viajou pelo mundo, fez o que era o sonho de todos ali.

— Desculpa, eu estava com a cabeça longe.

Ela semicerrou os olhos.

— Você quer participar do festival de inverno. Vi que está nas aulas preparatórias de Frankie. — Sua voz ficou lenta. — Você tem talento, sem dúvida, uma das melhores dessa turma, mas você não vai passar nas audições se estiver com a cabeça longe.

— Eu...

— Foi a única corajosa o bastante para se inscrever e acho isso surpreendente. Você tem chances, mas seu foco, seu tempo livre e sua vida têm de estar aqui, nesse estúdio.

Meu coração bateu forte, animação encheu meu peito.

— Obrigada, Sra. Riley! Vou focar, prometo.

Ela sorriu, afrouxando o coque perfeito.

— Bem, minha turma preparatória começa amanhã. Quero vê-la lá.

— Prometo que estarei.

Ela acenou e eu me despedi, saindo do estúdio tentando conter a alegria que sufocava meu peito. Participar do festival seria mais que perfeito, seria uma realização pessoal. Sempre sonhei em me apresentar em um festival grande, como o de inverno. Queria muito, então meu foco ficaria nisso até as audições.

Nada me tiraria do foco.

Nem Mariano, nem Jordin, nem mamãe. Ninguém.

─────✧─────

Nas semanas seguintes, ainda não havia criado coragem para perguntar a Jordin sobre a droga que Dean falou, mas estava mais atenta. Eu a observava direto sempre que estávamos juntas. Ela parecia normal, não sabia dizer se havia algo de errado.

Ela ainda dançava no Rebel, mas apenas no sábado. Nunca mais coloquei meus pés lá. Primeiro, porque meu foco estava em passar nas audições e, segundo, porque eu não poderia ver Mariano.

Não queria saber dele, mas Jordin sempre dava um jeito de comentar.

Quando contei a ela que não nos veríamos mais, ela ficou bastante aliviada. Parecia feliz, até. Bem, pelo menos, alguém estava.

Todas as noites eu dormia agarrada ao lençol que roubei da casa dele. Não lavei, porque tinha seu cheiro. De alguma forma, eu sentia sua presença com o tecido caro. Relembrar nossas loucuras juntos era minha forma de tortura. Porém eu precisava repassar em minha mente, porque tudo isso parecia mentira.

A bailarina jovem, virgem e boba que saiu de Riverhead se envolveu com o homem mais perigoso de Nova Iorque.

Era inacreditável e um pouco trágico.

Mariano Vitali me fez sentir meu sangue correndo pelas minhas veias, ele me fez sentir viva como nunca antes. Se eu dissesse que não sentia sua falta estaria mentindo.

Queria seus braços, sua cama, ele.

— Onde está sua cabeça? — A pergunta baixa de Frankie me fez pular.

Eu estava em mais uma aula preparatória. Meu corpo estava dolorido devido aos ensaios contínuos. Eu não parava em casa, vivi os últimos dias dentro do estúdio, dando meu máximo.

— Desculpa, vou me concentrar.

Tentei sorrir, mesmo começando a detestar Frankie. Ele estava irritado nas últimas aulas, e depois do seu comentário sobre meu peso, não sentia qualquer tipo de afeição por ele.

— Bom, porque nem todas vocês, na verdade, poucas de vocês vão passar nessa audição. Foquem nisso.

Ele se virou, andando para longe. Eu pisquei rápido, tentando conter a umidade em meus olhos. Frankie estava sendo horrível, não só comigo, com todos. No dia em que o conheci, ele parecia outra pessoa. Agora, sempre que podia, resmungava sobre nossos erros, chamava nossa atenção com irritação visível.

Jordin me olhou ao lado e eu tentei sorrir. Ela estava quieta hoje, parecia focada. Jordin e Dean fariam uma apresentação solo no festival. Era um sonho e eu estava feliz por ela. Jordin era uma bailarina excelente.

Assim que a aula acabou, eu caminhei ao lado dela para casa.

— Droga, esqueci minha garrafa. — Jordin praguejou e eu a vi se virar. — Já a alcanço.

Acenei enquanto ela se perdia entre as pessoas. Andei pela calçada, vendo as árvores e ouvindo música. Uma mania que eu tinha de perder. Chegando perto de casa, tirei os fones. Só assim ouvi os passos. Virei-me, percebendo tarde demais que não havia ninguém ao redor, eu estava sozinha.

Um homem estava parado, como se tivesse cessado os passos abruptamente. Ele estava de moletom, o capuz cobria seu rosto.

— Art? Trey? — Dei um passo, mas parei quando ele correu para as árvores.

A curiosidade era minha inimiga, por isso não segui o homem. Virei-me e corri para casa. Joguei minha bolsa na cama e peguei meu celular enquanto meus dedos tremiam.

Quando ele atendeu, meu coração virou uma poça derretida.

— Art ou Trey estão me seguindo? — Minha respiração estava ruidosa, corri rápido para me abrigar no dormitório.

— Como?

— Seus seguranças estão me seguindo? Estão me protegendo ou alguma merda assim? — Minha voz aumentou.

Eu olhei pelo espelho, meu coque ainda estava bem preso, mas eu estava branca demais.

— Não fale palavrão.

— Mariano, responda!

— Por que você está perguntando isso? — A cautela em sua pergunta me deixou mais nervosa.

— Nos últimos dias... Duas vezes peguei um homem me seguindo. Ele usa moletom, cobre o rosto... É Art? Trey? — As palavras foram diminuindo. — Eu me assustei... Olha, quando eu o vejo, ele corre. Diga a ele que não precisa correr. Na verdade, não quero proteção, eu não preciso disso.

— Respire, Adalind. — Mariano parecia tão calmo.

Que inferno!

— Pare. Não preciso de alguém me protegendo. Não estamos mais juntos, não tem nada a ver...

— Olha, nenhum deles está seguindo você.

O que... Olhei para a janela, dando passos até lá. Quando meus olhos foram para a calçada, do outro lado, eu vi o moletom. O homem estava parado, de cabeça baixa.

— Oh, meu Deus! — Solucei, tropeçando para trás.

— Adalind! O que houve?

— Ele está aqui. Na calçada. — Subi na cama, tremendo, e me agarrei com o lençol do Mari. — O que ele quer? Não fiz nada... Eu juro, não fiz nada.

— Fique quieta. Não abra a porta para ninguém.

Eu solucei, o medo tomando conta de todo meu corpo. Fechei meus olhos, ainda estremecendo. Quem era aquele homem? O que ele queria?

Lágrimas encheram meus olhos e elas caíram. Tentei enxugá-las, mas continuavam caindo. Funguei e percebi que o celular ainda estava comigo. Levei para a orelha e ouvi Mariano.

— Fique calma. Estou aqui, *ballerina*.

Mas ele não estava. Nunca mais estaria.

Solucei mais alto, deixando o celular cair. Abracei minhas coxas e fiquei parada, chorando, completamente assustada.

Quando bateram à porta poucos minutos depois, esperei Jordin gritar sobre meu choro, mas não era ela. Era Mariano.

Não sei como corri tão rápido, mas em um segundo eu estava em seu colo, coxas ao seu redor, molhando seu terno caro com meu choro.

— Shhhh, *la mia ballerina*. Estou aqui.

16
Mariano Vitali

Quem era e onde eu o encontraria?

Apenas essas duas coisas estavam fodendo minha cabeça repetidamente enquanto *ballerina* estava agarrada a mim como se eu fosse salvá-la de qualquer mal.

Droga, eu ia.

— Conte-me o que houve — pedi, sentando no sofá.

Adalind fungou, seu cabelo estava solto, o coque desfeito. O nariz arrebitado estava vermelho como as suas bochechas. Os olhos inchados acertaram meu peito. Ela estava chorando por bastante tempo.

— Eu vinha com Jordin... — Ela parou quando um soluço cortou sua fala. — Ela esqueceu a garrafa no estúdio e me deixou. Andei até perto daqui com os fones, não ouvi por causa da música. Quando tirei, escutei as passadas.

Ela terminou contando que o maldito correu para as árvores. Perguntei também da outra vez, e Adalind explicou devagar que estava estudando e o imbecil a seguiu.

— Juro que não fiz nada a ninguém, Mari. — Seu lábio tremeu e eu a puxei contra meu peito.

— Art e Trey estão procurando por ele. Se o acharem, vou matá-lo por assustar você dessa maneira.

Adalind passou os braços pelo meu pescoço, chorando baixo. Eu a abracei, senti seu cheiro que eu estava com tanta saudade. Fazia semanas desde o dia em que a deixei com Art e não tinha a porra de um dia que eu não pensasse nela.

Quando ligou, eu estava perto, em uma reunião. Não acreditei que era ela até ouvir sua voz.

A porta foi aberta e Jordin entrou. Seus olhos se arregalaram quando me viu.

— O que houve? Adalind? — Ela se aproximou ao ouvir o choro de Adalind.

— Ah, Jordin! — *Ballerina* se ergueu e a amiga a abraçou. — Tem um homem me seguindo...

Adalind contou tudo a Jordin e eu me ergui, pegando meu celular. Enviei mensagem a Art perguntando se acharam algo e ele respondeu negando. Merda!

— Que absurdo! Vamos notificar à reitoria...

— Não será necessário — rebati, guardando meu celular. Jordin me encarou e Adalind fez o mesmo enquanto arrumava meu terno. — Adalind vai sair daqui.

— O quê? — ambas gritaram e eu acenei.

— Não, ela não tem para onde ir...

Na verdade, tinha.

Adalind respirou fundo e se virou para Jordin.

— Vou falar com Mariano. Volto já.

Ela liderou o caminho e eu a segui. Quando Adalind fechou a porta, virou-se para mim.

— Estou com medo, mas não vou sair daqui. Art pode ficar comigo...

— Não, você vai ficar em um apartamento com seguranças. Art vai ficar com você, para vir às aulas.

Adalind engoliu com força e desviou os olhos dos meus. Aproximei-me, tentando entender o que fiz agora.

— O que foi?

— De quem é esse apartamento? — Sua pergunta me fez semicerrar os olhos.

— Meu. Por mim, você ficaria na mansão, mas não acho que queira.

Então ela me olhou. Deus, seus olhos eram como um maldito sol. Tão intensos.

— Eu quero.

Oh, porra.

Como assim, ela queria?

— Dias atrás você não queria que nos víssemos, Adalind. — Eu a lembrei, trocando o peso de um pé para o outro.

Ela cruzou os braços, esmagando os seios que eu estava tentando não olhar. O maiô, ou collant, como amava me corrigir, estava colado e ela usava uma legging.

— Não vamos voltar... — *Ballerina* respirou fundo, o choro havia cessado. — Sinto-me segura sabendo que estou perto de você. Só isso.

Alguém podia parar a porra do sorriso que queria partir meu rosto. Controlei-me e acenei.

— Como você quiser.

Ela olhou ao redor e passou a mão pelo cabelo ruivo. Aproximei-me mais, toquei a mecha vermelha e a tirei do seu rosto. Os olhos vieram para mim e Adalind me consumiu com seu olhar.

— Vou pegar esse maldito, *ballerina*. Eu prometo.

— Eu sei. Obrigada por vir. Eu...

Ela fechou os lábios que eu queria beijar. Eu a beijei uma vez, mas foi suficiente para sua boca se tornar meu vício.

— Sempre virei para você, Adalind. — Toquei sua bochecha e senti suas mãos em meu peito. — Mesmo quando eu morar a um oceano de distância, ainda virei. Eu juro!

Ballerina piscou e uma lágrima desceu por sua bochecha.

— Quando você vai?

Não queria falar sobre isso, porque era horrível. Não queria, mas não importava. Meu desejo não importava. Eu me mudaria, moraria em San Marino. Eu me casaria com Rihanna ou Ravena.

— Em um mês e pouco.

Assisti como isso a atingiu. Sabia que Adalind e eu estávamos em uma corda bamba, onde nenhum se seguraria por muito empo, mas desejei que sim. Que conseguíssemos.

— Temos esse tempo para pegar esse homem e eu posso voltar para minha vida e você poderá ir para seu futuro.

Por que parecia que ela estava doente? Droga!

— Junte suas coisas. Vou esperar na sala.

Adalind acenou e eu saí do quarto. Assim que cheguei à sala, Jordin estava sentada, ainda assustada. Não a culpava.

— Ela vai comigo. Se alguém parecer suspeito, ligue para ela.

— Por que você quer levá-la daqui? — Ela se ergueu, como uma leoa. — Você não vê que faz mal a ela? Adalind se apaixonou por você e nem percebeu ainda. Ela dorme com aquela porcaria de lençol toda noite, às vezes ainda a escuto chorando.

Jordin me olhou como se tivesse nojo de mim. Eu não dava a mínima. Ela era insignificante.

— Jordin, é melhor você deixar seu nariz onde você encontra prazer. Não na porra da minha vida.

Ela ficou rígida, mas de novo não dei a mínima.

Havia poucas pessoas no mundo com quem eu me preocupava, Jordin com certeza não era uma delas.

— Quando despedaçá-la, porque eu sei que vai, irá me agradecer por estar aqui, colando os cacos que você quebrou.

A amiga de Adalind se virou e foi para o quarto.

Eu tolerava Jordin, mas tinha de admitir, ela estava certa. Não tinha certeza, mas se o cara que a seguiu fosse um inimigo meu? Não me perdoaria se algo acontecesse com Adalind por minha culpa.

Ballerina não demorou muito. Quando surgiu na sala estava com uma mochila e uma mala, nada grande. Eu tinha certeza de que ali não estavam todas as suas coisas.

— Ok, acho que estou pronta.

Nós saímos do dormitório em silêncio. Art e Trey estavam perto do carro e entraram depois de nós.

— Não havia ninguém mais. Uma garota disse que viu um homem de moletom, mas ele entrou em um carro e foi embora — Trey resmungou enquanto Art acelerou para fora do campus.

Adalind balançou a perna repetidamente. Esperei que parasse sozinha, mas ela não o fez. Pousei minha palma em sua coxa, detendo-a. Não a encarei para ver sua reação. Porém fiquei satisfeito quando ela não retirou minha mão.

Meu celular tremeu e vi uma mensagem de Kalel.

"Onde você está?"

"A caminho."

Não houve mais respostas. Ele ainda estava irritado pela surra que levou. Assim que saí de Jill aquele dia, fui para casa. Kalel estava furioso e já sabia da morte de Ruan.

Nada que ele falasse faria a morte do nosso pai doer. Nada.

Mas doeu ao saber da sua traição.

Lutar com meu irmão sempre foi divertido, mas aquele dia eu não me segurei. Eu o espanquei, e quando ele caiu no chão, todo arrebentado, eu o lembrei a quem devia lealdade. A mim.

Quando chegamos à mansão, Kalel estava na sala. Ele olhou para Adalind e depois para as malas, mas ficou em silêncio. Bom, eu não precisava da sua opinião.

Peguei a mala e mochila de Adalind e nós subimos. Abri a porta do quarto de hóspedes e entrei com ela na minha cola.

— Tome um banho, eu volto em meia hora.

Ballerina olhou ao redor do quarto iluminado e me encarou.

— Está diferente.

Estava. Mandei a governanta arrumar o quarto, trocar lençóis e cortinas por algo mais claro e feminino. Havia ficado a cara de *ballerina*. Rosa pálido e luz.

— Volto já.

Adalind acenou, então me virei e fechei a porta ao sair.

Encontrei Kalel comendo na cozinha. Apoiei-me no balcão após pegar um copo de água. Meu irmão me encarou e quase me senti mal pelo olho ainda verde.

— Ela veio morar aqui?

— Sim, por um tempo. Tem um cara a perseguindo — respondi, suspirando.

— Como assim? — Kalel arregalou os olhos. — Ela está bem? E Jordin? Tranquilizei meu irmão ao explicar tudo.

— Nossa, que bosta! Coitada da Adalind. — Meu irmão suspirou triste.

Acenei, concordando.

Adalind estava muito nervosa para compreender como foi estranho tudo isso. Por que ele não a pegou quando teve a chance? Não havia ninguém na rua, nem na mata ao lado. Tudo contribuía.

Era estranho.

— Wayne vem jantar conosco hoje?

Sim, havia esquecido por completo. Wayne precisava aprender algumas coisas de Nova Iorque e eu estava passando tudo antes de ir para San Marino. Era estranho entregar todo meu trabalho na mão dele, porém, era necessário.

— Sim, peça ajuda a Adalind para cobrir seu rosto. Essa porra está horrível.

Ele revirou os olhos, mas acenou. Subi procurando por *la mia ballerina*. Quando a encontrei, tentei manter meus olhos em seu rosto, mas sua roupa, ou a falta dela, estava atraindo meus olhos.

O short era curto, mostrando suas coxas e marcando sua boceta. A camisa era larga, mas curta, eu conseguia ver toda sua barriga. Ela ergueu os olhos e eu engoli com força.

— Tenho de mostrar algo para você.

— O quê?

— Venha, *ballerina*. — Estendi a minha mão, porém, Adalind ponderou, observando meus dedos como se fossem um abismo.

Quando enfim nossos dedos se tocaram, soltei o ar preso em meus pulmões que eu nem percebi que estava prendendo.

Eu a levei para fora e a guiei pelos corredores da mansão até pararmos numa porta. Eu a abri devagar e dei um passo para o lado. Adalind absorveu os cantos da sala ampla e se virou, olhando para mim.

— Co-como... — Sua voz era baixa. — Você fez isso?

Na verdade, não.

— Estava feito, só mandei tirar as caixas que eu guardava aqui.

Adalind se virou e, devagar, tocou a barra presa à parede. Seus olhos engoliam cada detalhe, e quando parou no meio, estava sem fôlego.

— Era da sua mãe?

— Mais ou menos. Quando morreu em um acidente de carro, estava grávida de uma menina. Esse lugar era para a bebê.

— Oh, eu sinto muito...

— Está tudo bem. — Forcei minha voz e me virei para sair. — Pode treinar para as suas audições aqui. Quando tiver aulas, Art ou Trey a levará até o campus.

Adalind ficou em silêncio, por isso me voltei para ver seu rosto.

— Sente-se, vou dançar para você.

Porra. *Ballerina* apontou para uma poltrona na ponta. Mesmo sabendo que eu não deveria, fechei a porta, sentei-me e esperei pela sessão de tortura.

Porque ver Adalind dançar, sabendo que não poderia tocá-la, seria como a própria morte.

Ela estava de sapatilhas. Nem havia percebido isso, pois estava focado demais na indecência da roupa dela. Adalind respirou fundo, ergueu os braços e, devagar, um deles desceu enquanto sua perna reta fez um círculo no piso.

Sua dança era fluida, seu rosto se transformava a cada nota da música. Sofrimento nas pesadas, calma nas suaves. Tortura nas rápidas e toda essa encenação, enquanto flutuava pelo estúdio. Ela pulou, girou, pousou no solo com as pernas abertas. Adalind era magnífica.

Quando a música parou, *ballerina* estava de pé, com uma das mãos para o alto diante de si, outra para trás, mais baixa. As pernas da mesma forma, na ponta das sapatilhas. Seu peito subia e descia rápido.

Eu me ergui e foi impossível não aplaudi-la.

La mia ballerina era perfeita.

— Tenho pena de quem vai concorrer com você. Eles não têm chance.

Ela riu, pousando o solado da sapatilha no chão.

— Obrigada, Mariano! Por tudo.

Não era nada perto de tudo que eu queria fazer por ela. Adalind merecia o melhor.

— Eu sei que não estamos mais... juntos.

Ergui o rosto quando sua voz soltou essas palavras. *Ballerina* lambeu os lábios rosados e mordeu um deles. Suas mãos se retorceram juntas enquanto isso.

— Você não tem qualquer responsabilidade sobre mim. Nenhum dever, então, obrigada! — Ela deu um passo em minha direção, e depois outro e outro, até parar diante de mim. — Espero um dia retribuir tudo.

— Eu estou retribuindo, Adalind.

Ela franziu as sobrancelhas e inclinou a cabeça, confusa.

— Não fiz nada...

— Você me deu algo precioso, algo que vou recordar no meu leito de morte. Sempre.

Ballerina engoliu em seco, o colo avermelhado.

— Você já sabe o que é?

Ela lambeu os lábios de novo. Eu limpei o canto da boca com o polegar, assistindo ao seu embaraço.

— O que é, *ballerina*? O que me deu de tão precioso que recordarei até na morte?

— Minha virgindade.

Sim, inferno, sua boceta intocada. Ela me entregou uma cereja da qual nunca me cansaria de provar. Nunca me cansaria de recordar aquela noite.

Porque foi quando Adalind quis me pertencer.

17

ADALIND SINK

Estava tentando ser otimista, fingindo que estava bem na frente dele, do seu irmão ou seguranças, mas a verdade era que eu estava apavorada. Não conseguia mais dormir ou me concentrar. Minha vida estava resumida ao estúdio, onde ele me deixou há uma semana.

Uma semana embaixo do seu teto, vendo-o em raras ocasiões e me remexendo em seus lençóis.

— Você está bem mesmo? — Jordin se sentou diante de mim na cafeteria, parecendo cansada.

— Sim, Jordin, estou. Ficar naquela casa sem estar com ele é horrível, mas me sinto segura. — Minha voz ecoou suave.

— Imagino que sim. — Ela agarrou a minha mão e respirou fundo. — Eles já têm alguma pista?

— Não. Fui à faculdade todos os dias, mas com Art. O homem do capuz nunca mais apareceu e isso estava me deixando nervosa. Ele havia me deixado em paz? Ou só estava sabendo que eu andava com seguranças?

Olhei sobre meu ombro e Art me encarou de pé, na parede. Seus olhos eram atentos a tudo enquanto tomava um café. Ele estava com roupas casuais e, pela primeira vez, percebi o quanto ele parecia jovem. Loiro, olhos escuros e tatuagens. As garotas o comiam com os olhos.

Mas ele estava focado em minha proteção.

Mariano confiava nele e em Trey mais que em qualquer um.

— Não.
Os ombros de Jordin baixaram e ela olhou para o café intocado.
— Sinto sua falta. É horrível estar naquele lugar sozinha.
Eu imaginava.
— O cara não me segue há um tempo. Se na próxima semana continuar assim, peço a Mari para voltar para casa.
Jordin me deu um sorriso, esse foi o único lampejo de felicidade que vi desde que se sentou comigo.
— Vamos cruzar os dedos.
Nós duas cruzamos, rindo.
Terminei de tomar meu café e Art nos seguiu até o estúdio onde aconteceria a aula de Frankie. Assim que entramos, depois de nos trocarmos, nós nos sentamos enquanto Art ficava à porta, do lado de fora.
Frankie estava atrasado. Ninguém estava entendendo o motivo e todos começaram a cochichar. Fiquei quieta enquanto Jordin conversava com uma menina ao lado. Meu coração começou a acelerar à medida que os segundos passavam, então me ergui devagar, sentindo minhas palmas suadas.
— Adalind?
Ignorei Jordin. Andei até a porta e a abri devagar. Cacei Art, mas o corredor estava vazio. Dei um passo na direção dos vestiários. Tudo em mim gritava para que eu corresse, mas minhas pernas não me obedeciam. Quando empurrei a porta, encontrei Art.
— Oh, meu Deus! — Caí de joelhos ao lado do homem loiro.
Havia sangue em sua barriga. Espalmei minhas mãos contra o ferimento, sentindo líquido vermelho e espesso molhar minha pele.
— Socorro! — gritei, olhando Art respirar devagar. — Art, fique quieto. Está tudo bem...
As lágrimas embaçavam minha visão.
— Porra! — Jordin gritou atrás de mim e eu a olhei.
— Pega meu celular. Liga para Mariano e para a ambulância. Agora!
Ela correu para fora enquanto Art tentava abrir a boca.
— Shhhh, tá tudo bem. Não fale.
Porém ele parecia querer. Um soluço rasgou minha garganta enquanto minhas mãos não conseguiam estancar o sangue. O líquido corria, molhando o chão e o meu tutu.
Não sei quanto tempo levou até Mariano chegar, mas quando passou pela porta, eu já estava de pé, soluçando.
— Ele vai ficar bem, *ballerina*.
Sua voz ecoou em minha mente quando Art foi levado para a ambulância. Ele não estava mais consciente, porém respirava. O socorrista disse que havia sido um corte de faca.
— Leve-me embora daqui — implorei, tentando segurar as lágrimas.
Não fazia ideia do motivo para isso estar acontecendo. Primeiro, o homem me seguindo, e agora isso. Odiava pensar que Art estava machucado por minha culpa.

— Vamos.

Mariano me guiou para fora e vários alunos assistiram à nossa saída. Vi Jordin parada com minha bolsa e Mari a chamou. Fomos juntas para a mansão enquanto minha mente repetia a cena.

— Você precisa de um banho, Adalind. — Jordin pontuou, com o rosto vermelho e inchado; ela parecia ter chorado também.

Mariano me ajudou a subir para o quarto e me levou para o banheiro quando a banheira já estava cheia.

— Aqui, vamos lavar o sangue.

Sangue.

Nem me lembrava dele, mas quando olhei para a minha roupa de balé, tudo estava manchado. A saia era o pior de todos, o rosa seco estava um vermelho-vivo.

— Entre.

Olhei para o chuveiro e entrei debaixo. Minha pele se arrepiou em contato com a água quente. De alguma forma, estávamos diferentes. Meu corpo, um iceberg, e ela, um vulcão. Logo a larva esfriou e Mariano puxou as peças para fora, deixando-me nua.

Olhei para ele para ver sua reação, mas ele parecia tão concentrado em me deixar limpa, que talvez nem tivesse percebido minha nudez. Fui levada para a banheira e meus braços puxaram minhas coxas contra meu peito. Fechei meus olhos, a cabeça sobre os joelhos, enquanto minha mente corria a uma velocidade insana.

— Foi ele, não foi?

A pergunta soou dolorida e novas lágrimas chegaram. Senti as mãos de Mariano tocarem minha coluna e depois segurarem minhas mãos. Virei o rosto e o encontrei de joelhos, ao lado da banheira.

— Foi por minha culpa, Mari.

— Não foi culpa sua, Adalind — ele grunhiu e sua mão segurou meu rosto, com um carinho que apenas ele conseguia transparecer. — É daquele infeliz. Art vai ficar bem, ele já entrou em cirurgia e logo estará de volta.

— Mas ele se machucou...

— Sim, mas Art é um soldado da Cosa Nostra. Uma facada é um simples problema em comparação com tudo que passamos.

O quê? Foquei em seus olhos, de alguma forma consegui ver nas íris azuis a verdade. Eles já sofreram muito mais.

— E como vocês aguentam?

Mariano sorriu, mas não era um sorriso que eu ficaria horas observando. Era cruel, um pouco insano também.

— A escuridão nos molda, Adalind.

Um arrepio atravessou meu corpo. O sorriso, o tom, as palavras. Parecia que eu estava diante de um demônio. Uma fera criada para matar.

— Você vai pegá-lo, Mari?

— Eu sonho com isso todos os dias.

Acreditei nele, porque quem estava falando não era apenas o homem, era o demônio.

A fera moldada pela escuridão.

━━━•❦•━━━

Mariano me tirou da banheira assim que a água esfriou. Ele enfiou uma camisa em minha cabeça e depois me sentou na cama. Devagar, ele penteou meu cabelo. O homem por quem eu estava quase me apaixonando cuidou de mim como ninguém jamais o fez.
Só ele.
O mafioso de quem eu deveria ter medo.
Essa era a grande piada. O homem cruel estava sendo a minha única proteção. O homem mais temido de Nova Iorque estava cuidando de mim.
A *bestia* cuidando da sua *ballerina*.
Mas a fera pertencia à bela princesa, uma nascida dentro da máfia, não à *ballerina*. Ele nunca seria da *ballerina* que se apaixonou em meio ao caos que sua vida havia se transformado.
Isso doía.
Pousei minha palma sobre meu coração enquanto as borboletas alçavam voo. Elas pareciam ignorar a realidade. Eu queria fazer o mesmo, mas adiar o inevitável era apenas pôr panos quentes.
Um dia, tudo viria à tona e a *ballerina* sofreria muito mais.
Deus, como sofreria!
— O apartamento fica onde? — Minha pergunta fez Mariano soltar a escova na cama. Ele andou até estar diante de mim.
— O quê?
Respirei fundo, reunindo coragem. Por que ele tinha de ser tão lindo? Como ele não conseguia ver isso? Por baixo e por cima da cicatriz, Mariano Vitali ainda era o homem mais lindo que já vi.
— O apartamento no qual me colocaria. Onde fica?
— Por que você quer saber? — Sua mão correu os fios pretos.
Mariano me encarou como um falcão faminto, louco para comer. No caso dele, louco para entrar em uma guerra.
— Quero ir para ele e gostaria de perguntar se Jordin pode ir para lá.
Acho que nunca vi ninguém parecer tão louco apenas em olhar seus olhos. Eu via a briga interna, seus dois lados se sacudindo, ordenando e querendo matar um ao outro.
— Não quero que vá.
— Eu sei. — Acenei para sua frase básica, quando nós dois sabíamos que ele queria falar mais.
— Então, fique.
— Para quê, Mariano? — Sustentei seu olhar, cansada. — Eu ouvi Jordin dias atrás. Sobre eu estar apaixonada.
Seus ombros ficaram rígidos e ele parou de respirar.
— É verdade.
Nenhum de nós respirou, falou ou se mexeu. Apenas ficamos nos olhando, pensando no peso disso.

— Quero ser uma bailarina profissional. Quero viajar o mundo. É o meu sonho.

Ele engoliu com força, desviou os olhos e se ergueu. Em dois passos, ele estava diante da janela. Suas costas flexionaram quando ele cruzou os braços, ainda em silêncio.

— Você vai se casar, morar na Itália, ter filhos e ser o mafioso que nasceu para ser. — Continuei tentando me convencer disso também.

Doeu. E esperei que tivesse doído nele, mas sabíamos o óbvio; a fera não sentia nada. Nenhuma reação. Nada.

— Ficar aqui, perto de você...

— Você se sente segura — murmurou, ainda de costas.

— Sim, como nunca, mas uma parte de mim se torna vulnerável.

Mariano se virou lentamente. A luz do dia entrava pela janela, contornando seu corpo. Ele parecia um anjo malvado. Um demônio.

— Que parte, Adalind?

— Ele.

Seus olhos seguiram minha mão e ele assistiu ao meu toque acima do meu coração.

— Eu agradeço se Art ou Trey puder continuar comigo, senão, tudo bem. Eu só... — Parei de falar quando o vi andar para o closet. — Mariano?

— Eu vou matar o homem que está perseguindo você, e depois vou deixar seu coração seguro, longe de mim.

Ele se virou, segurando duas armas. Meu corpo ficou rígido ao vê-lo manusear ambas e guardá-las no coldre. Mariano andou até ficar diante de mim.

— Trey vai levá-la para o apartamento amanhã. Vou enviar alguém para checar tudo e limpá-lo.

Tentei falar algo, mas minha garganta estava seca, fechada. Meu coração batia como um louco enquanto eu desejava mais que tudo ir até ele para beijá-lo e dizer que eu o seguiria para onde fosse, que eu seria seu segredo enquanto estivesse em um casamento. Pedir, na verdade, implorar para que ele me fizesse sua.

Mas eu não podia. Não quando eu tinha sonhos dos quais não abriria mão.

— Obrigada, Mariano!

No entanto, quando ele sumiu pela porta, o coração que eu tanto queria proteger foi em suas mãos.

Ele era dele.

Não havia mais retorno.

18

Mariano Vitali

Art não havia acordado ainda quando cheguei ao hospital. Sua cirurgia durou duas horas, ele perdeu um rim que foi perfurado pela faca. Não havia nada nas câmeras do campus e ninguém viu o que houve.

— Precisamos que ele acorde e fale o que aconteceu. — Kalel estava ao meu lado, enquanto Trey me encarava do outro lado do corredor.

— O médico disse que ele vai acordar em breve. — Respirei fundo e estalei meu pescoço.

A noite foi uma porcaria como todas desde que Adalind chegou à mansão. Minha mente continuava colocando imagens dela nua em minha cabeça. A distância do corredor era pequena demais para a obsessão que eu sentia por aquela garota.

Toda vez que eu fechava minhas pálpebras, Adalind aparecia. O cabelo ondulado, o sorriso e os olhos de um anjo. Eu a queria com os lábios em volta do meu pau, chupando-me enquanto me encarava.

Eu queria aquela maldita *ballerina* como nunca quis nada na minha vida miserável.

Mas agora ela queria proteger seu coração, porque, de alguma forma, uma que eu não fazia ideia, Adalind Sink estava quase o entregando a mim.

A besta dentro de mim tinha sede e queria rasgá-lo, enquanto o homem lutava para mantê-lo intacto, comigo longe.

Eu conseguiria? Como eu poderia?

— Ele acordou. Um por vez, ok? — A enfermeira surgiu, segurando alguns papéis.
— Fiquem aqui — ordenei rápido, vendo Kalel se colocar ao meu lado. — Não queremos perturbar Art, apenas uma palavra.
Meu irmão acenou e Trey fez o mesmo.
O quarto era simples, mas limpo o suficiente. Art estava com os olhos abertos, quando me aproximei, respirou devagar.
— Ei, cara. — Apertei seu ombro com cuidado. — Quem foi que fez isso?
— E-ele. — Franzi as sobrancelhas para a palavra fraca.
Art tossiu um pouco e gemeu. Peguei um copo e o enchi de água, então o ajudei a beber e me afastei, esperando.
— O mesmo homem. Moletom, ele usava uma balaclava dessa vez também.
As frases eram baixas e quebradas quando a tosse vinha.
— Não viu nada diferente nele? Qualquer coisa.
Art franziu a testa e ficou um tempo assim. Quando ergueu os olhos, seu foco estava em mim.
— O moletom é de uma universidade. A dos jogadores...
De hóquei. A faculdade onde Adalind foi.
— Descanse. Sua esposa foi tomar um café, mas logo estará aqui.
Art acenou e eu andei para a porta, mas sua voz me fez parar.
— Adalind está bem?
— Sim, preocupada com você, mas bem.
Saí do quarto e andei para longe, sendo seguido por meu irmão e Trey. Ambos ficaram em silêncio até chegarmos ao carro.
— Ele disse um nome?
— Art falou algo?
Olhei para ambos e peguei meu celular.
— Nada. Ele disse que era o mesmo que persegue Adalind, mas que não viu nada.
Os dois franziram a testa e depois acenaram. Entrei no carro e vi Kalel ir para o seu enquanto Trey batia a porta.
— Adalind vai para o apartamento amanhã. Você e mais três homens farão a segurança dela. Ela não pode saber dos outros.
Trey se virou, confuso.
— Mas se Art não está, eu devo ficar com você. Somos seus seguranças pessoais.
E era por isso que eu queria que ele ficasse com ela.
— Confio minha vida a você e Art. É por isso que Adalind estará segura com você.
Ele abriu a boca para reclamar, mas lhe dei um olhar sério. Nada que ele falasse me faria mudar de ideia. Eu precisava liquidar a ameaça sobre Adalind antes de deixar Nova Iorque.
O relógio estava correndo e ele não esperaria por mim.

À noite, Adalind desceu para jantar usando um vestido com um corpete que empurrava seus seios para cima. Ele era curto, rodado, e fazia com que ela se parecesse uma deusa. Meu pau cresceu imediatamente, agradeci por estar sentado, com a mesa o escondendo.

— Boa noite! — Sua voz soou doce, igual sua boceta.

A imagem vívida das dobras, do mel deslizando, do sangue enfeitando meu pau.

— Boa noite, Adalind!

Ela se sentou ao meu lado. Kalel havia saído e éramos só nós dois. Serviram nossa comida, quando as empregadas se retiraram, Adalind começou a comer enquanto eu permanecia parado.

— Não gostou da comida? — Seus olhos azuis se ergueram para mim.

— Não era o que eu queria.

A imagem dela deitada na mesa, coxas separadas e minha cabeça afundando no centro me fez ranger os dentes.

— O que queria? A cozinheira pode preparar algo, não? — Adalind franziu as sobrancelhas, preocupada.

Meus olhos caíram em seus seios. Eles pareciam tão apertados, implorando por liberdade. Pedindo para que eu rasgasse o tecido, fazendo os dois montes se aliviarem.

— Mariano? — Sua voz me fez levantar o rosto. Adalind estava vermelha, envergonhada, no fundo da suas íris vi o desejo. — O que você quer comer?

Lambi meus lábios e limpei o canto da boca. Olhei para o prato diante de mim e cortei a carne, levando-a à boca em seguida. O gosto era saboroso, mas não era sua boceta. Imaginei que o suco da carne era sua excitação e quase gemi diante dela.

Adalind ainda estava me observando quando a olhei, seus seios estavam subindo e descendo rapidamente. Sua atenção cravada em minha boca e pescoço, indo e vindo.

— Você não comeu tudo. — Ela mordeu o lábio com força, fazendo o sangue se dividir.

Olhei para o prato e vi as empregadas entrando. Elas retiraram a louça e saíram. Não havia sobremesa hoje, eu não quis.

— Não era o que eu queria.

— E o que era isso?

Eu a encarei bem, sabendo que talvez fosse a última vez que estaríamos tão próximos.

— Sua boceta.

Os olhos dela se expandiram, seu colo alcançou um novo tom escarlate e sua boca estava aberta.

— Você me perguntou, é isso que eu queria. Você aqui, deitada, coxas abertas enquanto eu comesse sua boceta.

— Mariano.

— Estou faminto.

Adalind engoliu em seco, olhou para a porta onde as funcionárias passaram e se ergueu devagar. Imaginei que ela fosse se retirar pela minha ousadia, mas ela me surpreendeu.

— Ela pertence a você, lembra?

Meu autocontrole era admirável. Ela estava ao meu lado, seios pertos, boceta mais ainda, porém me mantive parado. Adalind se sentou na ponta da mesa, passou uma perna sobre mim, abrindo as coxas, então se deitou.

— Adalind — avisei, mas minha voz saiu falhada, como se houvesse cacos de vidro passeando pela minha garganta.

A saia do vestido cobria sua boceta, e talvez, apenas por isso eu estivesse me segurando.

— Coma, Sr. Vitali.

As pontas dos seus dedos agarraram o tecido rosa e ela o subiu, a calcinha era preta e de renda transparente. Assim que Adalind afastou mais as pernas, respirei fundo, seu cheiro me inebriando.

— Você disse...

— Não vou sair da sua vida sem uma despedida, Mariano. Se está faminto, estou também, então coma minha boceta. Mate sua fome.

Minhas mãos agarraram suas coxas, meus dedos fincaram na carne e eu a abri mais. A calcinha enrolou, entrando nas dobras, e eu me inclinei para cheirar os lábios, esfregando meu nariz na carne suculenta. Soltei uma coxa e puxei o tecido, rasgando e fazendo-o se enrolar na cintura dela. A boceta molhada ficou lisa e escorregadia diante de mim.

Peguei meu guardanapo e coloquei em sua boca. Adalind me olhou, tensa.

— Fique quieta, *ballerina*.

Sua boceta gananciosa apertou. Afundei o rosto entre suas pernas e voltei a agarrar suas coxas. Minha língua tocou apenas seu clitóris. Devagar e com uma força de vontade surpreendente, guardei a língua e apenas beijei. De cima a baixo, em toda a extensão, então quando a fome ficou insana, enfiei minha língua em sua boceta, no canal.

Adalind me apertou, tentou me manter dentro dela, mas saí, chupando seu clitóris. Toquei o botão inchado ao me afastar, puxando-o para cima, deixando suas dobras a meu bel-prazer.

Adalind tentou gritar, mas o pano engoliu seus barulhos. Chupei sem pressa, ora com fome e desespero, ora devagar e calmo. Isso a fez soluçar. Quando o orgasmo chegou, afastei-me e vi o buraco se fechar e abrir, buscando contato. Olhei para ela, as lágrimas estavam lá, frustração e raiva, então mergulhei. Chupei sua boceta, comendo-a até gozar, e então, mais uma vez e depois outra. Quando senti seus dedos tocando em mim, ergui o olhar para ela. O guardanapo estava fora dos lábios.

— Não aguento mais. — As lágrimas desciam pelo seu rosto, a cara de anjo deu lugar a minha *ballerina* safada, saciada. — Foda-me, agora.

— Sua boceta aguenta.

— Não! — Ela ofegou, com a mão sobre as dobras vermelhas e inchadas.

— Foda-me.

Um barulho de passos ecoou e eu a puxei. No susto, Adalind correu para debaixo da mesa. Porra. Olhei para a sala e vi Kalel se aproximar com o celular na orelha.

— Estou indo, só vim pegar o carregador — ele falou para a pessoa, mas parou quando me viu. Sorriu, desligou e andou em minha direção.

Naquela hora, eu abri meu botão e zíper. Daria tudo para ver Adalind, mas conseguia sentir suas mãos em minhas pernas. Puxei meu pau para fora, e antes que meu irmão chegasse perto para ouvir, eu mandei que o chupasse.

— Ei, você está aqui. — Kalel sorriu e parou atrás da cadeira de Adalind. — Adalind jantou com você?

Então senti a boca da maldita. Sua mão segurava a base do meu pau e os lábios envolviam a cabeça.

— Sim, mas já subiu — falei firme, mesmo querendo gritar.

A língua da minha *ballerina* lambeu de cima a baixo, e talentosa, engoliu meu pau. Levando-o para a garganta, no fundo, fazendo com que eu visse estrelas.

— Tudo bem, eu vim pegar o carregador. Estou indo para a Rebel — Kalel avisou, andando para trás. Meu irmão acenou e me deu as costas, mas parou e se virou. — Podemos falar sobre mim e Jordin depois?

Sim, porra, depois. Não quando a melhor amiga dela estava me chupando.

— Sim, amanhã.

Enfim, meu irmão subiu a escada.

Respirei fundo e gemi, sentindo Adalind chupar meu pau como uma mamadeira do caralho. Ela fez que ia parar, mas grunhi.

— Continue chupando até eu gozar. Se quiser engolir, é todo seu, mas se não quiser, coloque em seus peitos. — Minha voz saiu apertada.

Adalind gemeu baixo em concordância.

Meu pau estava tão duro que doía, e cada vez que ela o soltava, ele pulava da sua boca, dando um puxão em meu saco. Doía, mas seria bom. Porra, seria mágico.

— Ei, cara! — Kalel surgiu do nada e eu quase pulei da cadeira. — O que está fazendo aí sozinho?

— Pensando, Kalel. Será que posso? — perguntei, rígido.

Adalind ronronou, com meu pau na garganta.

Onde diabos ela havia aprendido a chupar assim?

— Claro. Estou indo.

Graças a Deus, porra!

Quando ouvi a porta bater, Adalind estava me engolindo mais rápido. Minhas bolas doeram e eu suspirei.

— Coloque em seus peitos se não quer em sua boca.

Mas ela não parou, continuou me engolindo e, quando gozei, ela chupou. Antes que minha porra acabasse, *ballerina* colocou minha ponta dentro do seu decote. Ainda havia esperma demais, por isso, quando a tirei de debaixo da mesa, seus peitos estavam molhados e o vestido também.

— Encoste-se na borda da mesa e se incline — mandei, rígido, e ela lambeu os lábios. Em seguida, andou até a mesa e me obedeceu. — Desça essa merda, me deixe ver seus mamilos.

Seu rosto estava corado, ela respirava com dificuldade e quando tentou abrir o vestido, falhou. Segurei a ponta e puxei com força para baixo. Os peitos pesados caíram para fora, livres, e minha porra que havia sido guardada no decote desceu pelo vestido.

— Preciso deles em minha boca. — Rodopiei um mamilo, agarrando-o e torcendo-o.

Adalind gemeu, tremendo. Sentei-me e ela ficou entre minhas pernas, agarrando o seio e posicionando o mamilo rosa em meus lábios. Abri a boca e o capturei, chupando depressa. Soltei por um segundo e a encarei.

— Abra suas pernas, esfregue a boceta na minha coxa.
— Ela está dolorida...
— Agora, Adalind.

Com um suspiro frustrado, ela me obedeceu. A boceta estava molhada, ela havia amado me chupar. Voltei para o mamilo e o agarrei, ordenhando como se ela tivesse leite ali. A imagem dela nua, vazando leite até a boceta me fez ficar mais duro. Ela teria acabado de dar à luz ao nosso filho.

— Mari...

Mordi seu mamilo com raiva. Forte. E isso a fez gritar.

Não liguei, o mero pensamento de que eu não teria nada do que fantasiei me deixou com ódio. Agarrei seus quadris e empurrei mais contra minha coxa, sua boceta dolorida foi esfregada e isso a fez choramingar.

— Mariano, por favor!

Eu soltei seu mamilo e vi a marca dos meus dentes, então a inclinei sobre a mesa, erguendo a saia plissada antes de pau alargar sua boceta. Adalind gritou e a besta dentro de mim quis marcá-la. Agarrei seus quadris, fincando meus dedos, empurrando dentro dela sem dó.

Os sons dos nossos gemidos e do encontro dos nossos quadris ecoaram, mas não liguei para os empregados. Eles podiam me ver foder a minha *ballerina*. Nenhum deles, sendo mulher ou homem, jamais estaria em nossos lugares.

Ela era minha.

— A quem você pertence, Adalind Sink? Quem é seu dono?

Ela gemeu mais alto, seu grito enchendo a sala de jantar. Vi a boceta me engolir, enquanto sua excitação deslizava pela coxa. Empurrei mais algumas vezes e então, quando Adalind me ordenhou, gozando, eu a segui.

— Oh, meu Deus! — Adalind gritou quando saí de sua boceta e vi minha porra escorrer.

Eu a virei, agarrei seu pescoço e me inclinei sobre ela. A garota ruiva e inocente fodida por mim parecia esgotada. Mas ela não me respondeu.

— Responda.

Os olhos azuis brilharam em reconhecimento. Ela agarrou meu paletó, enquanto meus dedos se apertavam.

— A você, eu pertenço a Mariano Vitali. Dono de Nova Iorque. Dono de Adalind Sink.

A fera ronronou, acalmando-se, então toquei meus lábios nos dela.

— E... — Adalind entreabriu os lábios perfeitos e me olhou. — Ele me pertence. Mesmo quando outra mulher colocar uma aliança no dedo dele, ele ainda vai me pertencer. Ele ainda vai desejar que fosse eu ao seu lado. Ele vai desejar meu corpo. Seios que ama, boceta que venera, coxas que só se abriram para ele. Mariano Vitali vai ansiar por Adalind Sink. A *bestia* implorando pela sua *ballerina*.

Minha boca colidiu com a dela, minha língua domando a sua, buscando alívio, porque suas palavras poderiam ser certas, mas me trouxeram uma verdadeira agonia.

Uma que me faria matar mil homens para cessar.

19
ADALIND SINK

Depois de Mariano me beijar, seu foco estava em me possuir de novo, então me carregou para a sua cama, levando seu tempo para venerar meu corpo. A dor em minhas dobras ficou em segundo plano, porque não era mais a necessidade e brutalidade de antes, não, foi sem pressa.

Mariano não teve pressa e assim, lentamente, pegou mais um pedaço do meu coração para si.

— Goze, Adalind. Leve meu pau mais fundo.

Eu estava em cima dele, rebolando, gemendo sem controle. Suas mãos agarravam minha bunda, puxando-me para baixo, comendo-me tão bem.

— Mari, por favor...

Seu dedo pressionou meu clitóris e isso me fez cair no prazer. Eu gritei, tremendo enquanto ele amassava minha vida com as mãos.

— Nunca me canso de foder você, *ballerina*.

Sorri agarrando seu pescoço. Ele me encarou e eu me inclinei, escovando minha boca na sua.

— E eu não me canso de você.

Nós nos beijamos sem pressa, quando terminamos, ele me levou para o banho. Limpou toda minha pele, depois eu fiz o mesmo com ele. Quando fui para suas costas, vi a tatuagem. Não estava ali antes.

Minhas mãos caíram e Mariano ficou rígido.

— Sou... eu? — Meu coração batia fora de controle, as borboletas fizeram uma festa e lágrimas se acumularam em meus olhos.

— Eu a fiz no dia que chegamos da Itália.

Oh, meu Deus! Minha mão se ergueu sozinha e eu delineei o desenho que parecia quase real. Eu estava com minha roupa preferida, bailarina, na ponta das sapatilhas, de costas, mãos erguidas.

Era de tirar o fôlego.

— Ela é linda...

— É claro que é. — Ele se virou, tirando-a da minha frente. Seus olhos fixaram nos meus quando suas mãos agarraram meu rosto. — Ela é você.

Eu me ergui na ponta dos dedos e o beijei. Provei sua boca sem pressa, amando estar em seus braços.

E naquele momento, mais um pedacinho do meu coração foi entregue a ele.

— Você está bem?

Jordin estava com uma caixa nas mãos enquanto minha atenção estava nas janelas do apartamento e minha mente nele. Como sempre.

— Sim.

Mas era mentira.

Mariano me deixou sozinha durante a noite, quando acordei, não havia sinal do homem que ontem teve tudo de mim. Jamais imaginei chupar um homem com alguém por perto, mas fiz isso. Eu quis isso. Não foi por que ele pediu, estava desejando isso há muito tempo, não foi à toa que vi vídeos para aprender.

Mas ele não estava lá. Não havia sinal do homem que me tatuou na pele.

Passei o dia esperando que ele fosse aparecer, mas quando desci, o café da manhã estava servido apenas para mim. Então Trey surgiu dizendo que me levaria para o campus, para reunir minhas coisas e ir para o apartamento. Éramos apenas nós dois.

Não havia sinal de Mariano.

Nada. Nem uma mensagem, telefonema, nada.

— Vou deixar minha caixa no quarto e podemos preparar o jantar.

Acenei para Jordin e a vi andar para o quarto. Passamos o dia nos mudando do campus para o apartamento, Trey nos ajudou com alguns homens de Mariano. Não demorou muito e já estávamos com tudo no lugar.

O apartamento era mobiliado, havia comida na geladeira e tudo cheirava a riqueza. Tudo limpo demais, perfeito como a vida dele.

Meu celular tocou na bancada da cozinha quando tirei a carne para preparar as almôndegas. Jordin estava picando cebola enquanto os tomates estavam limpos e cortados. Peguei o aparelho com as malditas borboletas voando, mas elas pousaram quando vi o nome da minha mãe.

— Ei, mamãe. — Saí da cozinha e andei até meu quarto.

O apartamento era grande, espaçoso como uma casa, e tão claro que me fazia sorrir cada vez que entrava em um cômodo. Nunca fui fã de coisas mal iluminadas.

— Ei, Ade, sua tia veio passar a semana comigo. Como você está?
— Ei, isso é ótimo. Como vai o tio Joe?

Tia Wanda era alegre e sempre esteve ao nosso lado, mesmo morando do outro lado do país. Ela era a única parente que tínhamos.

— Ei, querida, ótimo. Ele viajou com os amigos para uma semana de pesca. Minha casa vai estar podre quando eu retornar.

Eu sorri, sentando-me na cama. A janela ficava à frente e a paisagem era de tirar o fôlego. O centro de Nova Iorque estava iluminado pelo pôr do sol, era fantástico.

— Tenho certeza de que sim. Fico feliz que está com mamãe.
— Sim, ela estava precisando de companhia.

Ela não finalizou, mas eu sabia que quis dizer: *depois que você a deixou*.
— Como anda sua dança?

Nossa conversa se tornou leve a partir daí. Mamãe falou também e logo estávamos envolvidas em uma espécie de volta ao passado. Quando desliguei, eu estava sorrindo.

— As almôndegas não vão ficar prontas sozinhas... — Jordin cantarolou, rindo, então me levantei e fui ajudá-la na cozinha.

Quando terminamos, eu abri a porta e encontrei Trey de pé, da mesma forma que horas atrás. Ele estava de terno e rígido como uma tábua.

— Nós preparamos o jantar. Entre. — Abri mais porta, porém, ele nem mesmo se mexeu. — Ei, entre logo.
— Não posso. Meu trabalho é ficar aqui.

Semicerrei os olhos, começando a me irritar.

— Não, o seu trabalho é me proteger e eu estou dentro do apartamento.

Ele franziu as sobrancelhas, mas se mexeu. Eu o guiei para a mesa, nós nos sentamos e nos servimos.

— Art acordou? Ele está bem? — Jordin encarou Trey, que ficou tenso e isso fez meu peito doer.
— Ele está bem, certo? — Aumentei minha voz, preocupada.
— Está, ele está bem...

Não era verdade. Será que piorou? Ontem, depois de me agarrar a Mariano, eu perguntei sobre Art e ele jurou que seu segurança estava bem.
— Tudo bem.

Nós terminamos e Jordin foi para a Rebel. Pedi que parasse de ir, mas ela estava certa de que não podia ficar em casa. Eu não podia prendê-la em uma cadeira, então apenas a observei ir.

Na manhã seguinte, antes de ir para a faculdade, Trey ergueu as sobrancelhas quando abri a porta. Seu rosto dizia "aonde você pensa que vai?".

— Vou visitar Art.
— Nem pensar. Mariano vai cortar meu pescoço se vir você entrando lá.
— Como ele veria... — Parei de falar quando percebi.

Mariano estava no hospital. Isso me fez correr para o elevador. Eu tinha de vê-lo. Um vislumbre, qualquer coisa. Ele podia brigar comigo, não importava. Só precisava olhar para ele.

— Srta. Sink...

— Adalind, pelo amor de Deus.

Trey respirou fundo quando entrei no elevador. O segurança me seguiu, sem ter outra opção, e quando chegamos ao hospital não esperei por ele. Andei rápido até a recepção, mas antes de chegar, um punho envolveu meu braço.

— Você tem um dom.

— Mesmo? Qual? — Encarei um Mariano furioso e pisquei meus cílios.

— O de me enlouquecer.

Bom, eu gostava desse dom.

Nós fomos para um corredor e ele me guiou para um lugar sem movimento. Não dei um pio quando ele me empurrou contra a parede, inclinando-se sobre mim.

— O que está fazendo aqui?

Seu cheiro me inebriou. Era bom, eu queria o nome do seu perfume para lavar minhas roupas de cama com ele. Queria dormir sentindo seu cheiro todas as noites, principalmente aquelas em que ele estivesse na Itália.

— Quero saber como Art está.

Fogo incendiou seu olhar, não entendi sua reação.

— Ele não é da sua conta. Você não é para se importar com homem nenhum.

Eu gostava do Mariano ciumento. Na verdade, eu amava.

— Eu me importo. Com ele, com Trey, Kalel e muitos outros.

— Não teste minha paciência.

Sorri, colocando-me de pé.

— Como você testou a minha ontem? Hum? Deixando que eu acordasse sozinha. Não me enviando uma mensagem sequer.

Mariano apertou a mandíbula.

— O susto passou, mas Art foi ferido me protegendo. Devo isso a ele.

— Você não deve nada a ninguém. — Seu rosnado me fez respirar fundo.

— Só quero vê-lo, só isso.

Mariano limpou o canto da boca que eu queria beijar. Dava para acreditar que só nos beijamos duas vezes? Que só esses dois beijos foram capazes de me deixar viciada em sua boca?

— Ok, como você quiser.

Ele me deixou passar e me levou até o quarto de Art. Depois de bater, fomos autorizados a entrar. Art estava deitado, uma mulher loira estava ao seu lado. Ela sorria, mas o gesto enfraqueceu quando viu Mariano.

— Art. Sasha.

— Ei, Mariano. Adalind, essa é minha esposa, Sasha.

Os olhos da mulher incendiaram quando ouviu meu nome. Se ela soltasse fogo pelas íris, certamente eu estaria morta.

— Sasha, recomponha-se.
A mulher pulou, olhando para Mariano.
— Não olhe na direção de Adalind novamente.
Toquei a coluna dele e dei um passo até o casal. A mulher estava de cabeça baixa, balbuciando desculpas, enquanto Art segurava a cintura dela.
— Sasha, sinto muito pelo que houve. Espero que me perdoe por causar o ferimento do seu marido. Não foi minha intenção...
— Adalind.
Ignorei Mariano, focando na mulher que ainda não me olhava.
— Você pode me olhar.
— O chefe disse que não posso.
Engoli com força, vendo o poder dele sobre as pessoas que comandava. Virei-me para ele e implorei apenas o olhando. Mariano respirou fundo.
— Faça, Sasha.
E pronto, ela me olhou.
A obediência cega me surpreendeu como no dia que Jordin e Kalel me deixaram com ele, naquela festa.
— Perdoe-me, sei que não tem culpa. São os riscos do trabalho. — Ela tentou sorrir, mas parecia preocupada e cansada demais para isso.
— Mas eu insisto.
— Como está, Art? Era isso que queria saber, certo, Adalind? — Mariano me interrompeu, feroz.
Dei um sorriso tenso a Sasha antes de olhar para seu marido.
— Sim, é isso. Como você está?
Ele sorriu devagar.
— Melhor. O médico me dará alta em breve.
Alívio varreu meu corpo. Graças a Deus!
A porta foi aberta e um homem entrou. Ele era alto, loiro e sorriu para Mariano como se fossem velhos amigos.
— Wayne. O que houve?
Ele entrou com uma mulher ao lado, percebi que os dois estavam naquele jantar. Engoli com força e desejei entrar na parede. Fui para o lado de Sasha, que parecia tentada a fazer o mesmo.
— Mais um a caminho. Raquel passou mal, é outro bebê. — Sua voz era orgulhosa.
A mulher sorriu e eu vi seus olhos vermelhos. Ela devia ter chorado.
— Encontrei Trey e ele disse que estava aqui.
Wayne cumprimentou Art e lhe desejou melhoras. A esposa dele sorriu para mim e Sasha. Quando seus olhos caíram em minha bolsa, segui seu olhar. Minha sapatilha estava para fora.
— Você é bailarina?
— Hum, sim. — Olhei para Mari, que estava parado me encarando. — Estudo na Julliard.
— Oh, minha filha faz balé também. Na verdade... Você dá aulas? A professora dela entrou de licença.

Arregalei meus olhos. Estava à procura de trabalho desde que cheguei a Nova Iorque, mas ainda não havia encontrado. Era perfeito.

— Não dou aulas, mas se precisar, posso tentar. Se a senhora e ela gostarem...

— Ótimo! Vou anotar seu contato. — Ela parecia eufórica e isso me fez relaxar.

Wayne não falou nada enquanto a esposa me chamava para ir à sua casa, com uma plateia silenciosa. Quando os dois se despediram, Mariano fez o mesmo por nós dois. Assim que saí do quarto, ele me guiou pelo corredor.

— Não quero que trabalhe para Wayne e Raquel. — Sua mão envolveu meu punho enquanto me levava para o elevador.

— Por que não? Preciso de emprego, preciso pagar contas...

— Vou pagar tudo.

Eu o encarei e vi seu semblante irritado. Ele era grande, ombros largos, rosto tenso que aprofundava mais ainda a intimidação.

— Não quero seu dinheiro. Basta o apartamento.

Mariano riu, limpou o canto da boca e me encarou.

— O apartamento não é meu, é seu.

— Não, ele é seu...

— Está no seu nome, ele é seu.

O quê? Minha boca se abriu. Não era possível. Como ele fez isso?

— Você vai estudar, vai se formar, viajar o mundo. Você vai realizar seus sonhos e eu vou desejar cada dia e noite que você tivesse largado tudo. Mas, ainda assim, vou estar feliz porque você vai estar. Então, pare de discutir comigo.

Havia um caroço em minha garganta, ele era tão grande que se tornou dolorido. Primeiro nas minhas cordas vocais, depois nas borboletas malditas e, então, no meu coração.

Ele latejou, sangrou e eu só assisti isso, não podia fazer nada.

— Você ficaria comigo? Se eu largasse tudo, você ficaria comigo na Itália? — A pergunta soou fácil, mas nós dois sabíamos o peso dela em nossas vidas.

— Adalind...

— Ou eu seria sua amante? Escondida em um apartamento, assistindo a você desfilar com a esposa perfeita?

— Pare...

— Responda! — Bati em seu peito, tremendo. Meus olhos ardiam, porque a resposta estava em seu rosto, nos seus olhos. — Responda!

Suas mãos agarraram meus pulsos e ele me puxou. Seus olhos eram tão frios que senti o vento gelado estremecer meus ossos.

— Você não seria nada. Eu jamais permitiria que fizesse isso.

— Está desviando da pergunta — respondi, piscando, tentando afastar as lágrimas.

Mariano respirou fundo, quando abriu as pálpebras, senti-me sozinha.

— Você a veria ao meu lado enquanto tudo que eu queria era você.

20
Mariano Vitali

— Trey! — O grito dela parecia rasgar tudo dentro de mim.

Adalind se soltou das minhas mãos como se meu toque a estivesse queimando. Queria dizer que havia mentido, que eu a faria minha, mas quem eu queria enganar? Enrico não permitiria isso a essa altura.

E mesmo que permitisse, não faria Adalind deixar sua vida para me seguir. Não a enfiaria na Cosa Nostra sabendo que isso seria sua sentença. Ela nunca mais poderia sair.

— Chefe. — Trey apareceu ao lado do carro.

Adalind correu para trás dele, usando-o para se proteger de mim. Isso foi pior do que se ela tivesse me esfaqueado.

— Leve Adalind para casa.

Virei-me, entrei em meu carro e dirigi como um louco para a Rebel. A cena dela correndo estava repetindo como um disco arranhado, fazendo-me agarrar o volante com força.

— Onde você está? — Wayne grunhiu assim que atendi sua ligação.

— Rebel.

— Não quero sua garota na minha casa. Controle-a.

Que porra ele estava falando?

— Controle-a, seu idiota? Foi a sua esposa que ofereceu o emprego, por que você não cria culhão e nega essa merda?

Wayne grunhiu, irritado. Eu podia vê-lo andando de um lado para o outro.

— Não quero isso tanto quanto você, mas adivinha? Adalind não é minha esposa para eu controlá-la. Que tal você fazer isso, já que Raquel é a sua?

Desliguei a chamada e foquei em ir trabalhar, porque eu seria capaz de matar alguém hoje se apenas respirasse em minha direção.

⁓⁓⁓

As semanas estavam passando rápido demais. Em duas, estaria deixando Nova Iorque para trás. Fazia semanas que eu não via Adalind, mas eu tinha pistas do infeliz que estava seguindo-a.

— Ela o viu na faculdade duas vezes essa semana. Sempre estou com ela, mas quando olho o cara some.

Trey estava frustrado diante de mim.

— E os outros?

— Foggy o viu na última, tentou segui-lo, mas o homem o despistou entrando no estacionamento.

Porra! Eu me ergui, virando para olhar pela janela. Nova Iorque estava barulhenta e a noite caía sobre a cidade. Era bonito, mas não trazia paz.

— O que ela fez?

— Quis ir embora, na hora. Ficou em casa, trancada.

Fechei meus olhos, com raiva de mim mesmo. Por que diabos esse cara sempre parecia um passo à frente?

— Você vai levá-la a Rebel amanhã. Diga que precisa fazer algo, eu não ligo.

Ouvi a respiração pesada de Trey.

— Estaremos lá, chefe.

— E a amiga dela? Jordin?

Não ouvi mais nada sobre ela e seu vício em cocaína não me deixava relaxar, sabendo que Adalind estava sob o mesmo teto que ela. Ainda mais, alheia a isso.

— Kalel sempre está com ela. Vai deixá-la, eles parecem bem.

Acenei. Menos mal.

Pensei em conversar com meu irmão sobre o vício da garota que ele gostava, mas não estávamos em um bom momento. Eu o deixei lidar com a morte de Ruan e com a surra que levou. Era melhor assim.

— Qualquer coisa me avise. Você está dispensado.

Assim que fiquei sozinho, meu celular tocou. Enrico apareceu na tela quando atendi. Sentei-me e o vi beber um gole de uísque.

— Don.

— Soube que Rihanna vai casar.

Bom, pelo menos dela eu me livrei. Há duas semanas a irmã da esposa de Wayne estava sendo cotada para ser esposa de um capo da cidade vizinha. Que fossem felizes.

— Sim, felicidade aos noivos.
Ergui o copo e Enrico fez o mesmo.
— Matteo foi inserido.
— E como ele está?
— Você sabe, ele é um Bellucci.
Um homem sem piedade que amava a carnificina.
É, eu sabia.
— Fico feliz. Talvez, não Giovanna. — Coloquei meus pés na mesa.
— Mulheres, Mariano. Quando for seu filho, vai saber. Sua mulher o enlouquecerá.
Bem, o plano era não ter filhos. Porém eu tinha certeza de que Enrico não queria saber disso.
— Vou precisar de sorte.
— E como... — Enrico engoliu a bebida e me olhou. — Ravena estará aqui para recebê-lo. Quero fazer algo para o noivado logo que se acomodar.
— Ansioso.
Enrico percebeu minha falta de interesse e logo mudou de assunto. Não queria me casar, mas estar na *famiglia* me ensinou que nada que você queira conta.
No dia seguinte, esperei por Adalind. Fiz Trey espalhar que ela estaria ali, falando pelos corredores da universidade, no prédio e até na rua. Eu queria que soubessem onde ela estava. Queria que o desgraçado ousasse colocar os pés ali.
Eu a vi assim que entrou. Seu cabelo estava preso em um rabo de cavalo e havia um copo em sua mão. Era bebida e alguém tinha dado a ela. Quem? Isso era o que eu queria saber.
— Quem deu bebida a ela?
— Jordin.
Meus ombros relaxaram ao ouvir a voz de Trey. Fiquei na tenda escondido por duas horas, apenas olhando ao redor. Meus olhos estavam treinados, mas sempre queriam pousar nela. Ela estava impaciente no começo, chamando Trey para ir, mas ele sempre falava que estava esperando por alguém.
Nas horas seguintes, ela bebeu muito. Eu a vi dançar, pular com Jordin e ficar completamente bêbada. Odiava quão fácil ela ficava fora de si. Trey estava por perto, de olho nela.
Quando a vi andar para o banheiro, ele a seguiu, mas Jordin entrou com ela. Esperei pacientemente, mas segundos se transformaram em minutos. Cacei Trey, furioso.
— Entre nessa porra!
Quando ele arrombou a porta, levou um segundo para eu ouvir sua voz.
— Elas sumiram.
Fechei meus olhos com força e me virei, correndo. Trey devia ter feito o mesmo, mas sua voz ficou em segundo plano. Assim que saí para o frio de Nova Iorque, vi um carro parado. A porta estava aberta e uma mulher

empurrava alguém para dentro. Meu sangue correu fervendo quando comecei a andar na direção. Porém, antes que eu chegasse, alguém parou ao lado. Detive meus pés, ereto. Assisti à interação, vi os dois conversarem e depois entrarem no carro.

    Mantive-me escondido até o carro sair. Meu coração batia louco, meus olhos estavam vidrados quando andei até meu carro. Não havia pressa.

    Pisei no acelerador e meu celular tocou quando conectei no carro. Trey.

— Não achei as duas. O que fazemos agora?

— Entre no carro, pegue Art em casa e me encontre no local que vou passar.

    Ele me obedeceu. Então comecei a acelerar, quanto mais perto eu me aproximava, mais a fera tomava conta da minha alma, rasgando o homem ao meio, decidido a matar.

21
O Moletom

A primeira vez que a vi, foi como se meu monstro tivesse sido preso com uma coleira. A corrente era pesada e ela a segurava como um troféu, apertando-a com sorrisos, simpatia, dançando, bailando pelo estúdio como uma boneca.

Adalind era a dona da minha alma.

E eu seria dono da dela.

Não havia fuga.

Nós estávamos predestinados.

22
ADALIND SINK

Meu corpo doía, minha mente estava tão lenta. Tentei chamar por Jordin, pedir um comprimido. Fui longe demais. Sabia disso. Queria esquecer Mariano, queria que ele tivesse se apaixonado por mim como eu por ele, queria tanto tirar da minha mente que ele sairia de Nova Iorque.

Ele pertenceria a outra mulher.

— Jordin.

Minha garganta doeu. Estava seca demais.

— Adalind. — A voz era chorosa.

Eu sabia que era Jordin. O que houve? Ela estava bem? Era o homem do capuz? Arrastei-me na cama, procurando por ela. Eu a achei ao lado, mas não conseguia abrir meus olhos. Estava com tanto sono.

— Acorda. Adalind, acorda.

Ela realmente estava chorando. Ela estava assustada.

— O que... — Minha voz parecia tão longe.

Meu estômago estava revirando. Ouvi a voz da Jordin de novo, mas dessa vez não consegui distinguir as palavras. Meu corpo foi sacudido devagar, minha mente ainda inundada pela escuridão, mas consegui ouvir outro tom. Um masculino, talvez. E então, houve gritos.

Quem estava gritando? Tentei clarear minha mente, mas eu realmente não conseguia. Sentia-me morta, como se eu não pudesse controlar nada, apenas observar. Fui erguida, ou parte de mim. Tentei abrir os olhos e lutei contra a onda de sono, quando venci, vi o homem de capuz.

Ele estava sobre mim, seu rosto era embaçado. Tudo era, na verdade. Senti o desespero surgir. Ele estava ali. Comigo e Jordin. Oh, meu Deus!

Tentei gritar, mas não saía. Nada saía. Senti toques, pressão sobre meu quadril.

Novamente ouvi gritos. Era da Jordin? Parecia. Ele a estava machucando? Lágrimas se acumularam, minha garganta doeu e ouvi um berro. Esse era meu?

Uma nova pressão chegou. Fui solta, mas continuava ouvindo meus gritos.

Jordin, Jordin... Como Jordin estava?

Ele a machucou?

Mariano Vitali

A porta estava aberta.

Entrei devagar, dando passos em uma direção certa. Quando a abri, podia ouvir meus batimentos insanos. Segurei o cabo da faca, olhando para cada canto. A cama estava desarrumada, uma poltrona estava torta no canto e havia lençóis no chão.

Desde pequeno, fui condicionado a deixar minhas emoções de fora. Derramar lágrimas sempre foi sinônimo de fraqueza, mas, principalmente, de sentimento. Um do qual nenhum Vitali pode se dar ao luxo de ter. Ódio deveria ser controlado por baixo do terno, escondido do inimigo para enganá-lo. Felicidade era subestimada, então ninguém acreditava nela.

O amor era o único sentimento que colocava não apenas você, mas terceiros em risco. Inimigos usariam a pessoa amada para fazê-lo cair, render-se a uma velocidade alarmante que você nem conseguiria acreditar que aconteceu.

Você seria morto sem nem perceber.

Então, quando meu corpo absorveu o ódio e o amor que eu nem pensava sentir se escondeu por trás do monstro, eu dei um passo para dentro.

Vi o corpo dela, nu da cintura para baixo enquanto lágrimas caíam por seu rosto confuso. Os gritos ecoando pelo quarto, tomando conta do espaço.

Jordin chorava encolhida, balançando-se, abraçando a si mesma, enquanto os olhos estavam tão fechados que os globos poderiam se fundir ao cérebro. Quem a visse, diria que era uma criança medrosa.

— Ajoelhe-se.

O homem de capuz vestindo moletom dos pés à cabeça estava rígido. Parado no canto do quarto, olhando-me. Um milhão de anos não seria suficiente para apagar aquele olhar da minha mente.

— Ajoelhe-se, ore por sua vida... — Acendi o cigarro, puxei a fumaça e a soltei.

Então ele se ajoelhou, como o verme que era. Exatamente como chamam os estupradores.

— Puxe o capuz, tire a balaclava. — Inclinei a cabeça, vendo-o olhar para o chão. — Eu já sei quem você é.

Isso o fez me olhar rápido. Andei até a sua frente e esperei. Ele tirou devagar. Enquanto isso, eu olhava para a amiga de *ballerina*. Seus olhos estavam em mim, opacos. O maldito deixou a balaclava cair e eu o encarei.

— Peça perdão... Kalel.

Meu irmão, meu sangue, minha lealdade.

O garoto que protegi por toda minha vida. O que poupei do sofrimento, da tortura, até da *famiglia*, e para quê?

— Mari...

Levei meu dedo aos lábios e ele se calou. Eu não queria ouvi-lo.

— Ela vai falar. — Apontei para Jordin. Seus olhos estavam arregalados, ela tremia. — Fale, agora.

A amiga de Adalind começou a chorar.

— Ele me obrigou... — Jordin começou a se erguer, mas atirei uma das minhas facas em sua direção. Quando ela ficou presa à parede, Jordin gritou e voltou a se sentar. — Eu ju-juro.

— Jor-Jordin? — Adalind chamou e eu a olhei.

Pequena no meio da cama enorme. Coloquei um lençol sobre seu corpo.

— Está tudo bem, Adalind.

— Ma-mari? Eu não consigo...

— Você está dopada. Fique calma.

Ela franziu as sobrancelhas, totalmente confusa.

Virei-me para Kalel e Jordin, parados onde os deixei.

— Você tentou isso na primeira noite, no lounge. Jordin a dopou, mas eu a conheci. Acabei com seu plano naquele momento...

Kalel apertou a mandíbula, vi o lampejo do monstro que Ruan sempre o chamou. Nosso pai viu o monstro, eu não.

— Na segunda vez, também. Mas eu a levei para casa, então perdeu a chance.

Andei até Jordin e seu rosto estava molhado, mas não senti nada. Porra nenhuma.

— Você dopou sua amiga. Então, quando perceberam que não conseguiriam porque eu estava com ela, resolveram começar a perseguição.

— Foi ele... Kalel ficou obcecado por ela. Assim que a viu, no primeiro dia. Ele a queria, eu implorei para não fazer isso, tinham outras meninas. Mais bonitas, umas que faziam mais o estilo dele...

— Então era algo que faziam? Tiveram outras, Jordin?

Ela levou as mãos ao rosto, acenando e soluçando.

— Quando o conheci, ele era bom para mim... Mas um dia eu estava bêbada e ele me convenceu a primeira vez, disse que nos divertiríamos. Sempre eram mulheres que davam abertura para ele, que o queriam... Porém, Adalind não.

Kalel estava olhando para a parede, sem qualquer tipo de emoção no rosto.

— Você as estuprava, Kalel? — Eu o olhei, ficando na frente da parede. — Mulheres drogadas, bêbadas e fora de si... Você as comia assim?

Seu olhar ergueu para mim e ele me deu um sorriso. Sorri de volta, abaixando-me para ficar à sua altura.

— Conta, fala aí.

Ele lambeu os lábios e sorriu.

— Sim, eu as fodia bem fodidas. Comia todos os buracos delas. Gozava na boca, nos peitos, comia até ficarem rasgadas. — Kalel gemeu e olhou para Jordin. Ela estava soluçando. — Então, eu a comia. Jordin é uma puta boa demais. Ela chupa meu pau como ninguém... Quer dizer...

Ele parou, mordendo o lábio.

— Adalind deve chupar melhor, certo, irmão? Seu rosto dizia tudo.

Ele viu.

— Fingi ir embora e vi quando você a comeu. Porra, nunca quis ser você, mas naquela noite eu quis. — Kalel riu, girando o pescoço para olhá-la, mas antes que o fizesse, virei seu rosto com minha faca.

A bochecha for cortada e o sangue desceu.

— Não olhe para ela. Não diga o nome dela — falei baixo e limpei a faca em seu moletom da universidade.

— Porra. — Ele tocou o rosto enquanto me afastava, olhando para a mulher.

— Você viciou Jordin em cocaína? — perguntei, inclinando a cabeça, lembrando-me de ela escondendo o pó branco quando Adalind e eu entramos no dormitório.

— Não se engane, ela não é a porra de uma coitada. — Kalel olhou para a garota que dizia amar e riu. — Era ela quem me dizia onde Adalind estava, quem me deixou escondido no banheiro para esfaquear Art aquele dia.

Jordin soluçou e eu quase ri do teatro do caralho.

— Ele me obrigava, Mariano. Eu juro! — Ela caiu de joelhos, tremendo.

Eu não acreditava nela. Nem em suas lágrimas. Talvez, ela tivesse sido forçada a primeira vez, mas depois, quando não o denunciou, tornou-se tão culpada quanto ele.

E no caso da minha *ballerina*, sua amiga, era pior.

Eu não lhe daria misericórdia.

— O que... Do que estão falando? — A voz de Adalind ecoou mais forte.

Quando me virei, eu a vi tentando se sentar. Seus olhos estavam mais focados agora. O efeito estava passando.

— Adalind! — Jordin tentou se erguer, mas a agarrei pelo cabelo e a joguei ao lado de Kalel.

— Mariano! — *ballerina* berrou, assustada, pronta para defender a garota.

— A pessoa que perseguia você... — Saí da frente de Kalel.

— Kalel? — Adalind gritou. — Seu... irmão? — Seu olhar ficou chocado. — Estou nua! Ele... Ele...

— Não, boneca. Infelizmente não deu tempo de eu enfiar meu pau em você.

Ela se curvou, vomitando em si mesma. Aos soluços, ela afastou o lençol e se limpou. Adalind se ergueu e eu chutei a cara de Kalel, que olhava para ela. Quando a olhei de novo, ela estava com a calcinha e tentando pôr a calça.

— Eu quero ir embora! — ela gritou para mim, mas com uma olhada percebeu que estava em casa. Era o apartamento dela. — Oh, meu Deus!

Naquele momento, Art e Trey apareceram. Em segundos, eles compreenderam toda a situação.

— Quero os dois vivos. Sem alarde.

Ambos se mexeram. Art nocauteou meu irmão e Trey agarrou Jordin.

— Não, ela não... Ela... — Adalind parou de falar quando a puxei contra mim.

Os olhos que eram o céu estavam inundados por lágrimas, *ballerina* parecia perdida. Dor se espalhava por suas feições de anjo.

— Jordin é culpada, Adalind. Era ela quem dava informações a Kalel, era ela quem colocava droga em sua bebida.

— Mari...

— Nas duas vezes em que nos vimos, quando estava bêbada demais... Foi ela.

Adalind balançou a cabeça e começou a se debater.

— Não, ela é minha amiga... Ela é...

Segurei seu rosto e neguei. Um soluço cortou sua respiração, seu corpo ficou mole. Ela me olhou como se eu pudesse consertá-la. Como se eu fosse capaz de colar seus pedaços.

— Ela fez isso com outras garotas para Kalel estuprá-las.

Ballerina virou o rosto, mordendo a boca com força, fazendo o sangue descer.

— Não posso... Como? Por quê?

Não fazia ideia. Kalel foi diagnosticado ainda criança com psicopatia e dupla personalidade. Ninguém sabia lidar com ele. Eu pensei que soubesse, mas era mentira. Ele me enganou.

— Vamos para a mansão.

Ela não respondeu, ficou acuada dentro de si mesma por todo o tempo. No elevador, no carro, em casa. Adalind se fechou e eu não fazia ideia de como tirá-la do casulo.

— O senhor vem agora? — Art perguntou.

— Não. Deixe-o na cela sem comida e água.

Apertei o parapeito da janela, olhando para a escuridão da mansão.

Adalind estava dormindo na cama depois de eu lhe dar banho. Novamente, ela não falou nada.

— E ela?

— Deixe-a em um dos quartos. Vede as janelas, tranque a porta e não abra.

Art respirou fundo, acatando minhas ordens. Não podia deixar Adalind, eu tinha medo de que ela sumisse em um segundo, que a dor dentro dela a sucumbisse.
— Adalind... Ela... Trey e eu...
Sua cautela era admirável. Ambos sabiam o que eu tentava a todo custo esconder, Adalind Sink estava na minha alma. Impregnada.
— Ela vai ficar bem.
— Kalel a machucou? Ele a tocou? — Trey quem questionou, a voz era fria.
— Não, cheguei antes.
Desliguei a chamada e me virei. *Ballerina* estava com as mãos abaixo do rosto, olhos fechados e boca entreaberta. Em sono profundo. Deitei-me ao seu lado, puxei-a contra mim e imediatamente ela se aninhou em meu peito. Ouvi seu celular tocar, então o peguei da mesinha ao lado da cama e vi o nome.
Taylor.
— Você está bem? Tive um sonho péssimo. — A garota estava chorando. — Eu sei, parece doideira, não é? Mas você lembra? Foi igual àquela noite...
— Ela não está bem. Onde você mora?
A garota ofegou e, depois de soluçar, me disse onde estava.

23

ADALIND SINK

Havia um toque suave em meu cabelo. Pareciam os carinhos que Taylor fazia quando estávamos em sua casa, prontas para dormir. Ela sempre dava um jeito de estar acariciando o cabelo de quem quer que estivesse perto dela. Eu amava isso e sentia falta.

Abri minhas pálpebras devagar, piscando para me acostumar a luz. Olhei ao redor, percebendo que estava na mansão, no quarto do Mariano. Sentei-me tão rápido, que tudo girou e a mão em meu cabelo caiu.

— Ei, ei...

Tay. Braços me rodearam e eu senti seu perfume suave. Totalmente Taylor. Olhei para ela, cada detalhe, olhos, nariz, boca, tudo. Quando as lágrimas embaçaram minha visão, minha melhor amiga me abraçou.

— Tay! Oh, Deus! — Solucei contra ela enquanto tudo voltava como uma avalanche, sufocando-me.

— Estou aqui, Ade. Taytay chegou.

Abracei-a com força, uma que eu nem sabia que tinha dentro de mim.

— Ela... Ela co-colocava droga na minha be-bebida, Tay. Ela... Eu pensei que ela fosse minha amiga... — Os soluços quebravam minha frase.

As lágrimas não paravam, era como se uma comporta tivesse sido aberta e nada fosse capaz de fechá-la.

— Ade, eu sei, eu sei... — Taylor tirou meu cabelo das minhas bochechas molhadas enquanto ela própria fungava.

— Ela... me deu a ele. Ao Ka-kalel. — O nome saiu por meus lábios e eu gritei, como se ele estivesse ali. — Pa-para ele me es-es... Isso é... Não consigo falar...

Meu peito doía, queria respirar, mas era tão dolorido. Nada nunca doeu daquela forma. Saber que duas pessoas que eu gostava faziam coisas tão horríveis me partia ao meio. Como Jordin pôde? Como foi capaz?

— Ele me seguia, Tay. Eu dormindo aqui, com ele em outro corredor. Oh, meu Deus! — Pulei da cama, tremendo dos pés à cabeça. Taylor desceu da cama enquanto eu olhava para as paredes. — Ele está aqui? Oh, meu... Precisamos ir!

— Adalind, ele não está aqui! — Taylor me segurou com força. — Mariano não o deixaria próximo a você...

— Mas... Mas o monstro é o irmão dele.

Taylor respirou fundo, as lágrimas caíam como as minhas.

— Tay, eu estou com medo — sussurrei, descansando a cabeça em seu peito. — Tay, por favor, não me deixe sozinha! Por favor! Por favor...

Minha amiga, uma real, verdadeira, embalou-me em seus braços e jurou dezenas de vezes a mesma coisa.

— Não vou sair do seu lado. Prometo, Ade. Não vou sair.

Acreditei nela, porque Taylor nunca mentiu. Ela me amava, ela era minha amiga de verdade.

— Vou cuidar de você, Ade. Eu juro.

Tay me levou de volta para a cama, embalou-me, cantou para mim. Sua mão em meu cabelo e sua voz em minha mente, deixando-me segura. Fazendo-me adormecer.

Mas ela não me disse uma coisa, onde Mariano estava?

Mariano Vitali

Deixar Adalind com a amiga foi uma das coisas mais difíceis que já fiz na vida. Porém, a forma como Taylor desceu do jatinho, segundo Art, dizia para mim que ela estava em boas mãos. A garota voou escada abaixo, correndo para o helicóptero como se sua vida estivesse lá.

— *Você é o homem por quem ela se apaixonou.*

Essa foi a primeira coisa que ela falou, então chegou tão perto de mim que admirei sua coragem.

— *Se você a machucou, o inferno vai ser o paraíso em comparação com o que farei com você.*

Então subiu a escada, e antes que eu a alcançasse para mostrar o quarto, ela estava na cama, abraçando Adalind. Elas pareciam irmãs, gêmeas ou alguma merda assim, para serem tão conectadas.

— O que faremos com eles?

— Eu o farei sofrer e ela... — Encarei Trey enquanto andávamos até as celas. — Eu a matarei.

Ele acenou e então encontrei Kalel. Ele inclinava a cabeça de um lado para o outro, sorrindo sozinho. Abri a grade e o puxei para fora, pela gola da camisa. Eu o sentei no meio de um salão lotado com meus soldados depois de arrastá-lo pelas escadas.

— Como todos sabem, esse é Kalel Vitali.

Os homens ficaram em silêncio e eu vi Wayne de pé entre eles. Não o comuniquei e nem precisava, Nova Iorque ainda era minha, eu faria o que desejasse até minha ida para a Itália.

— Kalel é meu irmão, filho de Ruan Vitali. O traidor que Enrico, nosso Don matou em terras italianas — berrei para a multidão, ereto. — Kalel sabia dos roubos que meu pai fez na Cosa Nostra e, além disso, estuprou e chegou a matar mulheres depois de dopá-las.

Os soldados rosnaram, fúria pelo ato imundo. Não fazíamos isso na Cosa Nostra, nossas mulheres eram tratadas com respeito, ou deveriam ser. Abominávamos estupradores e pedófilos. Matávamos a maioria, que era preso dentro dos presídios.

— Kalel merece a morte, mas antes...

Art e Trey tiraram sua roupa. Não via meu irmão diante de mim, apenas um homem cuja coragem o fez ousar e tocar em algo que era meu. Amedrontar e perseguir a única mulher que me fez desejar ser de outro mundo.

Trey me deu a tesoura afiada e grande que era usada para podar plantas. Eu me inclinei e Art ergueu a mão dele. Kalel continuou em silêncio, rindo. Ele gritou quando as lâminas se encontraram e sua mão foi decepada. Seu berro fez a fera em mim se sacudir. Então fui para a próxima, e quando foi a vez do seu pau, eu fiz devagar, fazendo-o sentir camada por camada da carne sendo cortada.

— Porra! — Seu grito era música. — Mariano!

Peguei seu pau mole e enfiei em sua boca. Ele grunhiu, tenso. E eu sorri.

— Você mexeu com a garota errada. Ela pertence a *bestia*. A fera que você tanto me chamou — falei bem perto do seu rosto e me afastei. — É a vez de vocês. Só parem quando ele estiver morto.

Empurrei Kalel para o chão e andei para longe, deixando os gritos dos meus homens enquanto matavam meu irmão.

E eu nunca me senti melhor.

Quando cheguei à mansão, Wayne já tinha me ligado vinte vezes. Rejeitei todas. Ia até Jordin, mas precisava saber como Adalind estava. Quando cheguei passava das 10h da manhã. Ela estava dormindo, por isso apenas dei a volta e fui até a cobra.

— Mariano? — A voz estava baixa.

Eu a encontrei encolhida ao lado da cama. Jordin se ergueu e me olhou, pálida.

— Você se arrepende?

Ela acenou rápido. Mentira.

— Não minta, Jordin. Nada vai salvá-la. Hoje, na verdade, são suas últimas horas vivas, então fale.

Jordin apertou a mandíbula, o medo em seus olhos era palpável.

— Se me matar, ela não vai perdoar você. — Sua frase saiu firme, parecia certa disso.

— Eu não preciso do perdão dela. Nem mesmo do de Deus.

Andei até a poltrona e me sentei. Jordin abriu a boca, mas voltou a fechá-la. Ela deu um passo e depois outro até parar a um metro de mim.

— Posso cuidar de você... Agradar. Kalel mesmo disse...

Eu ri, porque, porra, era divertido. Eu a olhei de cima a baixo com nojo.

— Não quero sua boceta, Jordin. Eu quero que você pague por ter dopado minha mulher, por ter deixado que meu irmão a perseguisse, que a aterrorizasse e quase a estuprasse.

— O que quer que eu fale, Mariano? Que odeio Adalind? Eu tinha acabado de conhecê-la. Não havia o que odiar, ela é perfeita! Seu irmão é um psicopata que me obrigou a fazer coisas horríveis.

Ela riu, balançando a cabeça.

— Você não sabe metade do que Kalel fez a mim.

— Que coitadinha, meu Deus! — Sorri, tirando minha arma do coldre. — Você traiu, enganou e machucou Adalind, Jordin.

Destravei a arma e a encarei.

— Logo *la mia ballerina*. Você mexeu com a pessoa errada.

— Não me mate... — Jordin andou para trás e as lágrimas surgiram. — Por favor, Mariano...

— Eu matei meu irmão, Jordin. Por que eu não mataria você?

Ela arregalou os olhos e eu sorri, apertando o gatilho. A bala entrou em sua testa e ela caiu. Eu me ergui, limpei minha arma e girei, saindo do quarto.

Não havia remorso, apenas a sensação de que eu me vinguei, e todos em Nova Iorque saberiam o que acontecia com quem mexesse com a mulher que eu amava.

E eu amava Adalind Sink com o coração do homem e a alma da fera.

Taylor estava na cozinha quando entrei na mansão. Tinha com ela duas xícaras de chá e um pote de biscoitos que a cozinheira fazia.

— Ela está tomando banho, nós almoçamos há uma hora e agora vamos tomar chá. Era algo que fazíamos na nossa cidade — Taylor explicou, equilibrando a bandeja.

— Vou falar com ela. Você pode aguardar um pouco?

Taylor acenou e eu me virei.

— Você é um mafioso. Pesquisei sobre você quando mandou me buscar. — Parei ao ouvi-la e girei, olhando em seu rosto. — Você os matou?

— Um mafioso mataria os dois.

— Sim, você fez isso. — Taylor me olhou profundamente.

— Eu fiz.

Ela respirou fundo e acenou devagar.

— Bom.

Saí da cozinha e subi para o quarto. Assim que entrei, Adalind estava de pé, na frente da janela. O corpo pequeno estava coberto por uma camisa minha, que parecia um vestido nela.

— Você está melhor, *ballerina*?

Seus ombros estremeceram quando falei, e assim que ela se virou, vi seu rosto inchado de chorar. Aproximei-me devagar, observando sua reação. Adalind não recuou, não parecia com medo. Só... triste.

— Não, mas vou ficar.

Fiquei parado a um metro dela. Minhas mãos coçavam, queriam tocar em sua pele, saber se ela estava ali de verdade. Mas fiquei quieto.

— Taylor vai se transferir para cá. Nós vamos morar juntas...

— Taylor é legal.

Adalind sorriu devagar.

— Nem sempre tive dedo podre para amigas... — Ela respirou fundo, talvez, criando coragem para questionar.

— Eles estão mortos. Eu matei os dois.

Seu rosto se ergueu rápido e os olhos se arregalaram. Dei um passo em sua direção, mas ela recuou, então parei. Mesmo que isso fizesse meu peito sangrar.

— O quê? Não! — Seu grito foi doloroso. — Não! Você não fez isso... Kalel era seu irmão...

Fiquei quieto, absorvi sua explosão acompanhada de lágrimas.

— Jor-Jordin... Por que fez isso? — Ela se jogou para mim, socando meu peito.

Eu a entendia. Adalind tinha um coração bondoso, puro e livre de escuridão. Ela jamais desejaria a morte de alguém, por mais que essa pessoa a tivesse machucado, física e emocionalmente.

La mia ballerina nunca poderia compreender como eu podia me sentir tão bem em tirar a vida de outra.

— O que fez? O que... Oh, meu Deus!

Eu a puxei para meu peito, embalando-a enquanto chorava por duas pessoas que nem mesmo se importavam com ela.

— Ninguém mexe com a mulher que amo e continua vivo.

O choro não cessou, *ballerina* soluçava, tremendo. Continuei com ela, segurando-a, consolando-a por algo que eu mesmo fiz e não me arrependia.

— Suas lágrimas são preciosas demais para serem derramadas por eles, Adalind.

— Não é por eles, Mariano, é por você.

Não a entendi, tentei, mas não pude. Ela se afastou para me encarar e fungou.

— A escuridão moldou você, seus atos e suas emoções, mas mesmo sob o ódio consigo ver seu amor por Kalel. Mesmo com a violência, consigo enxergar o quanto tentou cuidar do seu irmão.

Ela tocou meu rosto com dedos trêmulos.

— Não é sua culpa e você pode amá-lo. Ele é o mesmo garotinho que cresceu ao seu lado. Kalel sempre será uma parte sua. E eu sinto muito que a escuridão tenha escondido todo seu coração.

Minhas pálpebras se fecharam e me permiti deixar tudo ir, então, quando a lágrima desceu pelo meu rosto, logo acima da cicatriz, Adalind a beijou. Ela segurou meu rosto, beijou minha pele e depois me olhou como ninguém jamais o fez.

— Eu amo você, Mariano Vitali! — *Ballerina* inclinou a cabeça. — E eu nunca quis tanto pertencer a alguém por toda minha vida, como quis pertencer a você.

— *Ballerina*... — Eu daria a ela o presente, porque nós tínhamos o futuro. Segurei seu rosto, tremendo, temendo perdê-la como nunca temi nada. — Prometo que vou ser seu último amor, *ballerina*.

Ela sorriu e foi como se meu mundo tivesse sido invadido pelo sol.

— Cobrarei essa promessa.

Então eu a beijei. Engoli cada murmúrio, provando sua boca como se fosse a primeira vez que um doce era colocado em minha língua.

Part 2

LA MIA BESTIA

24
Adalind Sink

Três anos depois...

O ponteiro do relógio passava lentamente pelos números, minha perna batia repetidamente, o som da tecla ecoou como um lembrete vívido de que era minha vez. Toquei o figurino e as pedrarias no tecido me fizeram suspirar. Era lindo.

Andei até o palco e Gale sorriu antes de eu me virar para ele, posicionando minha perna na frente da dele. O piano soou e eu senti a mão dele em minha cintura, ergui meus braços, girei e ele me levantou.

Todos diziam que seu par deveria ser alguém que você confiasse plenamente. Sua vida e segurança estavam nas mãos dele, então os dois precisavam se conectar de uma forma correta. Gale Winterson era confiável.

Eu o amava.

Suas mãos me seguraram pela cintura, então me ergueu enquanto estiquei pernas e braços, sentindo a vibração da música. Gale fez isso duas vezes, de um lado e depois do outro. Então, pousei na ponta das minhas sapatilhas. Seus dedos entraram nos meus e, ainda de ponta, rodopiei.

Meu coração pulsava como a música. Outras bailarinas dançavam ao nosso redor, como ensaiamos um milhão de vezes. Gale segurou minha cintura, inclinei-me com braço e pernas esticados. Podia ouvir os sons da plateia, podia sentir a vibração das pessoas e era mágico.

Quando a música se aproximou do fim, girei de novo e então saltamos juntos, girando e pousando no chão como se fôssemos plumas. Meu peito descia e subia depressa quando Gale segurou minha mão, e na ponta das sapatilhas demos alguns passos, abrimos os braços sorrindo para a multidão.

— Eu ainda me surpreendo em como é talentosa! — A voz da nossa professora ecoou assim que chegamos ao camarim.

Era grande o suficiente para comportar vinte dançarinos. Sorri para Jessica, ela era perfeita, gentil e amorosa. Diferente de Frankie.

Sim, ele era nosso professor. Depois das audições, não o vi mais até deixar a Julliard, com uma passagem direta para Bolshoi. Ainda custava a acreditar que eu estava ali, que fazia parte de tudo isso.

— Um passo errado, algum desequilíbrio. Coisas a melhorar, Adalind.

O próprio diabo entrou no lugar.

Desde minha apresentação no festival de inverno, fiquei fora poucas vezes de outras apresentações. Deixar Julliard sem ter concluído os quatro anos de faculdade foi necessário e surpreendente.

Ninguém parecia acreditar que eu fui convidada para uma audição na companhia de balé mais famosa do mundo, ainda no segundo ano da faculdade, mas eu fui. E quando me ofereceram um lugar, não tive como negar.

Era meu sonho.

— Vou melhorar, prometo.

Frankie acenou e se virou, indo infernizar outra dançarina.

— Não ligue, você sabe que ele é assim com todas. — Gale sorriu enquanto tirava as sapatilhas.

Sentei-me, começando a fazer o mesmo.

— Eu sei. — Suspirei, tentando focar em tirar a roupa azul. Era perfeita, linda de forma que eu mal conseguia colocar em palavras. Tirei tantas fotos com ela que apostava tudo que a memória do meu celular estava pedindo espaço.

— O pessoal vai jantar em um restaurante famoso aqui perto. Vamos?

Gale sorriu, enfiando a roupa dentro do saco para não amarrotar. Virei e ele começou a desfazer o nó trançado que começava na minha cintura.

— Não, eu...

Não havia nada para fazer. Olhei pela janela e vi o hotel onde nos hospedamos. Era lindo, alto e a construção era como toda Roma, antiga de um jeito belo.

— Vai ficar no hotel? Vamos aproveitar Roma! Viajaremos em três dias.

Sim, viajaríamos.

Estávamos há semanas viajando de país em país para nos apresentarmos. Era perfeito, na verdade, tão bom que parecia um sonho.

— Você está certo.

Gale sorriu e eu terminei de tirar a roupa. Coloquei o vestido que usei para vir e respirei fundo, olhando para o espelho. Meu cabelo estava mais longo, as ondas estavam mais perfeitas ainda pelo coque, e o vestido abraçava meu corpo. Eu estava mais magra, não por querer, mas pelo estilo de vida. Era corrido demais.

— Divirtam-se, vamos cuidar de tudo.

Gale e os outros bailarinos assobiaram, gratos, então eu segui todos para fora. O teatro estava quase vazio naquele momento, mas de alguma forma deixei meus amigos seguirem sem mim. Puxei a cortina e meu coração implorou para olhar as cadeiras. Eu o fiz.

Havia uma pessoa sentada bem no meio. Algo assim também aconteceu no dia da minha apresentação de inverno.

Nas duas vezes, as borboletas que mal apareciam explodiram. Era ele?

Não.

Dei um passo para trás, balançando a cabeça.

Não é ele, Adalind. Ele não viria.

— Adalind! — Gale gritou longe, no final do corredor, soltei a cortina e o olhei. — Vamos.

Acenei devagar, mas antes de ir voltei a olhar para a plateia. Semicerrei os olhos, porque não havia ninguém. As asas das borboletas foram cortadas e meu peito ficou apertado.

Fazia anos que eu não via Mariano. Nem um sinal desde aquele dia em que ele me jurou que seria meu último amor. Quando seria isso? Três anos se passaram e o vazio que eu sentia nem o balé conseguia preencher. Por mais que eu amasse tudo, Mariano ainda era meu coração. Pensei que o tempo, ensaios e viagens constantes me fariam esquecê-lo.

Mas como se esquece alguém que tem sua alma?

— Vamos, mulher!

Ri para Gale e fui ao seu encontro. Pietra me agarrou quando saímos do teatro. Ela dançava conosco, mas teve uma queda. Seu quadril estava dolorido demais para dançar. Frankie ficou puto, mas Jessica o mandou esfriar a cabeça.

— Você deveria estar descansando — avisei rindo, mas ela negou.

— Estou bem! Falei para Jess, mas você sabe como é com nossa saúde.

Sim, a mulher era severa.

— Gale me disse que íamos a um restaurante. Eu preciso daquelas massas bem gordas, por favor! — Ela gemeu, lambendo os lábios.

Seu namorado colocou o braço sobre seus ombros.

— Vamos lá, Pipi. — Gale beijou sua boca e eu enfiei o dedo na garganta, fingindo ter ânsia.

— Vamos logo ou eu vou embora!

— Não antes de eu comer!

Gale e eu rimos da sua namorada esfomeada. Nós andamos algumas quadras e chegamos ao restaurante. Era elegante até demais.

— Você tem certeza de que aqui tem uma massa gorda? Não quero só um ninho de passarinho miúdo.

Pietra começou a reclamar só pela fachada. Os outros bailarinos entraram e todos se espalharam. Gale encontrou Zayn sozinho a uma mesa, então nos sentamos com ele. O dançarino moreno tinha olhos verdes e gostava de ficar só.

Gale não entendia isso muito bem.

— Olá, Zayn — falamos juntos e ele acenou.

Gale e Pietra se sentaram um ao lado do outro, sobrou apenas a cadeira próxima ao garoto inquietante. Sentei-me e um maître chegou.

Pietra pediu duas porções de um macarrão que parecia delicioso, e como eu estava com preguiça de escolher, pedi o mesmo. Trouxeram uma garrafa de vinho e eu prendi meus olhos em minha taça, segurando-a mesmo quando não a levava à boca.

Aprendi da pior maneira que ninguém era confiável. Nem mesmo seus amigos.

— O que vão fazer na pausa? — Gale perguntou para todos nós.

Antes de responder, dei mais um gole.

— Casa. Minha mãe quer que eu conheça mais meu padrasto. Passe um tempo com eles.

Mamãe havia se casado ano passado, depois de um noivado de seis meses e um namoro de um ano. Paul era legal, parecia amá-la, sua presença me deixou mais livre para voar pelo mundo sem me preocupar com ela.

— Pietra e eu vamos para o Brasil.

— Estávamos lá semana passada. — Zayn os lembrou enquanto eu franzia a testa.

— Por isso mesmo! Amei o lugar e as comidas. — Pietra sorriu, animando-se.

— E você, Zayn?

Virei-me para olhar para ele, mas meus olhos pararam em uma mesa mais afastada. Uma mulher loira, alta e sorridente estava abrindo uma sacola de presente. Ela parecia exuberante, felicidade irradiava dela, mas não foi isso que me fez esquecer meus amigos e a resposta de Zayn.

O cabelo preto estava cortado como sempre, baixo nas laterais e um pouco maior em cima. O terno bem passado agarrava seus ombros largos, a blusa estava meio aberta, mostrando seu peito.

Eu me ergui tão rápido que não percebi que havia alguém atrás de mim. O barulho ecoou pelo espaço cheio de pessoas, enquanto minhas malditas borboletas voavam, meu coração batia fora de controle e lágrimas enchiam meus olhos.

Mariano.

Desde que pousei, havia guardado a esperança de vê-lo. De pelo menos saber se ele estava bem, como era sua vida. Sabia que havia se casado, era óbvio, mas não esperei assistir a essa cena.

— Adalind.

Zayn se ergueu, ficando ao meu lado enquanto meus olhos ainda estavam neles. Agora, os dois me encaravam. Mariano, sem expressão nenhuma, e ela, apenas chocada com a bagunça.

— Eu... — Tentei falar, girando para pedir desculpas, mas já não havia ninguém.

Tudo estava limpo e as pessoas andavam apressadas para uma porta. Vergonha me fez corar do colo à face. O que eu...

— Sente-se, está tudo bem. — Pietra tocou meu braço e eu a obedeci, tentando respirar.

— Sinto muito — murmurei para meus amigos, que balançaram a cabeça.

— Não é nada, eles logo trazem nossa comida de novo. — Pietra apertou minha mão com força.

Não olhei em sua direção de novo, tentei me concentrar na minha respiração, em me acalmar. Oh, meu Deus, ele estava ali. Com a esposa.

A mulher que o possuía agora.

Não havia nada meu, na verdade, apenas as lembranças. Dos toques, dos beijos e de uma obsessão insana. Não conseguia ficar ali. Tinha de me recompor, por isso, eu me ergui olhando para trás antes.

— Vou ao banheiro.

Andei depressa em cima dos saltos. Quando entrei no local, molhei o papel toalha e entrei numa cabine. Esfreguei a água gelada em meu pescoço e puxei o ar, enchendo meus pulmões.

— Por que você está me ligando uma hora dessas? — Taylor gemeu assim que atendeu minha ligação.

— Eu o vi.

— Inferno, onde? Você o procurou?

Não, o pior era isso. Eu nem tentei, ele só apareceu como um fantasma.

— Ele está com a esposa, deve ser aniversário dela, não sei. Ele deu um presente a ela. — Minhas palavras se embolaram enquanto lágrimas enchiam meus olhos. — Por que ainda sinto tudo?

— Porque você o ama.

— Não quero o amar mais, Tay. Estou tão cansada. Eu vivo tudo que sonhei, é perfeito, ainda assim, todas as noites eu sonho com outra vida. Uma onde eu o tenho.

Minha melhor amiga respirou fundo.

— E como é essa vida, Ade?

— Somos casados... — Solucei, esfregando meu nariz. — Temos um bebê, ela... É uma menina, ela o ama tanto. Ele ama nós duas com todo o coração perverso. Somos felizes e eu não choro.

— Oh, Ade... Onde você está agora?

— No banheiro, escondida, chorando.

Taylor me pediu para parar de chorar, e mesmo sabendo que era difícil, eu tentei.

— Retoque seu batom, limpe o rosto com cuidado para não tirar a maquiagem.

Saí do reservado e a obedeci, tentando controlar minha respiração.

— Ok, eu fiz isso. O que faço agora?

— Você vai sair desse banheiro, vai desfilar entre as mesas desse restaurante e voltar para seu lugar. Ele não existe, ele não está aí.

— Taylor...

— Escuta. Quando voltei de Nova Iorque para buscar minhas malas, Garret estava à porta do apartamento. Ele viu tudo, cada movimento meu. Eu vi o desespero, Adalind. Vi o quanto aquilo doeu nele, mas não parei, porque às vezes precisamos machucar para eles se lembrarem de que também sentem.

Recordei-me das semanas após sua volta para NY, onde choramos juntas, com sorvete e muita pizza. Mas aí Garret apareceu à nossa porta. Ele tinha flores e um anel, uma passagem só de vinda para ser linebacker em um dos times de futebol da cidade.

Os dois se casaram naquela semana, hoje moravam em Nova Iorque. Taylor estava grávida de mais de trinta semanas e eu não via a hora de ver meu sobrinho.

— Tudo que é fácil, visível e urgente traz comodismo. Seja imprevisível.

Reuni coragem, falei que a amava e me recompus, desligando a chamada antes de sair do banheiro.

25
Mariano Vitali

Ravena tinha duas coisas que eu gostava, ela sabia a hora de ficar calada e só aparecia quando era solicitada. Hoje era seu aniversário e, há duas semanas, ela pediu para virmos ao seu restaurante preferido com sua amiga e o marido dela. Os dois estavam atrasados.

— O colar é lindo. — Ravena sorriu para a caixa preta.

Pedi para Art escolher um colar como se fosse para sua esposa. Ele apontou para esse, então comprei dois. Um para ele presentear Sasha, outro para Ravena.

— Fico feliz que gostou.

Mas eu não estava olhando para ela ou a joia. Meu foco estava no banheiro onde meu coração estava trancado há minutos. Odiava ficar ali, sentado, sem poder ir até ela.

— Será que a garota está passando mal? — Ravena semicerrou os olhos, preocupada.

— Olhe, seus amigos. — Eu me ergui para cumprimentar o casal, mas parei quando o vestido azul surgiu.

Adalind andou como uma deusa entre as mesas, impecável. Não sabia se mais do que na apresentação, horas atrás. Eu me atrasei também para o jantar de Ravena, porque eu tinha de ver *la mia ballerina*.

— O trânsito está caótico — Lucca resmungou, rindo, enquanto sua esposa e a minha trocavam abraços.

— Imagino.

Nós nos sentamos e vi quando Zayn me olhou. Adalind se sentou sorrindo para os amigos da companhia de dança. Todos eles eram vigiados vinte e quatro horas por dia. Nunca mais fiquei sem ter controle sobre a vida e pessoas ao redor dela. Não fazia sentido, dentro da minha cabeça, permitir que mais alguém a machucasse.

Os três conversaram, mas eu fiquei quieto, tentando manter meus olhos longe de Adalind. Era uma tortura. Uma pior que as que envolviam facas.

— Está tudo bem? Você parece tão aéreo. — Ravena me olhou, tensa, quando terminamos o jantar e seus amigos já haviam saído.

— Preciso resolver algumas coisas em Roma. Trey levará você para casa.

Ela ia abrir a boca, mas mudou de ideia e acenou. Eu me levantei e a guiei até a parte de fora. Trey surgiu com o carro e Ravena entrou rápido. Eu os vi ir embora e andei para o outro lado da rua. A passos lentos caminhei entre as pessoas.

Quando entrei no hotel, subi direto para a suíte. Abri um uísque e me servi olhando para a cidade iluminada. Três anos morando nesse país e eu ainda não me sentia em casa. Fiz amigos leais, mas meu círculo se resumia a Juliano, Enrico, Art e Trey. Nem Ravena, minha esposa, tinha minha confiança. Ela achava que me enganava, mas eu não ligava que Trey a comesse. Eu permiti, na verdade, ordenei que ele tirasse sua virgindade na noite do nosso casamento.

Não a tocaria, nunca fiz e jamais o faria.

Eu queria outra mulher, Ravena não era importante.

— Traga-a para o hotel.

Zayn murmurou um "ok" e desligou. Quando a porta se abriu minutos depois, eu me virei no escuro. Adalind tirou os sapatos e acendeu a luz. Seus olhos cresceram quando me viram e ela quase gritou. Deslizei meu foco em cada pedaço do seu corpo; coxas, cintura fina, seios. O pescoço livre e o cabelo ruivo que alcançava sua bunda redonda.

— O que... — Ela respirou fundo, nervosa. — O que está fazendo a-aqui?

— Você está na cidade.

Adalind apertou o cartão chave, ainda parada.

— Eu me apresentei no teatro.

— Eu sei.

Ela arregalou os olhos bonitos e eu virei meu copo, engolindo o uísque.

— Você estava lá.

— É claro que eu estava — grunhi, batendo o copo no aparador de bebidas. Virei, dando um passo em sua direção. — Eu assisto a todas, seja pelo celular quando é longe, ou de corpo presente, quando é em Nova Iorque ou aqui, em Roma.

Adalind franziu as sobrancelhas, confusa.

— Festival de inverno, Broadway, Las Vegas... Eu estava lá.

Ela recuou quando parei bem na sua frente. Capturei uma mecha do seu cabelo, enrolando-a no meu dedo. Nós dois assistimos a isso, sem nos mexer. Quase pude ouvir seus pensamentos.

— Você... Por quê? — Sua voz era baixa, confusa demais.

— Por que não?

Ballerina se afastou, cruzando os braços. Pequena, do outro lado do cômodo, com raiva.

— Porque você me deixou ir. Viver meu sonho, lembra?

Havia ressentimento na voz dela?

— Era isso que você queria e merecia, Adalind. Viver seu sonho.

— Sim! E eu vivi, mas até que ponto se você sempre esteve por perto? — Ela engoliu em seco, jogando o cabelo para trás. — O que mais você controlou?

Se ela soubesse... Voltei para a janela e olhei a noite.

— Responda e não minta.

— Você não quer saber...

— Eu quero!

Seu grito me fez virar. Os punhos cerrados e o olhar úmido, cheio de frustração.

— Tudo. Aonde ia, com quem ia, sua comida, sua vida.

Adalind negou devagar.

— Não, meus amigos... Pietra, Gale... Não, eles não...

Andei até parar diante dela. Segurei seu queixo bonito, erguendo seu olhar para mim.

— Eles são bailarinos, só isso, mas pesquisei sobre eles. Todos naquela companhia. Seguranças, professores, dançarinos. Todos.

O pavor em seu rosto era divertido.

— O que você pensou, *ballerina*? — Inclinei-me, escovando meus lábios em sua pele. — Que eu deixaria você voar? Lembra da pergunta que sempre fiz cada vez que fodia você? Hum?

Ela apertou os lábios, desobediente.

— Você me pertence. Posso estar no outro lado do oceano, isso não se altera.

— Você se sente tão poderoso. Tão inabalável. — Nojo cobriu suas feições. — Ninguém desobedece ao grande Sr. Vitali.

— Esse é o apelido que deu ao meu pau, *ballerina*?

As bochechas dela arderam e eu sorri, levando meus dedos à sua nuca e apertando o cabelo, puxando-a para mais perto.

— Pare de controlar minha vida. Não me lembrava de você até ver você e sua puta juntos. Os últimos três anos foram os melhores da minha vida.

Sorri, deslizando a boca em seu ombro, depois pescoço.

— Foram, *ballerina*? — Lambi sua pele e vi os pelos se eriçarem. — Diga-me as melhores partes, então.

— Eu fodi com outros homens. Paus bem maiores que o seu. Eles se divertiram, entrando e saindo da boceta que você tanto venerava.

A imagem era horrível na minha mente.

— Sério? Conte-me quem foi o último.
Ela sorriu e se afastou. Seu olhar era cruel.
— Zayn.
Zayn? Eu balancei a cabeça e puxei seu cabelo, virando-a. O espelho a mostrou arfando.
— Suba o vestido, mostre-me a boceta que ele comeu. — Minha voz era rígida.
Ela ergueu o queixo, atrevida. As pontas dos dedos agarraram o tecido e ela ergueu até a calcinha branca aparecer.
— Afaste a calcinha, mostre-me.
Adalind me obedeceu, sorrindo ao fazer. Tão cruel, tentando realmente me machucar. Os lábios rosados estavam molhados, juntos, escondendo o botão que eu amava chupar.
— Desça o topo do vestido. Ele chupou os mamilos em que eu era viciado? Hum? — perguntei, tenso.
Adalind mordeu o lábio. Com a ponta dos dedos, ela desceu as alças finas e o tecido azul caiu.
— Ele chupou, Mariano. Ele me fodeu tão bem. — Ela jogou a cabeça em meu peito, gemendo ao pronunciar as palavras.
— Melhor que eu, certo?
— Hum-hum.
Agarrei seus quadris, girando-a e andando até o espelho, empurrando sua coluna nele. Adalind gritou e eu apertei seu pescoço.
— Zayn foi treinado por mim para protegê-la. Até quando você comprava chocolates, ele anotava para me avisar.
Seus olhos se arregalaram e eu sorri, inclinando-me. Agarrei seu seio e passei o bico em meus lábios necessitados. Queria chupar, queria meu pau fundo na boceta gulosa e apertada, mas me controlei.
— Eu sei que ninguém tocou em você, Adalind, porque se ousassem eles estariam enfileirados no cemitério.
Puxei seu vestido para cima e a coloquei no chão. Afastei-me enquanto meu pau doía, furioso comigo.
— Você vê como isso é ridículo? — Sua voz ecoou e eu a encarei, agora coberta. — Você está casado, se duvidar deve ter tido filhos enquanto controla minha vida. Toda a minha vida!
— Esse é o preço de se entregar ao monstro, *ballerina*. Quando ele acha algo que vale a pena, nunca mais deixa ir.
Adalind negou, rígida, e se virou para entrar no banheiro. Ela não saiu pela próxima hora. Eu tirei meus sapatos, camisa e pousei minhas armas na mesa. Quando a porta foi aberta, ela me encontrou deitado na cama, com o controle remoto na mão.
— Vá embora! Sua esposa deve estar esperando por você.
— Nhá, Ravena deve estar implorando para eu passar a noite fora.
Adalind franziu as sobrancelhas e eu usei sua distração para puxar seu corpo para a cama. Ela caiu ao meu lado e eu cobri seu corpo com o meu, prendendo suas mãos acima da sua cabeça.

— Jesus, por que seus peitos têm que ser tão perfeitos? — grunhi, quando um mamilo começou a escapar pelo tecido. — Meu pau está com ódio de mim. Porra, três anos sem foder é demais.

Meu gemido a fez franzir as sobrancelhas.

— Por que você está mentindo para mim?

— Não estou, mas não importa, Adalind. Meu pau tem uma obsessão por você. Abra suas coxas e me dê alívio.

— Você quer que eu seja sua puta, Mariano? — Ela se remexeu, o tecido caiu e os seios se revelaram de vez. — Hum? Quer que eu seja sua amante?

— Não, eu quero que me dê o que é meu.

— Ela não o satisfaz? — Adalind riu, mordendo o lábio.

— Eu nunca a toquei — grunhi, sentindo a fera rasgando minha mente. Adalind semicerrou os olhos. — Quer que eu ligue para ela? Hum? Quer perguntar a ela?

— Você não faria isso.

Soltei suas mãos e me ergui, indo para o meu celular. Disquei o número tão rápido que mal registrei se era o certo. Ravena atendeu depressa.

— Pergunte a ela. — Estendi o celular no viva-voz enquanto Adalind estava com a boca aberta, chocada demais. — Responda, Ravena, quantas vezes eu fodi você nesses três anos de casamento?

— Mariano, que pergunta... Onde você...

— Responde, porra!

Adalind pulou, respirando com força.

— Nenhuma — Ravena respondeu em um fio de voz.

Desliguei a chamada e joguei o celular na parede, vendo o corpo pequeno se sacudir.

— Não acredito que fez isso... — Adalind tremia na cama, esmagando os seios com o braço. — Você ligou... Meu Deus. Você ligou para sua esposa e perguntou essa merda!

Lambi meus lábios, peguei a garrafa de uísque e me aproximei.

— Abra suas coxas, deixe-me ir para a casa.

Seu braço soltou os seios, e depois de puxar a calcinha para fora, ela caiu na cama, abrindo as coxas. Meu pau gozou com a visão, enchendo minha calça. Abri o zíper e desci as peças, bombeando o membro dolorido.

Posicionei a cabeça na sua entrada molhada e me afundei, jogando a cabeça para trás, gemendo quando sua boceta me engoliu. *Ballerina* gritou, arfando. Não durei nada, gozei no mesmo segundo.

— Vem cá, *ballerina*.

Puxei-a para se sentar sobre mim, a boceta engolindo meu pau, e devagar sua mão agarrou o seio, oferecendo-me. Capturei o mamilo, chupei com força e raiva, fincando meus dedos em sua bunda e coxas.

— Oh, meu Deus, Mari!

Sua boceta me ordenhou. Adalind me chupou, levando minha porra mais uma vez. Não era suficiente, nunca seria. Três anos era muito tempo.

— Continue, *ballerina*, só continue.

Seus quadris giraram, ela esfregou a pelve contra mim e, novamente, eu estava pronto. Duro para ela, agarrando sua bunda, chupando seus peitos e gozando como a porra de um adolescente.

Não importava a bagunça na cama molhada, nada além dela ao meu redor, gozando uma e outra vez, gemendo, chorando e gritando.

Pensei que Nova Iorque fosse meu lar, mas eu estava errado. Adalind Sink era.

26

Adalind Sink

Seu coração batia suave contra meu ouvido, sua respiração estava lenta e eu sabia que ele havia adormecido. Eu estava deitada sobre Mariano, vendo o sol nascer, lutando contra o sono. Não queria dormir para acordar e ver que ele tinha ido embora. Ver que foi só uma noite e nada mais.

Queria morar em seu peito, não sair dali nunca mais. Desejei por um segundo que tudo tivesse desaparecido, que fôssemos somente nós.

— Por que está acordada, *ballerina*?

Seus dedos correram pela minha coluna preguiçosamente, como se ele também desejasse que fosse apenas nós. Não havia pressa para voltar para sua vida.

— Não sei.

Mentira. E ele sabia disso.

Mariano se virou e eu caí na cama, ficando de frente para ele. Olhando em seus olhos, para o rosto que estava em minha mente.

— Na última vez que nos vimos, você disse que me amava.

Respirei fundo, com aquele momento fresco na memória. Eu ainda o amava, sempre o amaria, pelo visto. Mas para quê? Por que permiti que ele me tocasse sabendo que hoje ele era casado? Como fiz isso com outra mulher e, pior, como fiz isso comigo mesma? Com meu coração que o amava, mas sabia que nunca ficaríamos juntos.

— Eu disse várias coisas aquele dia.
Joguei minhas pernas para o lado e puxei o lençol, cobrindo meu corpo. A cama estava uma bagunça, úmida de nós dois. A camareira teria nojo.
— Adalind.
— Eu vou embora amanhã. — Parei diante da janela, os mesmos olhos apaixonados pela paisagem estavam ardendo com as lágrimas. — Sua esposa deve estar esperando você.
Ouvi o farfalhar dos lençóis e de roupas. Não precisei me virar para saber que Mariano estava vestido e pronto para partir. Doeria vê-lo ir.
— Você não vai sair da Itália. Pegue suas malas, Trey virá buscar você.
Virei-me, franzindo as sobrancelhas. O que diabos ele estava falando?
— Eu vou para casa e você não vai ditar ordens para mim. Não depois de três anos, não depois de ontem! — gritei, furiosa, enquanto ele pegava suas armas e as guardava.
— É por ontem, Adalind. Depois de três anos vivendo no inferno, você acha que vou ver ir embora a minha única chance de ser feliz?
Ele balançou a cabeça, o cabelo bagunçado, o rosto marcado pelos lençóis. Tão lindo e tão furioso enquanto jogava tudo isso em meu colo.
— Você vai me reduzir à sua amante? É isso?
Mari desviou o rosto, porque ele sabia que era verdade. Era exatamente isso que aconteceria.
— Onde vai me enfiar? Num apartamento a dez minutos da sua mansão? Câmeras me vigiando, enquanto espero por você para foder e nada mais?
— Não fale assim! — Seu grito me fez pular, mas seus olhos foram o motivo do meu medo. Não parecia mais ele, era o monstro. A *bestia*.
Mas eu nunca precisei temê-lo, não começaria agora.
— É a verdade, Mariano. — Suspirei, abaixando-me e pegando o celular com a tela quebrada. A porcaria começou a tocar e o nome dela apareceu. Ravena. — Volte para sua vida, eu vou voltar para a minha.
Entreguei o celular na sua mão e entrei no banheiro. A mesma dor que senti há três anos, quando ele se foi sem despedida, retornou. Meus olhos se encheram de lágrimas e dessa vez eu as deixei caírem. Não tinha por que empurrar minha dor, ela me acompanharia.
— *Ballerina*, abre a porta — Mari pediu, batendo na madeira.
Eu me afastei, entrei na banheira, ligando a água ainda gelada e agarrando meus joelhos. Odiava tentar encontrar formas de nós darmos certo, pensar e repensar maneiras de poder tê-lo para mim.
— Não posso deixar você ir. Não consigo renunciá-la pela segunda vez.
Quando ele falava isso parecia tão lindo, mas não era. Mariano Vitali podia me manter ali, ele tinha tanto poder dentro de Roma quanto em Nova Iorque. Ele podia fazer o que quisesse e eu só tinha de obedecer.
Ficar calada e aceitar.
Mas suas palavras queriam dizer outra coisa. Ele faria isso, mas queria que eu entendesse seu amor doentio. Ele me amava? Ri, fungando e balançando a cabeça. Não, eu era sua posse.

Somente sua.

— Você vai me fazer atirar nessa porra, não é?

Não dava a mínima. Que atirasse, que derrubasse a porta, eu não ligava. Tapei meus ouvidos e esperei pelo barulho. Não aconteceu.

— Eu preciso estar em San Marino em uma hora. Saia daí, levarei você comigo. Vamos, *ballerina*.

Não queria ir a lugar nenhum com ele.

— Ok, Trey vem buscar você.

Logo ouvi a porta bater. Desliguei a torneira, lavei-me e depois levantei. Prendi meu cabelo em um coque frouxo, vesti o roupão e saí. Arrastei minha mala, enfiei minhas roupas arruinadas dentro e tirei uma nova. A calça de linho grosso deslizou em minhas pernas, a blusa era grande o suficiente para cobrir meu decote, o sobretudo tapou a escolha péssima de roupas. Não estava preocupada com meu look, queria chegar ao aeroporto antes que fosse tarde demais.

Com as mãos suando, disquei o número de Taylor e pedi que comprasse uma passagem para mim. Arrastei a mala para fora e corri para o elevador. Esperei por ele batendo meu coturno no chão. Assim que as portas deslizaram, eu entrei e comecei a implorar a Deus que me deixasse sair da Itália.

Corri pelo lobby do hotel e entrei no primeiro táxi que achei.

— Aeroporto, por favor!

O motorista pisou no acelerador e arrumou o espelho, naquele momento eu percebi tarde demais que não era um taxista.

— O chefe disse que faria isso.

Trey travou as portas assim que tentei abrir. O infeliz sorriu e piscou para mim.

— Coloque o cinto, Adalind.

— Trey, você não vê como isso é louco? Ele está casado! — berrei, desesperada.

Ele riu. Por que ele estava rindo?

— Ravena é minha, Adalind. O casamento deles não é real.

O quê? Meu batimento cardíaco acelerou como o carro. Como assim, não era real? E... ela era *dele*? O que estava acontecendo?

— Assim que chegamos aqui, conheci Ravena. Nós estávamos no jardim do Enrico, não fazia ideia de que ela era a noiva dele. Mas ela era. Descobri apenas no dia do casamento.

Trey riu, balançando a cabeça.

— Eu queria matá-la por ter me escondido isso, quis implorar a Mariano para não se casar com ela, mas aquele filho da puta é esperto demais. Ele percebe tudo. Sabia que eu a estava vendo, e naquela noite entrei no quarto deles antes dos dois. Eu estava lá porque Mariano me disse para estar. Ravena ficou mais branca que o véu que usava, mas não disse uma palavra enquanto Mari pegava fones de ouvido e entrava no banheiro.

Trey riu ao ver o pavor em meu rosto.

— Na Cosa Nostra temos de mostrar lençóis sujos de sangue, exibir a virgindade da noiva. Ele fez isso, mas quem tirou fui eu.

O quê? Meu estômago estava girando, não conseguia imaginar história mais insana que essa, mas ainda assim, era verdade.

— Ravena acha que Mariano só permitiu aquela vez, na cabeça dela vivemos escondidos, mas não há uma alma viva que esconda algo do meu chefe.

— Como assim?

— Mariano sabe de nós e ele não dá a mínima.

Trey pisou no acelerador e eu olhei para a janela, tentando fazer toda essa sujeira se assentar na minha mente.

— Onde ele está? — perguntei, tensa.

— No seu quarto.

Meu? Trey ficou em silêncio e fiz o mesmo. O restante do caminho eu continuei pensando na história toda, mas era algo tão doentio que me enojava.

— Aqui. — Trey me ajudou a descer do carro assim que paramos diante de uma mansão. Ela parecia com a de Mariano, em Nova Iorque. — Sorria.

Franzi as sobrancelhas, mas entendi quando Ravena apareceu à porta, rígida. Seus olhos me mediram e seu foco ficou na mão de Trey em minha cintura.

— Trey, quem é sua amiga? — A frase saiu como um rosnado.

Ela estava com ciúme dele.

— Ravena, essa é Adalind. De Nova Iorque, ela veio passar alguns dias comigo.

A mandíbula dela ficou apertada e seu olho tremeu. Deus, ela me mataria em um segundo.

— Mariano sabe disso? Você mora conosco e eu não fui avisada.

Trey morava com eles? Porra, a história só ficava pior.

— Ele sabe.

Ravena acenou, virou-se e andou para longe, jogando o cabelo liso sobre o ombro.

— Viu? Ela quase a esfaqueou com os olhos.

— Não consigo acreditar nisso. Ninguém sabe?

— Óbvio que não.

Ele me levou para a escada e eu subi, querendo confrontar Mariano. Trey estava seguindo ordens, nada mais.

A porta foi aberta e vi Mariano dentro, de frente para a janela.

— Boa sorte!

Trey foi embora e eu entrei no quarto, engolindo em seco.

— Eu quero ir embora — avisei, tentando permanecer séria. — Não vou ficar na mesma casa que Ravena, brincando de troca de casais. Isso é doentio e nojento.

— Troca de casais? — Mari virou, rígido, fazendo meu estômago esfriar. — Por que Trey estava tocando em você?

— Pare com isso! — gritei, recuando enquanto ele andava em minha direção.

— Ele pode foder minha esposa um milhão de vezes, em cada espaço desta casa, mas da próxima vez que ele tocar em você, eu vou matá-lo.

A fúria era quase palpável. Quando sua mão agarrou meu rosto, senti seu próprio ciúme.

— Trey estava fazendo o que pediu...

— Não me lembro de mandá-lo tocar na minha mulher.

— Não sou sua mulher. Ravena é e ela é tocada por ele de maneiras bem diferentes de como ele me tocou.

Mariano grunhiu, sua mão ainda possuindo meu rosto, apertando para me dominar. Não dava a mínima, que ele fizesse.

— Ravena é insignificante.

Mais forte.

— Você é minha vida.

Mais forte.

— Nós vamos para Nova Iorque em uma semana. Até lá, quero você dentro deste quarto. Se me desobedecer, vou algemar você na cama.

— Você não seria capaz.

— Não? Tsc, tsc, tsc. — Mariano sorriu, inclinando a cabeça. — Teste-me.

Sua mão soltou meu rosto e eu consegui sentir a ardência em minha pele. Ele trancou a porta, guardou a chave no bolso e andou até a cama. Mariano tirou os sapatos e se deitou sem me olhar.

— Vamos dormir.

— São quase dez da manhã...

— E sua boceta me deixou acordado a noite toda, estou morto e preciso sair ao anoitecer, então deite na cama.

Maldito!

— Não quero dormir.

— Adalind, não me faça ir até você e carregá-la para a cama, porque eu vou estapear sua bunda até você me pedir desculpa.

Onde estava meu Mariano? Por que esse era tão irritado?

Andei até a ponta da cama, tirei meus sapatos e joguei meu sobretudo no chão com minha calça. Subi na cama apenas de calcinha, sutiã e a camisa grande. Não olhei para saber se o depravado estava me observando, sabia que estava.

— Mulher maldita.

Eu o ignorei e não demorou a chegar o cansaço, pesando vinte toneladas em meus ombros. Não pensei na minha situação ou em como a mão de Mariano estava sobre meu ventre liso.

Só dormi.

※

— Saia do meu quarto antes que eu quebre seu pescoço.

A ameaça me acordou, e quando sentei na cama macia, cacei Mariano.

Ele estava de pé, à porta, escondendo quem quer que estivesse lá. Ou me escondendo, não fazia tanta diferença.

— Trey trouxe uma garota para dentro da minha casa, Mariano! Aguento sua distância, a solidão nesta mansão, mas não vou tolerar mulheres debaixo do meu teto.

Ravena.

— Está irritada por que Trey trouxe uma garota?

— Não! É óbvio que não...

— Então, vá para seu maldito quarto.

A porta foi fechada. Quando ele se virou e me viu, seus ombros ficaram rígidos.

— Você vai alimentar isso? Que sou a garota do Trey? — perguntei, tentando realmente encontrar o ponto disso tudo.

Não fazia sentido manter isso se Ravena traía Mariano. Os dois eram podres.

— Não confio em Ravena...

Saltei da cama e abri a porta. A esposa dele estava no final do corredor quando gritei seu nome. Ela semicerrou o olhar e eu percebi que estava quase nua. Apenas a blusa que alcançava o topo das minhas coxas escondendo a calcinha minúscula.

— Oi. Meu nome é Adalind e eu não sou a garota do Trey.

Ravena olhou para trás de mim e eu sabia quem era, sentia sua fúria ondulando até mim, marcando minha pele, arrepiando-me.

— Ela é sua. — Sua frase foi uma afirmação clara.

Mariano andou até a minha frente, protegendo-me dela.

— É, da mesma maneira que você é do Trey, então guarde sua língua que eu guardarei minhas armas.

Mariano se virou e agarrou minhas coxas, pondo-me em seu ombro. Quando a porta bateu, ele andou até a cama e me jogou nela, cobrindo meu corpo com o dele. Seus quadris empurraram minhas coxas, abrindo-as e me fazendo ofegar.

— Sua habilidade de me irritar tão rápido quanto me faz gozar é alarmante, Adalind Sink.

27
Mariano Vitali

Adalind semicerrou os olhos, ainda irritada. Bem, eu também estava.

— Não vou ser seu segredo. Não serei sua amante e espero que você saiba que assim que eu pisar em Nova Iorque, sumirei. Seus capangas não vão me achar!

Saí de cima dela, quase rindo. A inocência dela em achar que eu a deixaria partir era admirável. Depois de fechar a porta do quarto mais uma vez, coloquei a chave no meu bolso e andei até o banheiro.

— Mariano, estou falando sério!

Adalind se ergueu, apertando as mãos em punhos.

— Eu também, *ballerina*.

Fechei a porta e tirei minha roupa. Meu pau estava duro desde que acordei com batidas à porta. Ravena estava puta e não cessou o ataque. Ela nunca fez isso. Apertei a ponta irritada quando a água quente caiu sobre minha coluna e descansei minha cabeça na parede. Bombeei, lembrando-me de Adalind com suas pernas abertas na minha cama, e gemi, sem me importar que ela escutasse.

Se fosse uma boa garota estaria ali, chupando-me.

Como naquele dia, embaixo da mesa. Meu pau pulsou e esperma jorrou até o azulejo. Irritava-me estar gozando tão rápido, mas era o que Adalind havia feito. Ela me transformou em um adolescente que não podia ver peitos.

Terminei meu banho e peguei a toalha, envolvendo-a em minha cintura. Assim que saí, balancei a cabeça para tirar o acúmulo de água do cabelo.

— *Ballerina*, vá tomar...

Parei de falar quando vi a cama vazia e o quarto também. Fui ao closet, mas não havia nada. Onde ela estava? Melhor, como saiu já que a porta estava trancada?

Meus olhos foram para a janela e corri até lá. Olhei para baixo, com o coração batendo como louco, mas o chão estava vazio. Quando fui ver nas laterais, a cortina ruiva voou. Quase ri do olhar aterrorizado de Adalind quando percebeu que eu a achei.

— Você está ficando louca? — rosnei, tenso, antes de agarrar sua mão.

A parede tinha parapeito estreito que a deixava a salvo da queda. Puxei-a para a janela e, com ódio, coloquei-a para dentro.

— Quero ir embora, já disse a você! — *Ballerina* berrou enquanto eu a arrastava para a cama. Peguei seu pulso direito e coloquei contra um dos contornos da cabeceira. — Mariano!

— Eu disse a você — grunhi, puxando as algemas da gaveta. Prendi em seu pulso e depois na cama. — Você não vai sair daqui.

— Seu psicopata! Solte-me! — Seus gritos ficaram mais altos e eu agarrei seu rosto, inclinando-me.

— Se alguém entrar aqui e vê-la nua, vai ser morto bem na sua frente. Então, fique calada.

Seu olhar ficou rígido quando aproximei minha boca da dela, dando um selinho barulhento.

— Boa garota.

Afastei-me puxando minha toalha e indo escolher minha roupa. Tinha uma reunião com alguns soldados para coletar informações da próxima carga de cocaína que chegaria. Passaria também em uma das boates que fiquei responsável quando cheguei aqui. O lucro com as prostitutas triplicou depois que aumentei o pagamento delas.

Agora, elas trabalhavam felizes.

— Para onde vai? — Adalind me observou dar um nó na gravata diante dela.

— Trabalhar. Voltarei para jantar com você.

— Você vai me deixar presa? — A indignação torceu seu rosto bonito.

— Você pediu por isso, *ballerina*. Na verdade, você implorou para ficar algemada quando pulou a porra da janela.

Adalind semicerrou os olhos, mas ficou em silêncio. Ela não parecia a minha *ballerina* agora. Havia uma resistência nela, uma força nascida do trauma. Adalind não precisava me dizer, eu via em cada ação dela.

— Vou pegar comida e água para você antes de ir...

— Não se dê ao trabalho. Não vou comer nada.

Aproximei-me, tentando controlar a vontade insana de castigá-la. Eu me imaginei virando-a, erguendo a camisa e batendo em sua bunda até a pele alva se tornar escarlate.

— Você está tentando ficar mais magra? Não basta já ter perdido peso?

Ela ergueu o queixo, atrevida.

— O quê? Tem saudade dos meus seios gordos?

Olhei para os montes cobertos pela camisa. Realmente haviam diminuído, mas nada que me fizesse desejar chupar e mordê-los menos.

— Seu corpo é perfeito de qualquer jeito. Eu desejo você mais que a minha próxima respiração. Não tem um quilo a mais ou menos que mude isso.

Respirei fundo e inclinei a cabeça, escovando o polegar em meu lábio.

— Mas se eu souber que está tentando entrar em algum tipo de dieta louca para ficar ainda mais magra, eu vou enfiar um tubo em sua boca e a alimentarei.

— Você é insano.

— Descobriu hoje, hum? — Curvei-me, deslizando meu nariz em seu pescoço. — Eu conheci *la mia ballerina*, está na hora de conhecer *la tua bestia*, *bambina*.

Adalind estremeceu e eu deixei um beijo sobre seu ombro. Fiquei ereto e peguei minhas pistolas, guardando-as no coldre próximo das minhas costelas. Depois, alcancei as facas, empurrando-as no suporte preso à minha perna.

— Por que precisa de tudo isso? — Adalind franziu as sobrancelhas, com os olhos em minhas armas.

— Estou aqui há três anos, mas alguns homens não me aceitaram ainda. — Dei de ombros, porque eu não me importava com isso.

Eles eram leais a Enrico, mas não confiavam em mim. Depois que um tentou me matar, não havia um dia em que eu não me armasse até os dentes.

— Como assim? Eles querem machucar você? — Os olhos bonitos da minha menina cresceram, assustados.

— Um deles conseguiu. Outros esperam pela sua própria oportunidade.

Seu rosto ficou cada vez mais branco. Andei até ela e coloquei minha palma sobre sua bochecha.

— Não vão ter. Acalme-se!

Não tinha medo deles. Queria sua obediência, e diante dos meus olhos eu as tinha. Por trás, era outra história. Uma que Adalind não deveria se preocupar.

— Por que você vai a Nova Iorque?

— A filha mais velha de Wayne vai ficar noiva.

Ballerina engoliu em seco, mas acenou por fim. Eu me ergui, vendo que já estava atrasado. Art já deveria estar no carro.

— Comporte-se, *ballerina*.

Voltei ao quarto apenas para deixar sua comida e fui embora, não vendo a hora de voltar.

───※※※───

No dia seguinte, Adalind voltou para a algema porque voltou a falar que queria ir embora. Não podia dar brecha a ela, porque minha intuição dizia que ela a agarraria. Não deixaria que fosse embora mais uma vez. Não podia ficar longe dela.

— Ela não saiu do quarto. Por quê? — Ravena apareceu assim que desci a escada na manhã. Vim pegar água e café da manhã para mim e Adalind. — Você acha que vou machucá-la?

— Você vai? — Arqueei a sobrancelha, desconfiado.

— Claro que não.

Continuei andando e ela me seguiu.

— Como você conseguiu deixar Trey e eu... — Ela não continuou, envergonhada demais para falar. — Três anos, Mariano.

— Eu sei quanto tempo faz. — Respirei fundo, abrindo a geladeira. — Nunca foi pessoal, Ravena. Você é uma garota legal, sei disso, mas Adalind é minha mulher. Passei três anos mais incomodado com ela longe de mim do que o fato de Trey, meu homem de confiança, estar fodendo a minha esposa.

A loira recuou com minha franqueza.

Era verdade. Feia, deturpada e incompreensível, mas a única que eu podia dar.

— Posso vê-la? Falar com ela?

— Não — respondi rápido e me virei. — Não a quero fora daquele quarto, não quero que se aproxime dela. Adalind é um furacão, um com o qual você não conseguirá lidar.

Ravena respirou fundo e acenou, agarrando o colar que dei a ela de aniversário.

— Agora, se me der licença — pedi sutilmente que se retirasse, então ela girou, indo embora.

Voltei para o quarto com comida e água. Adalind estava sentada, com o celular na mão. Alguém havia ligado ontem e ela perdeu as chamadas.

— Quem era? — questionei, acenando para o aparelho.

Ballerina apertou o celular e ergueu o braço algemado. Ontem, ela disse que não falaria mais comigo até eu tirar as algemas.

— Se não responder, eu vou pegar o celular de você.

— Nossa, eu fui o quê? Sequestrada pelo mafioso?

Eu semicerrei os olhos e ela bufou.

— Gale e Pietra. Iríamos embora hoje. Fora Taylor, que ficou louca quando não subi no avião.

— O bebê dela nasceu? — Coloquei a bandeja na cama e me sentei na sua frente.

— Como você sabe que ela está grávida? — Ergui a sobrancelha e Adalind revirou os olhos. — Perseguidor.

— Coma.

Nós ficamos em silêncio durante toda a refeição. Soltei Adalind e a deixei tomar banho. Quando meu celular começou a tocar, atendi Juliano segurando a algema.

— Preciso de você em Roma. Agora. — O tom da sua voz era rápido, algo havia acontecido.

— O que houve?
— Trevisan.

O sobrenome fez meu sangue esquentar. Apertei as algemas, levantando-me.

— Estou indo.

Adalind abriu a porta e eu a puxei para a cama, ainda nua. Eu a prendi na cabeceira e corri até o closet.

— O que houve? Mariano! — ela gritou quando joguei uma blusa, short e calcinha para ela. — Que pressa é essa?

— Voltarei assim que der.

— Como assim? — Adalind puxou o braço e eu me aproximei, tocando sua boca. — Você está me assustando.

— As pessoas que fizeram isso... — Levei a mão à minha cicatriz e os olhos azuis seguiram meu toque. — Acho que chegou o momento de me vingar.

— Você não vai para lugar algum! — Adalind subiu em meu colo, o braço esticado, enquanto suas pernas prendiam minha cintura. — Você não precisa de vingança. Estou aqui, vou ficar, prometo. Vamos fazer isso funcionar.

Era ótimo ouvi-la falar que ficaria, que tudo daria certo, mas eu ainda podia ver Prince Trevisan diante de mim, com a arma em punho. Centímetros me separaram da morte.

— Vou voltar, *ballerina*. Eu juro.

— Não faça isso. — O braço livre estava firme em meu pescoço. O lábio rosa tremeu e minha menina fungou antes do soluço rasgar seu peito. — Não me deixe aqui, preocupada. Por favor!

— Eu perdi muita coisa desde que me entendo por gente, e essas pessoas, elas sempre deram um jeito de foder a Cosa Nostra.

— Nada disso importa mais, Mariano. — Ela segurou meu rosto, tocando minha cicatriz devagar. — Eu amo você! E sei que me ama, eu sinto. Então, esqueça isso.

— Você está certa, *ballerina*. *La tua Bestia* a ama, como nunca amou na vida.

Empurrei minha boca na dela. Ela relaxou e eu agarrei sua bunda nua, toquei sua coluna, cintura e rosto enquanto sua língua era tudo que desejei provar a cada segundo mais. Poucas vezes na minha vida me senti completo. Beijar Adalind era o mais perto disso que já cheguei.

Porém, eu era leal a Enrico e Juliano. Voltaria para Adalind, mas precisava fazer meu trabalho.

Ballerina gritou quando a tirei de cima de mim e tentou me prender de novo, mas consegui me afastar antes. Seu rosto estava repleto de lágrimas enquanto me chamava, implorando que eu voltasse.

— Vou voltar, *ballerina*. Eu prometo.

28

Adalind Sink

Vivi medo absoluto quando Kalel me perseguia, quando esfaqueou Art, mas o que corria nas minhas veias agora era puro pavor. Imaginar Mariano ferido me deixava louca. Quem quer que o tenha machucado a primeira vez, podia fazer uma segunda vez. Não queria pensar nele ferido.

Mas era só essa imagem que preenchia minha mente.

— Ravena!

Minha garganta já estava doendo. Já gritei diversas vezes por ela, mas ninguém aparecia.

Meu pulso ardeu enquanto eu tentava puxar a porcaria que me prendia. Era burrice forçar, eu só estava me machucando. Respirei fundo, empurrando meu polegar para baixo, da mesma maneira que vi nos filmes. Eu tinha uma ótima elasticidade, mas a algema era muito pequena.

— Ravena! — Meu grito ecoou pelo quarto de novo.

Porém, dessa vez, a maçaneta sacudiu e a porta foi aberta. A esposa do homem que eu amava apareceu ainda mais branca do que já era.

— Ajude-me, tire isso! — pedi aos gritos, erguendo o braço. — Mariano está em perigo.

Ela andou até mim, mas estava tremendo e chorando. O que inferno aconteceu com ela?

— Não posso, ele disse...

— Esquece o que ele disse. — Agarrei sua mão e percebi que eu também tremia. — Não vou ficar parada enquanto o homem que amo é machucado, então abra essa porcaria! A chave está ali. Pegue.

A chave estava no closet, apoiada na sua caixa de relógios. Ele a deixou lá quando foi pegar roupa para mim. Passei a mão na perna, nervosa. Havia vestido só a calcinha e passei a blusa por baixo para conseguir cobrir meus peitos.

Ravena olhou para trás, indecisa.

— Olhe para mim. — Puxei sua palma, fazendo-a me encarar. — Você ama Trey?

Ela fechou os olhos com força, como se só pensar nisso causasse agonia.

— Amo, eu o amo.

Suas lágrimas voltaram e eu respirei fundo.

— Se ele estivesse em perigo, você não tentaria?

A indecisão estava por todo seu rosto, mas quando Ravena acenou, pareceu que um peso saiu dos seus ombros e dos meus.

Ela pegou a chave e, quando voltou, me soltou depressa. Peguei uma calça da minha mala e Ravena colocou um casaco em meus ombros. Calcei minhas botas e corri para fora. Ela me seguiu, pegou sua bolsa e nós saímos para o estacionamento.

Ravena ligou seu carro e eu entrei nele antes dela. Os seguranças não se mexeram, apenas nos observaram.

— Coloque o cinto. — Ela pisou no acelerador e eu obedeci.

— Você sabe onde ele está? — questionei, vendo como dirigia com atenção, focada no destino.

— Trey enviou uma mensagem avisando que iriam para a casa de Enrico.

Acenei, tentando acalmar minha respiração. O trajeto demorou, quando o carro dela parou diante da casa imensa, eu me lembrei do dia em que fui lá.

— Fique calma. Nada de berros e de exigir nada. Não temos autoridade nenhuma, nada, então fique na sua.

Ravena passou batom na boca e abriu a porta, descendo devagar e de forma elegante.

Controlei minha respiração e saí, indo para seu lado. Paramos à porta e Giovanna surgiu, sorrindo para Ravena. O sorriso morreu e os olhos se arregalaram quando ela me viu.

— Oh, meu... Adalind.

— Giovanna, como vai?

A esposa de Enrico agarrou nossos pulsos e puxou a gente para dentro. Ela nos enfiou em uma porta e vi que era uma sala de jogos.

— O que vocês estão fazendo? Juntas?

Sabia que não podia contar sobre Ravena, mas eu podia falar por mim mesma.

— Eu o amo. Não vou abrir mão dele.

Giovanna fechou os olhos e levou os dedos à têmpora.

— Onde eles estão, Gio? — Ravena deu um passo na direção dela.

— Algo aconteceu. Enrico recebeu uma ligação e reuniu os homens de confiança dele. Que se resume a Mariano, Dino e Juliano. — Ela riu, nervosa. — Art, Matteo e Trey estão com eles também.

— Onde? — supliquei, nervosa.

— No escritório.

Eu sabia onde ficava, por isso não esperei por ela ou Ravena. Corri para fora e, respirando com dificuldade, dei passos rápidos até lá. Bati na madeira e depois forcei a maçaneta, abrindo-a.

Os homens dentro giraram. Todos me olharam confusos, menos ele. Mariano estava furioso, a fera à espreita imaginando mil formas de me matar.

Mariano Vitali

Pensei que a família Trevisan estava em Roma, que teria minha chance de matar Prince com minhas próprias mãos, porém, não era nada disso.

Era pior.

Minha cabeça seria cortada hoje, disso eu tinha certeza.

— Como elas foram parar lá? Quem são elas? — Enrico jogou as fotos que eu estava olhando uma e outra vez nos meus pés.

Ele estava furioso, tremendo e gritando enquanto eu continuava tentando entender o que diabos estava acontecendo.

— Já disse que não faço ideia, Enrico! Não enviei mulheres mortas para a porra da Outfit, jamais faria essa merda!

Os Trevisans não estavam ali. Só mandaram um recado, queriam minha cabeça. Um container chegou às margens do lago Michigan contendo mulheres mortas. Com certeza, mulheres traficadas. Não sabia quem faria isso nem o motivo de terem me incriminado.

— Seu nome, a porra do seu nome, com origem de San Marino!

Meu Don não estava acreditando em mim, e se eu estivesse em seu lugar, também não o faria. Havia provas suficientes, quem fez isso queria que Enrico me matasse.

— Não fazemos tráfico. Nunca, em hipótese nenhuma, como eu conseguiria mulheres aleatórias apenas para matá-las em uma viagem de navio? Para a porra dos nossos inimigos?

— Leia essa merda.

Mais uma foto pousou em minhas mãos. Segurei o retrato onde um bilhete aparecia. Nele, eu prometia matar as mulheres da Outfit, principalmente as filhas de Romeo, Rocco e Matteo. Eles têm filhas?

— Não fui eu, mas se você precisa me matar para punir alguém, faça de uma vez. — Minha voz estava firme, eu não tinha medo da morte. Não era culpado, mas sabia que alguém teria de pagar por isso.

— Quem foi, então, Mariano? — Juliano tragou o cigarro, soltando a fumaça.

— Não faço ideia, mas os homens de San Marino não me aceitam, vocês sabem disso.

— Você está querendo dizer que um dos meus homens tentou incriminar você? — Enrico ficou rígido, fúria e ultraje dominando seu rosto.

Não havia traição na Cosa Nostra, Enrico era adorado por todos, mas o sentimento não era estendido a mim.

— Um deles tentou me matar, você sabe disso.

Há um ano ou mais, um soldado me atacou dentro do nosso centro de treinamento. Eu estava sozinho, Art e Trey me esperando fora. Ele me acertou, mas consegui prendê-lo antes que eu morresse sobre meu sangue. No dia seguinte, eu o matei e subi a porra do seu corpo no ringue. Ele ficou lá por um dia completo, diante de todos os desgraçados.

— E você lidou com ele — Juliano resmungou e eu acenei, porque eu fiz.

Não admitiria revolta entre homens que deveriam ser obedientes a mim.

— Ok, vamos pensar nisso. Como diabos eu vou fazer Rocco acreditar nessa merda?

— Ligarei para Lunna.

— A esposa de Romeo? Você perdeu sua mente? — Juliano grunhiu, rígido, e eu dei de ombros.

— Ela era uma amiga antes de ser a esposa dele.

Enrico não considerou legal nada disso, mas não dei a mínima. Peguei meu celular e procurei o número que ela usou para falar comigo anos atrás. Chamou algumas vezes até ela atender. Surpreendi-me por ela ainda usar o número antigo.

— Mari? — A voz era a mesma. Doce e suave, exatamente igual a ela.

Esperei pelo sentimento que me acompanhava sempre que falava com ela, mas ele não veio. Não tinha motivos para vir. Nunca amei Lunna, não como eu amava Adalind.

— Você sabe sobre os containers?

— Sim, por que você está fazendo isso? Elas são crianças e as mulheres naquele espaço pequeno tinham uma vida! — Sua voz mudou, ela estava irritada, na verdade, mais magoada.

— Não fiz. Estão tentando me incriminar. Jamais machucaria mulheres, você sabe que a *famiglia* não faz isso! — Aumentei a voz, com raiva por ter de explicar minha inocência. — E eu não machucaria sua filha. Nem sabia que tinha tido uma garota.

— Por que incriminariam você?

— Muita merda aconteceu na minha vida nos últimos anos. O que eu quero que saiba é que não fiz isso. Quero falar com Rocco, pessoalmente, se possível.

— Ele não vai aceitar depois da sua ameaça — Lunna rebateu com firmeza.

— Nova Iorque, Alabama, onde ele quiser. Não preciso pisar em Chicago.

Lunna respirou fundo e eu tomei meu tempo, vendo Enrico andando de um lado para o outro. Não queria sair da Itália, mas faria se fosse para esclarecer tudo.

— Vou tentar, mas, Mari, não espere muito. Romeo vai ficar louco por saber que estou ao celular com você.

— Avise-me o que for resolvido.

Desliguei o celular e me virei, vendo Juliano jogar a bituca no lixo. Enrico parou, voltando-se para mim. Eu o respeitei desde que tomou o poder, nunca duvidei dele ou pensei desobedecê-lo.

— Confie em mim, Enrico. Jamais trairia a *famiglia* dessa maneira.

Como uma resposta enviada pelo satanás, a porta foi aberta. Virei-me, quando vi minha *ballerina*, custei a acreditar que ela estava ali, de pé, na frente do meu Don. Porra!

— O que você está fazendo na Itália? — Enrico perguntou devagar, quase apreciando a minha morte que agora estava mais que decretada. — O que ela está fazendo na Itália, Mariano?

Adalind ficou calada, e eu não sabia se agradecia ou tentava matar essa mulher.

— Desculpa, Mariano, ela estava gritando... Pensou que estivesse em perigo, eu tive de soltá-la.

Desejei que Ravena fosse muda, porque ela acabou de me matar.

— Adalind Sink estava na sua casa? Na casa da sua esposa e ela tem ciência disso? Que porra está acontecendo, Mariano? — Enrico gritou, andando até a minha frente.

— Adalind veio a Roma para um espetáculo de balé. Nós...

— Sua casa fica em San Marino, como a garota foi parar lá? — Juliano questionou, interrompendo-me. — Você está com as duas agora?

— Não! — Adalind gritou, o ciúme do inferno berrando em sua postura. — Mari fica comigo.

— Ravena, tire Adalind daqui! — Trey grunhiu, andando até ela.

— Não! Não vou sair daqui sem Mariano.

Enrico voltou para a sua mesa, sentou-se e esfregou as têmporas.

— Entre, Giovanna.

A esposa dele correu para seu lado, obediente. Seu filho estava até agora calado, olhando pela janela, sem interesse. Dino também.

— Você deveria ter dito a mim que a queria. Eu lhe dei essa opção. Perguntei ainda em Nova Iorque. — As palavras dele me fizeram encará-lo. — Se você a amava, deveria ter feito isso. Casar-se com Ravena e traí-la dessa maneira, embaixo do teto que compartilham, é imoral!

— Ravena não parece estar tão preocupada com isso. Eu diria que Trey é mais do seu interesse — Juliano comentou.

Então percebi que estava observando Ravena, que mal conseguia tirar os olhos de um Trey puto na sua frente.

— Então, vocês dois traíam um ao outro simultaneamente. — Enrico riu sem humor nenhum no rosto. — Os três me devem lealdade, e traindo um ao outro estão traindo a mim. A Cosa Nostra, enganando seu Don.

Inferno. Andei até ficar na frente de Adalind. Enrico estava certo. Nós o traímos ao mentir sobre a fachada que era o nosso casamento.

— Você, seu merda, comendo a mulher do seu chefe... — Enrico ergueu a arma e ninguém se mexeu quando ele atirou em Trey.

— Enrico! — Giovanna gritou, apavorada.

Eu agarrei a cintura de *ballerina*, puxando-a contra minhas costas.

— Oh, meu Deus, Trey! — Ravena gritou, correndo até meu soldado e amigo.

Trey caiu no chão.

Peguei o braço dela e a puxei para o meu lado.

— Saiam daqui, as duas! — gritei, empurrando-as para a porta.

— Não! Oh, meu Deus, Trey! — Adalind soluçou e eu mal consegui me mexer.

— Ajoelhe-se, Mariano. Vou estourar seus miolos pela sua mentira e pelas mulheres que enviou aos Trevisans!

Consegui ver a morte diante de mim. Nunca vi Enrico tão furioso, tão descontrolado, mas eu sabia seus motivos. A família Trevisan já fodeu demais conosco. Enrico queria um basta.

— Não! Por favor!

— Seu Don lhe deu uma ordem! — Juliano gritou enquanto Adalind me segurava com força.

Em segundos, ela foi tirada de mim. Matteo segurou Adalind pela cintura, mantendo-a contra seu peito.

— Solte-a! — gritei, pegando minha arma e mirando bem no rosto do filho do meu Don.

Isso, sim, era a sentença da minha morte.

— Abaixe sua arma. Agora. — Senti o cano nas minhas costas antes de ouvir as palavras de Juliano. — Ninguém vai machucar Adalind, vamos enviá-la para casa.

— Mande Matteo soltar a minha mulher! — gritei, pouco me importando se Juliano atiraria. Eu queria as mãos daquele desgraçado longe dela.

— Sua mulher está chorando por outro.

Trey ainda estava no chão, eu não conseguia vê-lo para saber se ainda estava vivo. Ravena soluçava de joelhos, tremendo.

— Coloque Ravena e Adalind em um avião para Nova Iorque, Art. Agora! Saia daqui e leve as duas.

— Não se atreva! — *ballerina* gritou e eu a olhei. As bochechas vermelhas tinham lágrimas e os lábios molhados estavam trêmulos enquanto gritava. — Não quero ir! Eu nunca quis, mas você nunca entendeu. Eu o amava anos atrás e continuo amando. Vou amar para sempre, então peça perdão a Enrico, implore pela porra da sua vida, porque se ele matar você, a minha vida vai acabar. Não se vive sem a sua alma.

A forma como *ballerina* conseguia me deixar inerte era admirável. Cada palavra, toque e momentos, tudo com ela era o verdadeiro paraíso.

— Eu amo você, *ballerina*. Continuarei amando quando eu morrer e for para o inferno. O diabo vai ficar enjoado pela quantidade de vezes que vou contar como eu amei você.

— Pare com isso! Enrico, por favor! — ela gritou para meu Don, mas eu não estava vendo-o, tudo que eu via era ela.

La mia ballerina.

29
ADALIND SINK

Era minha culpa. Trey no chão. Ravena em pleno desespero. Mariano se ajoelhando naquele momento. Tudo isso era minha culpa. Fui impulsiva, imatura e egoísta. Eu só queria chegar até ele, saber que estava bem, mas agora o coloquei em problemas.

— Não faça isso! — berrei, tentando me soltar do homem que me prendia.

Ele era calado demais, só falou quando finquei minhas unhas em sua pele.

— Pare com isso, mulher abençoada!

Não, eu não pararia. Não podia.

Mariano era meu mundo. Desde que o conheci, tudo que eu queria era ser dele, tê-lo ao meu lado, amá-lo sem reservas. Ser amada por ele, sem pudor nenhum. Meu peito doía, as lágrimas não davam trégua.

Não podia perdê-lo. Não era concebível passar por isso depois de anos sem tê-lo. Vivendo à borda, tentando preencher um vazio que apenas ele poderia preencher.

— Pai. — A voz ecoou atrás de mim, firme. Era o homem que me segurava.

Enrico ergueu o rosto para ele, ainda mirando a arma em Mariano. Meu amor estava quieto, como se tudo isso não fosse uma loucura. Por que ele não estava lutando? Implorando ao homem a quem foi fiel durante sua vida.

— Vamos precisar de Mariano para impedir a guerra que o container causou. Não o mate.

O silêncio recaiu no lugar, ninguém se mexeu, nem mesmo Art que andava na direção de Ravena. Enrico encarou o filho, esperou um tempo e acenou quase que imperceptivelmente.

— Adalind vai para Nova Iorque. É melhor que você e Ravena construam um casamento agora...

— Pai — Matteo voltou a falar —, não é assim que vou governar a Cosa Nostra. Cresci sabendo e vivendo com um amor que foi proibido. Não há motivos para Mariano viver com Ravena se ele ama Adalind.

— Matteo...

— Não, mãe. Sei que meu pai está se sentindo mal pela traição deles, mas não é matando pessoas... Porra, Art, pegue Trey e o leve a um hospital!

Olhei para Trey, mas ele estava parado. Não vi se tinha pulso, mas Art obedeceu ao erguer Trey e andar para longe, carregando o amigo.

— Não é matando pessoas leais a nós que vamos construir uma Cosa Nostra forte.

Giovanna tocou Enrico e ele respirou fundo. Quando o vi se afastando de Mariano, soltei-me de Matteo e corri, ajoelhando-me na sua frente.

— Desculpe-me! Eu fui idiota... — Toquei seu rosto, sua cicatriz. Mari me olhou, balançando a cabeça. — Eu o amo! Amo demais!

— Eu amo você, *ballerina*! Amo essa sua mania de sempre conseguir o que quer.

— Eles vão me deixar ficar com você? — funguei, tremendo e sentindo suas mãos em minha coluna.

— Não sei, mas temos outras coisas para processar antes de tudo. — Mari olhou sobre o ombro, onde Ravena estava sentada no chão, chorando. — Cuide de Ravena enquanto isso, ok? Não a deixe sozinha.

Acenei, porque havíamos ganhado tempo. Graças a Matteo Bellucci. Mariano se ergueu e me puxou para cima junto. Enrico não estava mais na sala, Giovanna e Matteo também não.

— Quando Lunna ligar nos avise. Aliás, não acho legal você manter contato com a esposa de alguém da Outfit, mesmo ela sendo próxima a você.

Juliano nos deixou também e eu encarei Mariano, confusa. Quem era Lunna?

— Vamos para casa.

Deixei a garota de lado e fui até Ravena. Quando ela se ergueu, eu a abracei, sentindo muito por Trey. Não sabia se Art conseguiu chegar ao hospital a tempo caso Trey ainda estivesse vivo. Considerava pouco provável. O tiro pegou em seu peito.

Mariano Vitali

Matteo Bellucci havia não apenas salvado minha vida, ele deixou que eu lidasse com Adalind e Ravena antes de toda a bagunça dos containers. Assim que chegamos a San Marino, liguei para meu piloto e ordenei que colocasse o jatinho na pista.

— O que está fazendo?

Adalind abriu a porta assim que arrastei sua mala até a cama. Abri e peguei as roupas dela que estavam espalhadas.

— Você e Ravena vão decolar em vinte minutos.

Ballerina franziu as sobrancelhas. Ao respirar fundo, prendeu o cabelo em um coque. Seu silêncio me trouxe agonia, mas eu não podia fazer muito. Precisava tirar as duas da Itália. Enrico não me matou dessa vez, mas se Rocco quisesse retaliação, ele o faria para evitar que nossos territórios fossem invadidos.

Nunca foi nosso foco guerrear com os Trevisans, mas depois do fiasco anos atrás, nenhuma das máfias estava disposta a paz. Nós fazíamos o que queríamos, quando queríamos e se houvesse alguma merda, lidaríamos com isso. Não era paz, sim, indiferença.

A indiferença era mais segura para nossas famílias do que a guerra. Disso, não tínhamos dúvida.

— Eu não vou deixar você...

Fechei sua mala e a coloquei perto da porta. Aproximei-me de Adalind e segurei seu rosto. Deus, como eu a amava. Nunca achei possível amar tanto alguém, mas ali estava eu. Completamente apaixonado por um anjo em sapatilhas.

— Se alguém voltar a pôr as mãos em você, farei algo que não pode ser perdoado. — Pausei, vendo sua garganta movimentar. Toquei em sua pulsação e senti seu coração acelerado, como o meu. — Matteo foi honrado, mas não vou ficar parado enquanto ele ou qualquer outro homem machuca você.

Adalind abriu a boca para retrucar, algo que ela amava fazer, mas coloquei meu dedo em seus lábios.

— Eu preciso resolver minhas merdas. Há pessoas tentando me incriminar, e se eles tiverem sucesso, minha morte está decretada. Não posso colocar você e Ravena em perigo, sozinhas na Itália.

— Não fale isso! — Adalind segurou meu pulso, o lábio tremendo e os olhos cheios de lágrimas. — Não diga isso, porque não vou aguentar viver num mundo onde você não esteja comigo.

— Deus, *ballerina*. — Apoiei minha cabeça em sua testa, respirando seu ar. — Prometo que vou dar um jeito nisso tudo.

— Quando? Vou com Ravena para Nova Iorque, mas quando terei você de volta? — Suas palavras baixas doeram em meu peito, porque eu não fazia ideia.

Poderíamos dar um jeito nos Trevisans hoje ou daqui a um mês. Depois disso, eu teria de ter permissão de Enrico para sair da Itália. Tudo era fodido.

— Preciso que confie em mim. Vou voltar para você, *ballerina*. Eu juro.

Ela me abraçou, passando os braços em meu pescoço, então a ergui sentindo seu perfume doce que me levava ao céu todas as vezes e suas pernas se fechavam em minha cintura.

— Vivi três anos sem você e doeu como o inferno. Não me faça passar por isso de novo, por favor! — Adalind fungou.

Eu acariciei suas costas, amando a sensação da sua pele macia.

— Não vou. Agora, fique firme. Ravena não vai querer partir. Preciso que me ajude com isso.

— Trey está bem? Art já ligou? — Ela se afastou, preocupada, então limpei seu rosto molhado.

Recebi apenas uma mensagem de Art ao chegar à mansão e ela apenas decretou a minha decisão de enviar Ravena para Nova Iorque.

— Ele morreu, *ballerina*.

Os olhos azuis foram fechados e um soluço cortou sua respiração. Eu a puxei para o meu peito e a segurei durante um tempo, amando a sensação dela comigo. Aproveitando enquanto eu podia fazer isso.

— Vamos lá, amor.

Adalind me deixou enxugar seu rosto e depois me seguiu para o quarto de Ravena. Minha esposa estava sentada no parapeito da janela, olhando para ela como se a solução dos seus problemas estivesse lá.

— Ravena — Adalind a chamou enquanto eu fui para seu closet.

Peguei uma das suas malas e enfiei algumas roupas de inverno nela. Havia dinheiro em sua conta, ela podia comprar outras ao chegar lá.

— Não, não... Trey, eu tenho de vê-lo...

— Ele não resistiu, Ravena. Eu sinto muito! — Adalind a tocou, segurando o choro, mas quando Ravena a encarou, com o rosto tomado por agonia, ela soluçou.

As duas tiveram seu tempo chorando pela morte de Trey. Eu estava triste por ele, muito, mas ele iria querer que eu cuidasse de Ravena. Ele a colocaria em primeiro lugar.

— Vamos. Agora.

Adalind puxou Ravena e elas me seguiram. Andei para a parte de trás da casa e tirei a capa do carro que mantinha escondido. Enfiei nele as malas das duas, entrei na frente enquanto Adalind sentava ao meu lado e Ravena atrás.

Dirigi devagar pela entrada, de olho em meus soldados. Não confiava em nenhum deles, então eu tinha de ser cauteloso. Saí da mansão e dirigi o mais rápido que consegui ao chegar à avenida. Meu celular tocou e eu vi o nome de Lunna.

— Romeo aceitou, mas com uma condição.
— Qual, Lunna?
— Ele quer que traga sua esposa.

O quê? Olhei para Adalind, porque ela era o mais perto de esposa que alguma vez já tive, mas eu sabia que os Trevisans não sabiam disso. Eles queriam Ravena.

— Não vou levar Ravena para a toca dos lobos, Lunna.

— Mas pegou minha irmã e a levou, certo? — Ela respirou fundo.

Eu me lembrei de Lake Trevisan. Tentei provocar medo na menina Trevisan, dizendo que queria me casar com ela. Deus me livre! Aquilo era o diabo vestido de saia.

— Não a levarei. Se ele quer machucar alguém, que seja eu!

— Mariano, não ouse! — Adalind gritou, enfurecida, então toquei sua perna.

— Essa não é sua esposa. O sotaque no inglês estadunidense é igual ao meu — Lunna rebateu, esperta. Olhei para Adalind, irritado. — Traga sua amante.

— Não sou amante dele! — *ballerina* berrou, insultada.

Bati minha cabeça no volante, exausto.

— Não entendo.

— Eu não vou levar ninguém. — Apertei o volante, tenso. — O que Romeo quer? E Rocco?

— Rocco está longe de Chicago. Romeo está no comando.

— Seu marido vai me matar.

— Ele não vai, eu nunca deixaria isso acontecer. Você sabe o que foi para mim.

Adalind me encarou, semicerrando os olhos.

— Você não tem controle sobre ele...

— Sua garota tem sobre você, certo? Eu tenho sobre o homem que amo.

Foda-se! Lunna estava me deixando louco.

— Venha e traga sua garota. Estou curiosa para conhecer a mulher que fisgou o coração da *bestia* de Nova Iorque.

— Quem falou isso?

— As conversas andam, apelidos também. Não que eu ache que a cicatriz fez algum estrago. Você sempre foi bonito.

— Seu marido está por perto, Lunna?

— É obvio que não, não sou tão confiante.

Eu ri, balançando a cabeça.

— Chegarei aí em breve. E levarei minha *ballerina* para conhecer você.

— Bom, espero por vocês.

Desliguei a chamada e senti os olhos de Adalind sobre mim. Respirei fundo e tentei explicar sobre a mulher de Romeo Trevisan.

— Lunna era da Cosa Nostra antes de se casar com o inimigo. Crescemos juntos.

— Você gostava dela? — *ballerina* perguntou, desconfiada.

— Ele ia pedi-la em casamento. — Ravena abriu a boca pela primeira vez, com o olhar perdido na janela.

— Uau. — Adalind ergueu as sobrancelhas e virou o rosto.

Não tínhamos tempo para discussão, por isso a deixei quieta. Liguei para Enrico e o avisei sobre Lunna. Ele ainda parecia furioso e disse para eu lidar sozinho com minha merda. Ok.

— Mas me escute, Mariano. — Esperei que ele completasse sua frase. — Seus homens não confiam em você, nem eu. Assim que eu achar alguém de confiança, quero que saia de Roma e volte para Nova Iorque.

Fiquei em silêncio, porque não parecia uma sentença. Ele estava me libertando.

— E Ravena?

— Ela é sua responsabilidade.

Quando ele desligou, eu olhei para Adalind. Ela deu um suspiro e sorriu devagar, alívio por todo seu rosto.

— Eu disse que voltaria para você, hum?

— Sim, você disse.

Agora eu só tinha de lidar com os Trevisans. Depois, tudo se encaixaria e eu poderia ir embora. Voltar para casa, para Nova Iorque.

30

Adalind Sink

Ravena estava sem falar desde que entramos no jatinho. Seu olhar perdido na janela, sem foco, apenas lá. Meu coração estava partido. Odiava relembrar a cena de Trey caindo no chão, com uma bala no peito. Eu o conhecia há anos, nunca fomos tão próximos, mas sentir a partida de alguém não depende de proximidade.

— Estou preocupada com Ravena — murmurei para Mariano, que estava focado em desmontar e limpar suas armas.

Eu tinha pavor delas, mas sabia que eram importantes. Mariano não era um homem convencional, ele precisava se proteger.

— Ela acabou de perder alguém que amava. Deixe-a ter o tempo dela. O problema das pessoas é que elas sempre querem ser úteis. No luto não precisamos de muito, apenas de silêncio.

— Você passou pelo luto por seu pai e Kalel?

Mari ficou rígido e parou de mexer em suas pistolas. Tínhamos um passado conturbado com seu irmão e ele odiava o pai, mas ele realmente não sentiu a morte dos dois?

— Meu pai sempre quis poder. Nunca consegui ser bom para ele. Mesmo tentando todos os dias da minha vida, nunca fui digno aos olhos dele.

Mari me olhou e eu fui sugada para seu mundo pelas suas íris. Havia ressentimento, dor e muita raiva. Tudo junto, deixando o homem que eu amava parecendo alguém diferente.

— Quando Enrico o matou, virei as costas e fui embora. Não havia nada dentro de mim. — Mariano respirou fundo, voltando a olhar para as armas. — Com Kalel foi diferente.

Podia imaginar que sim.

— Eu o torturei, eu o fiz sangrar muito antes de matá-lo.

Arregalei os olhos, rígida, mas Mariano não me encarou para assistir a todo meu espanto. Não fiquei sabendo o que havia sido feito, mas jamais imaginei que ele tivesse torturado o irmão.

— Mari...

— Não me arrependo, mas sinto falta... do que ele projetou na nossa relação. Do que ele me fez acreditar que existia.

— Mas podia existir...

— Não, nunca, porque se isso tudo existiu para ele, torna pior o que ele fez a você. A nós.

Seu rosto virou para a janela, onde as nuvens passavam. O céu estava azul como meus olhos, e as nuvens tão brancas quanto as espumas do oceano. O céu parecia o oceano.

— Você chorou por ele? — perguntei baixo.

— Não, Adalind. — Sua mão tocou a minha. — Kalel não merecia as lágrimas de um homem feito.

Não o incomodei mais. Não tinha motivos para forçar isso. Kalel fez algo horrível a mim, enquanto sorria e ajudava o irmão a achar o responsável pela minha desgraça.

Ele sorriu para mim enquanto era o causador das minhas lágrimas.

Voltei a olhar para Ravena, mas agora seu rosto estava caído para o lado, ela dormia tranquilamente. Respirei fundo e relaxei na poltrona, tentando dormir também.

Assim que chegamos a Chicago, não saímos do jatinho. Mariano andou de um lado para o outro, parecendo nervoso, enquanto mandava Ravena ficar no quarto. Ela foi sem titubear. Não iríamos sair do aeroporto. Seria uma conversa ali, no solo.

— Pense antes de falar e, se estiver em dúvida, não fale. — Mariano segurou meu rosto assim que o avisaram que os Trevisans chegaram.

— Eu sempre trago problemas?

— Basta manter seus lábios selados, como se estivessem ao redor do meu pau.

Bati em seu peito, irritada por sua brincadeira naquele momento.

— Porco!

— A seu dispor. — Ele riu, mas parou e deu um suspiro. — Sério, *ballerina*. Quero ficar ao seu lado, mas antes preciso resolver as minhas merdas.

— Eu entendo. Prometo ficar calada.

Ele se inclinou, beijando minha boca enquanto suas mãos entravam em meu cabelo, desmanchando meu coque. As ondas caíram por cima do casaco grosso. Eu estava usando botas pretas com salto, calça apertada quentinha e um moletom.

Eu estava quente o suficiente para Chicago.

Agarrei os ombros dele e gemi quando meu cabelo foi apertado.

— Vou deixar vocês em Nova Iorque e depois volto para Roma. Mas antes vou foder você, *ballerina*. Vou foder sua bunda também para você saber que me pertence por inteiro.

— Você está me deixando molhada.

Gemi quando ele levou as mãos grandes para minha bunda.

— Lamberei tudo assim que esses filhos da puta me deixarem em paz.

Acenei, afastando-me e apertando meus lábios ao ver seu terno torto. Arrumei e bati nos ombros, afastando a poeira.

— Eu amo você! Vai dar tudo certo.

Mari acenou e a porta foi aberta. Nós saímos e descemos a escada, vendo três carros próximos do final dos degraus. Quando colocamos nossos sapatos no piso, as portas foram abertas.

Três homens saíram, um de cada carro. O primeiro era alto como Mariano, tinha olhos azuis quase cinza e cabelo escuro. Não havia um traço de simpatia em seu rosto quadrado. O outro tinha a cabeça quase raspada, olhos castanhos, e estava mais afastado.

O último era moreno também, mas tinha um ar malcriado vindo dele, o que pude confirmar assim que abriu a boca.

— Seu gosto é parecido com o meu, Mariano. As ruivas são as melhores.

O sorriso no canto da sua boca me fez semicerrar os olhos. Ele tinha uma aliança grossa no dedo, o que me dizia claramente que era casado.

Com uma ruiva.

— Não temos nada semelhante, Matteo.

Outro Matteo.

— Você pode me explicar como um container com mulheres mortas chegou ao meu píer, sem seu conhecimento? — questionou o de cara de poucos amigos, sem dar atenção ao outro.

— Há um ano tentaram me matar, Romeo. — Mariano deu um passo, sua voz ecoando pelo espaço aberto com vento frio. — Matei o homem depois de conseguir escapar, mas com isso percebi a revolta dos soldados que eu comandava em San Marino. Matei o homem para servir de exemplo, os ratos ficaram acuados por um tempo, mas creio que retornaram agora.

Romeo não demonstrou nenhuma reação. A porta do carro foi aberta e uma mulher pequena saiu dele. Ela olhos azuis e cabelo longo, completamente preto.

— Você deve ser a garota de Mari.

Não gostei de ela tê-lo chamado assim e seu marido também não, porque grunhiu. Ela foi para o seu lado e o tocou com carinho. De maneira quase imperceptível, ele relaxou.

— Sou Adalind Sink. — Encontrei minha voz e todos me encararam.

— Rocco não pôde estar presente, mas ele deseja dar crédito a você. Tivemos nossa vingança anos atrás, matamos dúzias dos seus homens.

— Eu me lembro — Mariano respondeu rigidamente, então toquei suas costas. — Não machucaria mulheres, a *famiglia* não faz isso. Pergunte a Giulio. — Ele acenou para o homem de cabelo rente à cabeça, que estava calado todo esse tempo.

— Não conheço a Cosa Nostra. Não mais. — Sua voz era rouca e me deixou arrepiada.

— Não viria até aqui para convencê-los do contrário se tivesse feito. Sou um homem bem grandinho, cresci dentro da máfia, não preciso esconder meus interesses.

— E qual é o seu interesse? — Matteo perguntou, encostando-se no carro.

— Ir para a casa e ficar com minha mulher.

Os quatro me olharam. Lunna sorriu e se virou, falando baixinho com o marido.

— Vou aceitar sua palavra, Mariano, mas apenas se...

— Se o quê?

— A primeira filha que tiver, será esposa do meu filho.

O quê? Olhei para Mariano, com os olhos tensos, mas ele não me encarou, seus olhos estavam treinados em cima de Romeo. Lunna estava rígida também, seu rosto tomado por pavor.

— Seu filho já está velho o bastante para esperar por um bebê que nem foi gerado — Mari grunhiu, furioso.

Vi Romeo sorrir pela primeira vez.

— King não se importa em esperar.

King? Que nome era esse?

— Remy. King é apelido. — Lunna devia ter visto minha confusão, porque tratou de explicar.

Tudo isso estava me deixando nervosa e confusa. Por que ele queria nossa filha? Uma que nem pensávamos em ter ainda? Uma que talvez nem tivéssemos.

— Por quê? — Minha voz ecoou e Romeo travou os olhos em mim.

— Guerras são cessadas com casamentos.

— Prometer duas crianças uma à outra não é certo... — grunhi, nervosa. Romeo tocou as costas da esposa.

— Lunna foi dada a mim com quinze anos. Aos dezoito nos casamos.

O quê? Lunna sorriu e deu de ombros. Custava a acreditar que isso acontecia de verdade.

— E se não tivermos uma menina?

— Se for um menino, temos Lua, mas ele servirá a Outfit.

Mariano ficou mais rígido, eu sabia que ele estava no limite. Não conseguia pensar em nossos filhos hipotéticos sendo entregues à outra máfia. Uma inimiga.

— Tudo bem, Romeo. Quando chegar a hora, cumprirei com a minha palavra.

— Bom, nós apreciamos isso.

Romeo guiou Lunna para o carro e os outros dois entraram nos seus. Em segundos, os três veículos deslizaram pela pista e foram embora.

— Não vou entregar meu filho ou filha para ninguém. — Minha voz ecoou frágil.

Mariano respirou fundo, virando-se até ficar diante de mim.

— Remy não vai esperar, *ballerina*. Ele já é quase um adolescente. Terá mais de trinta anos caso você engravide nos próximos anos.

— Você esperou. Você tem essa idade.

Mariano segurou meu rosto enquanto o vento frio continuava maltratando-o.

— Não encontrei você antes e, se tivesse, eu seria preso. — Ele sorriu devagar e eu segurei seu casaco grosso. — Quando Remy se apaixonar, nossa filha será a última coisa a passar pela cabeça dele.

Nossa filha.

Deus, isso mexeu comigo de uma maneira irreal. Eu me imaginei grávida dele, com nosso bebê no ventre enquanto ele falava com minha barriga. Eu queria isso. Era uma loucura, mas eu queria.

— Um dia vamos ter nosso bebê. Antes, eu preciso colocar uma aliança em seu dedo e voltar de vez a Nova Iorque.

Meu coração apertado deu um pulo, meu estômago recebeu as borboletas e eu quase chorei. Ficaríamos juntos. Isso aconteceria. Certo? Parecia irreal demais. Um sonho do qual eu não queria que me acordassem.

Acenei depressa e fiquei na ponta dos pés, quase como a ponta das minhas sapatilhas, só que bem mais desconfortável. Segurei seu rosto e juntei meus lábios aos dele. Devagar, lambi sua boca e a capturei, gemendo ao chupá-la. Suas mãos foram para a minha cintura e o aperto me fez gemer mais uma vez.

— Amo você! — Sua voz rouca me arrepiou.

Eu o amava tanto que me fazia duvidar da minha própria lucidez. Como era possível ser tão apaixonada por alguém?

Ele me guiou de volta para o avião e eu tentei esquecer o acordo que Romeo Trevisan e Mariano fizeram, selando o destino de um bebê que nem foi gerado.

Cacei Ravena nas poltronas, mas ela ainda estava no quarto. Deixei Mariano ligando para Enrico e bati à porta, abrindo-a. Quando a encontrei, suspirei. Ravena estava enrolada na cama, soluçando. Subi na cama e fiquei atrás dela.

— Ravena, vou ficar aqui, ok? Pode chorar, falar o que quiser, se tiver vontade. Mas não quero que fique sozinha.

Ela fungou e se virou de frente para mim. Os olhos azuis estavam úmidos, raiados com veias vermelhas e o cabelo loiro bagunçado. Ravena parecia perdida. Isso doeu.

— Eu estou grávida. Não consegui contar a Trey. Fiquei com tanto medo...

Minha boca se abriu e meus olhos arregalados demonstraram minha surpresa. Olhei para sua barriga pequena e sua mão tocou o ventre. Não conseguia imaginar estar grávida, ainda mais com o pai do meu bebê — meu Mari —, morto. Acho que não aguentaria.

— Está tudo bem, Ravena.

— Não está. Mariano vai voltar para a Itália, eu irei também, porque sou esposa dele, mesmo odiando esse título. — Ela fungou, fechando os olhos e deixando o ar escapar. — Vai ser caótico. Tudo isso.

— Vamos para Nova Iorque. Mariano é responsável por você, então pode ir aonde quiser com a permissão dele, certo?

— Na teoria, sim. — Ravena deu de ombros.

— Então, pronto. Vou ajudar você com o bebê. Mari também. — Respirei fundo e toquei sua mão. — Vai ficar tudo bem, Ravena. Prometo.

— Por que você é tão legal? Comigo, principalmente.

— Por que eu não seria? Você é uma vítima disso tudo. — Sorri, apertando sua palma. — O homem que eu amo gosta e cuida de você, e eu confio em Mariano.

— Mas não tem raiva por ele ter se casado comigo?

— Eu tenho raiva por não ter me casado com ele. A raiva está ligada a nós dois, não a você ou qualquer outra pessoa.

— Trey gostava de você. — Ela piscou rápido, mas ainda assim as lágrimas encheram seus olhos. — Ele dizia que trazia o melhor do Mariano. Trey era devoto do Mari. Sério, era chato. Não havia ciúme, ele não dava a mínima para o título, contanto que eu nunca me aproximasse muito do Mariano.

Ravena colocou as mãos contra os olhos, ombros sacudindo. Eu a puxei para meu peito e a abracei com força, enquanto minhas lágrimas chegavam.

— Não consigo acreditar que ele morreu. Parece que há um buraco dentro de mim. Eu me sinto tão vazia. — As palavras corriam enquanto ela soluçava.

Meu coração estava despedaçado. Não conseguia acreditar na morte de Trey ou em como Ravena criaria um bebê. Tudo era difícil.

31
Mariano Vitali

Enrico demorou a atender, e quando o fez, Dino e Juliano estavam com ele. Expliquei o que aconteceu e o que Romeo Trevisan falou, meu Don ouviu tudo descrente.

— Lunna deve ter feito a cabeça dele antes. Um casamento entre filhos? Ele sabe que você e Ravena são dois atores do caralho? — Sua voz chegou aos meus ouvidos pelo fone. Não quis correr o risco de Adalind ouvi-la. Já estávamos fodidos o suficiente.

— Não acho. Romeo quis atingir onde doeria mais. Ele tem filhos, sabe o que dar um deles ao inimigo significa.

— Preciso concordar com Dino. Romeo não é idiota. — Juliano tragou o cigarro, soltando a fumaça em seguida.

Enrico ficou em silêncio e eu também. Precisava de novas coordenadas dele. O que eu faria agora era sua decisão. Voltar para San Marino ou ficar em Nova Iorque. Não precisava dizer o que eu queria.

— Ok. O dano foi reparado, então pode voltar a San Marino.

Acenei rapidamente e Enrico ficou quieto. Juliano se aproximou, olhando bem para a tela.

— Onde está Ravena e Adalind?

— Você vai viver com as duas? — Dino arqueou as sobrancelhas. — Se eu tivesse de lidar com duas Paiges, eu enlouqueceria.

Juliano e ele riram enquanto Enrico e eu permanecemos quietos.

— Estão dormindo, e não, não vou viver com as duas. Quero anular meu casamento com Ravena. — Quando minhas palavras ecoaram firmes, meu Don semicerrou os olhos. — Adalind Sink é a minha mulher, sempre foi, e colocarei um anel em seu dedo. Se assim meu Don permitir.

Meus punhos estavam cerrados, eu os abri e esfreguei contra minha calça. Não podia desobedecer a Enrico. Queria muito apenas ficar em Nova Iorque, mas eu era a Cosa Nostra. Não havia nada a ser mudado quanto a isso.

— Matteo estava certo, Mariano. Ele cresceu assistindo a um casamento impossível. A pessoa que contrariou isso, que tentou matar Giovanna e o meu herdeiro, não entendia isso. Eu me fiz ser entendido. — Enrico pegou seu copo de uísque e deu um gole. — Volte a San Marino com Ravena. Nós vamos tentar arrumar essa bagunça.

Respirei fundo e acenei, tentando conter meu sorriso de alívio.

Desliguei a chamada e a porta do quarto foi aberta. Quando Adalind apareceu, seu rosto inchado e olhos vermelhos me deixaram em alerta.

— O que houve? — Coloquei o celular ao lado e ela andou até mim.

Ballerina se sentou em meu colo, aconchegando-se em meu pescoço.

— Ravena está grávida.

Puta que pariu! Fechei meus olhos com força e grunhi, irritado. Isso complicava as coisas. Enrico colocaria um empecilho nessa merda toda.

— Ela está com medo, sofrendo, mas prometi que vamos cuidar dela.

Odiava sentir o medo rastejando por minhas veias. Assim que Enrico soubesse, nada mais importaria. Um filho era sagrado, ele cimentava seu casamento. Mesmo não sendo meu.

— Quanto tempo ela está? — perguntei, mas foi como um soco em meu estômago.

Aborto era contra tudo que eu acreditava, mas, por um momento, o desespero falou bem mais alto.

— Por quê? — Adalind se afastou, erguendo o olhar. — Mari... Não.

— Se Enrico descobrir, acabou para nós. Você entende? Acabou!

Minha *ballerina* arregalou os olhos e se ergueu do meu colo, tremendo. Tentei pegar seu pulso, mas ela escapou antes. A dor nas íris era a realidade chegando como uma tonelada.

— Por... Por quê? Co-como acabou?

Eu me ergui, tentando me aproximar, mas Adalind recuou até a porta do quarto.

— Filhos são coisas sagradas para a Cosa Nostra. Não há separação. Antes já era supercomplicado, mas se houver filhos, acabou. É uma sentença.

— Mas... Não é seu. — *Ballerina* balançou a cabeça, respirando depressa. Seus olhos iam e vinham dos meus e depois ao redor. — É do Trey...

— Sim, mas ela é minha esposa.

— Não, é só de mentira... — Adalind inclinou a cabeça e as lágrimas acumuladas deslizaram. — Eu sou sua mulher. Eu, Mariano.

— Sim, *ballerina*, eu sei. Nós dois sabemos, mas a *famiglia* não. — Aproximei-me enquanto ela fungava, distraída. Segurei suas bochechas, deslizando meus polegares para enxugar as lágrimas. — Mas se descobrirem que Ravena está grávida do Trey, ela será punida. Foi uma traição, isso é errado até dentro da máfia.

— Mas como? Punida como? Ela se apaixonou, só isso...

— Sim, nós sabemos, mas na máfia é tudo preto no branco. — Beijei sua testa e me apoiei nela em seguia. — Vou deixar você em casa, quero você protegida. Tenho alguns homens de confiança em Nova Iorque. Pedirei a Wayne para colocá-los para fazer a sua segurança.

— Quero que você me proteja...

Droga!

— Eu queria também. Porra, eu daria tudo para isso, mas preciso voltar à Itália...

— Com Ravena. — Ela desviou o olhar, ressentida.

— Sim, Enrico disse para levá-la.

Segurei seu queixo com firmeza e a fiz girar, pondo os olhos em mim. Era inacreditável a forma como uma garota de vinte e um anos conseguia me deixar rendido tão fácil. Nada nunca me fez sentir com tanta intensidade.

— Não quero ficar em Nova Iorque sem você. Nós passamos três anos longe um do outro. Não é justo, Mariano.

Respirei fundo, apoiando minha cabeça na parede. Segurei sua cintura e a aproximei mais. Adalind chorou baixo segurando a lapela do meu terno. Odiei me sentir tão impotente. Eu a amava, devia ser simples.

— Isso tudo foi culpa minha. — *Ballerina* recuou, o lábio temendo enquanto acenava. — Eu deveria ter pedido para ficar comigo, para me fazer sua esposa... Talvez Enrico tivesse deixado. Ravena seria polpada e nós seríamos felizes.

— Você tinha seus sonhos, Adalind...

— E veja aonde eles me levaram — comentou, triste. — Passei três anos alegre sobre minhas sapatilhas, mas solitária no escuro do quarto. Viajei o mundo, dancei para milhares de pessoas, mas só eu sabia o quanto sentia sua falta na plateia. Você sempre será a única pessoa que quero me aplaudindo. Dancei para você desde a primeira vez, e depois disso, sempre pareceu correto. Era você. Meu sonho era você e eu não percebi.

Eu podia sentir sua mão em torno do meu coração, apertando e sentenciando como dela. Nunca pensei que ver uma garota bonita e jovem na pista do Rebel fosse mudar por completo minha vida.

Mudar meu coração.

— Eu não mudaria nada, Adalind. Porque ver você nos palcos foi um acalento para a minha alma perdida e escura. Você nasceu para ser minha, mas também para ser uma bailarina.

Ela fungou quando a ergui do chão. Sentei-me na poltrona e a reclinei, mantendo minha menina sobre mim.

— Por que é tão difícil ter um final feliz?

— Finais fáceis não têm graça, *ballerina*.
Não havia sabor no que vinha fácil. As coisas pelas quais lutamos são as melhores.
— Então, quando vamos nos ver de novo? — Sua pergunta machucou minha alma, porque tudo era incerto.
— Quando for para sempre. O final da Bailarina e da Fera.

───✦───

Não gostava de despedidas. Eram dolorosas e tensas a maior parte do tempo. A gente não quer que o momento acabe, não quer dizer adeus. Principalmente quando o adeus não tem volta prévia.
— Descanse. Talvez, ir para casa da sua mãe... — falei enquanto estava diante de Adalind, dentro do apartamento que dei a ela anos atrás.
Pensei que nunca mais colocaria meus pés nele. Mas ali estávamos nós.
— Eu vou. — Ela acenou, engolindo com força.
O casaco a engolia, então o abri, jogando-o para o lado. Seu corpo perfeito foi aparecendo e eu me concentrei nele, tentando controlar o rio de emoções dentro de mim. Meu estômago doía, minhas mãos suavam e meu coração batia de forma descontrolada.
— Você vai me matar. — Minha voz soou rouca quando puxei sua camisa.
Os seios estavam nus todo esse tempo. Sem sutiã para contê-los. Agarrei um mamilo e Adalind gemeu baixo, arqueando, dando-me mais acesso. Segurei sua cintura e a ergui, empurrando-a contra a parede. O mamilo estava irritado pelo aperto dos meus dedos, então o acalmei dentro da minha boca.
— Mari...
— Acalme-se, Adalind. Vou levar um tempo fodendo você.
Ela jogou a cabeça para trás. Soltei seu seio e me ajoelhei, empurrando a calça por suas pernas. Segurei sua coxa com força e a ergui. A calcinha pequena estava grudada na boceta molhada. Meu pau doía, pedindo seu lugar, mas eu a faria gozar na minha boca antes.
Inclinei-me, beijando a boceta doce coberta pelo tecido. Lambi por cima e mordisquei, ouvindo os gemidos desconexos de Adalind. Suas mãos agarraram meu cabelo quando ergui a outra coxa e a abri por completo para mim. Chupei seu lábio gordo e rosado, amando a sensação. *Ballerina* apertou meu cabelo, gemendo quando capturei seu clitóris.
— Oh, Mari! — Sua boceta apertava e soltava, o líquido deslizava até minha língua.
— Como uma boceta doce pode me deixar rendido tão rápido?
Comi sua boceta até Adalind implorar que parasse. Eu a coloquei sobre os joelhos na cama e entrei em sua boceta. Arqueei minhas costas, viciado na sensação de tê-la.
— Mari! Oh, Jesus... — ela gritou assim que juntei meu dedo ao meu pau, entrando nela para pegar seu suco.

Espalhei o líquido escorregadio no buraco rosado e pressionei, empurrando.

— Vou comer seu rabo na próxima vez que colocar os pés aqui. Hoje, só quero que fique na expectativa pelo que está por vir — grunhi empurrando mais, fodendo sua bunda devagar enquanto comia sua boceta.

Adalind me apertou nos dois lugares e eu gritei, gozando com ela. Porra!

Inclinei-me, beijei sua coluna e agarrei seu quadril.

— Não consigo mais viver sem você, Adalind. Como é saber que domou a fera?

Ela riu e nos deitamos juntos. Eu a segurei por bastante tempo, porque não sabíamos quando teríamos a chance de estar assim de novo.

32
ADALIND SINK

Voltar para a minha cidade parecia uma forma de esfregar meu fracasso em meu rosto, mas não havia fracasso. Saí dali para ser uma bailarina, viajar pelo mundo, dançar. Fiz tudo isso, fui reconhecida pelo meu talento diversas vezes. Fui bem-sucedida.

Então, por que eu sentia que não?

Sucesso era tão importante? Ele nos fazia felizes e plenos? Ou era apenas nosso ego? Sempre pensei que quando atingisse todos os meus objetivos, eu estaria feliz e completa.

Havia um vazio dentro de mim que contrariava tudo.

— Graças a Deus você está aqui. Saiu de casa há tanto tempo e veio aqui... O quê? Uma vez por ano? — Mamãe me agarrou assim que passei pela porta.

Ela estava com o cheiro doce de biscoitos que amava fazer. Em seus braços me senti bem, mas era momentâneo. A casa atrás dela era o que sempre me manteve longe. Tudo me lembrava ele. A poltrona fofa em que ele amava se deitar, a mesa onde ele insistia em colocar os pés enquanto assistia ao futebol, mesmo mamãe brigando sobre isso.

— Está tudo igual. — Ela sorriu, tocando meu cabelo.

Mamãe era uma morena linda, que teve uma filha a cara do marido que ela amava. O ruivo era Holder Sink. Ele era branquinho e tinha olhos azuis, com o cabelo ruivo. Eu era sua cópia.

Mamãe piscou quando seus olhos ficaram úmidos, então eu soube que ela pensou o mesmo. Olhar para mim era como ver o homem da sua vida.

— Você está bem, mãe?

— Sim, é a emoção de ter você em casa. — Ela riu, enxugando as lágrimas antes que caíssem. — Venha, eu fiz seus doces preferidos.

Eu a segui até a cozinha, deixando minhas malas para trás. Diante do fogão, havia um homem baixinho e gordo. Ele se iluminou quando entrei com mãe.

— Essa é a minha bailarina.

Meus olhos arderam. Olhei para ela e sorri, piscando repetidamente para afastar as lágrimas. Papai me chamava assim.

— Oi, Adalind! Sua mãe fala muito de você. — Ele se aproximou, pegou minhas mãos e apertou de leve.

— Oi... Gabriel. — Forcei minha mente a recordar o nome que mamãe repetiu várias vezes. Eles sorriram e eu fiquei aliviada. — É um prazer finalmente conhecer você.

— Estou feliz que se conheceram. Agora, tome, seus biscoitos. — Mamãe empurrou o pote em minhas mãos e eu sorri, vendo Gabriel rir.

— Vou subir, comer meus biscoitos enquanto desfaço a mala — avisei, recuando.

Os dois me deixaram fugir sem dizer nada. Quando cheguei ao meu quarto, suspirei. Estava igual desde a minha última visita, há um ano. Abandonei as malas no canto e subi em minha cama, aconchegando-me em meus lençóis com os biscoitos. Mordi um e gemi, apaixonada. Era bom, tinha gosto de lar.

Cacei meu celular para ver se havia alguma mensagem de Mariano, mas não tinha. Coloquei o aparelho para carregar e liguei a tevê. As horas passaram rapidamente, e quando deu a hora do jantar, mamãe me chamou.

Gabriel já havia ido. Ouvi mamãe dizer que ele era enfermeiro e que teria plantão.

— Então, como foi pelo mundo? — Os olhos da mamãe brilharam.

Rafaella Sink sempre quis viajar, mas nunca conseguiu. Faltava dinheiro, e depois, faltava papai ao seu lado.

— Bom, são tanto lugares bons. Você amaria todos.

Nossa conversa foi de país em país, sobre as comidas, e quando chegou à Itália, mamãe sorriu mais largo. Ela sonhava em visitar Roma, amava o papa.

— Eu reencontrei aquele homem — falei baixinho, segurando um biscoito; ele foi nossa sobremesa.

— O empresário?

Ele podia ser chamado assim também, certo?

— Isso. Ele foi me assistir. — Respirei fundo, enquanto mamãe me observava com cuidado. — Eu ainda o amo.

Depois de Mariano se mudar para San Marino, vim para casa antes do Natal. Obriguei mamãe a fazer as malas e a levei para assistir ao meu espetáculo. Naquele dia, ela viu o apartamento e questionou de onde tinha tirado dinheiro para aquilo.

— E por que não estão juntos, princesa?

Porque os melhores finais felizes são difíceis.

— Ele ainda mora lá. Tem planos de retornar, mas sem prazo.

Mamãe tocou minha mão e apertou suavemente. Os seus olhos observaram nossos dedos entrelaçados antes de ergueu o rosto.

— Se seu pai estivesse em Roma agora, eu esperaria por ele pelo resto dos meus dias.

Mas ele não estava. Papai havia partido para sempre.

— Se o ama, você vai esperar por ele, Adalind.

Eu iria. Poderia durar meses, anos ou décadas, ainda estaria ali, aguardando. Mariano Vitali valia a pena.

Mamãe me abraçou e eu fui para a cama, ainda esperando pela mensagem de Mari.

No dia seguinte e no outro, não havia mensagens. Isso estava doendo, mas evitei mandar também. Ele devia estar ocupado, eu sabia. Infelizmente, isso não aliviava a minha mágoa.

— Bom dia! Thabita está aqui! — mamãe gritou da escada depois da campainha soar.

Estava quente demais e eu tinha planos de ir à praia. O biquíni verde-água agarrava meus seios e a calcinha era pequena. Subi um short jeans pelas coxas e peguei meu chapéu de palha. O sol podia ser malvado com as minhas sardas.

— Oh, meu Deus! — minha colega de escola berrou quando me viu.

Eu a abracei apertado enquanto a recordação do ensino médio ser bom surgiu. Thaby e Taylor eram primas e éramos próximas. Taylor mais que ela, porém, eu amava Thabita.

— Eu precisava ver você. Tay falou que estava na cidade.

— Tirei férias das sapatilhas. — Nós rimos. Olhei para ela e percebi o biquíni. — Você vai à praia? Estou indo para lá.

— Sim! Vamos juntas.

Acenei, aliviada por ter companhia para sair. Despedi-me da mamãe e saí de casa. Assim que chegamos à praia, Thaby já havia contado sobre a vida de todos os nossos antigos colegas. E a maioria estava na praia. Todos voltaram das suas vidas para passar as férias em casa.

— Cinco? — Engasguei-me com a água quando um dos meninos falou sobre os filhos.

Meu Deus, eles não viveram? Ele riu e confirmou.

Nós conversamos por um tempo, todos juntos, mas depois fui para o mar. Mergulhei na água gelada e suspirei ao emergir. Era bom, tão bom. Nadei por um tempo, e quando cansei, retornei à areia, mas ficando bem perto da água.

— Então, o balé era realmente tudo que queria? — Virei-me, colocando a mão acima dos olhos para conseguir ver a pessoa de pé.

— E um pouco mais.

O irmão de Taylor se sentou ao meu lado, sorri ao ver que o menino franzino havia se transformado em um homem.

— Você cresceu, Gus! Está indo para a faculdade, certo?

Ele acenou rápido antes de mais uma sombra surgir. Virei-me e vi um homem de terno. Engoli em seco, nervosa. Não havia visto nenhum dos seguranças que Mariano pediu a Wayne para me proteger. Até aquele momento.

— Adalind.

— Está tudo bem. Gus é meu amigo... — expliquei devagar, mas o cara continuou me olhando, parado. — Sério...

— O que houve? — Gus franziu as sobrancelhas, confuso.

— Nada. Vou mergulhar. Vejo você por aí.

Levantei e andei para dentro do mar. Havia uma estrutura rochosa ao longe, na terra firme, as ondas batiam nela furiosamente. Era afastado de onde eu estava, mas meus olhos foram atraídos para lá. Vi um carro no topo e um homem encostado nele.

Não era...

Olhei para o segurança e o vi com o celular na orelha, os olhos em mim e depois no alto. Meu coração saltou e eu nadei de volta para a praia. Corri até minhas coisas e peguei tudo enquanto corria. Thabita gritou, confusa, então avisei que precisava ir.

O segurança foi ao meu lado, guiando-me até o carro. Ele dirigiu devagar enquanto eu respirava fundo, tentando me acalmar mesmo com as borboletas batendo asas, eufóricas com o pensamento tê-lo visto. Quando o veículo parou, eu pulei dele.

O homem estava de pé, encostado no carro grande, de braços cruzados. A cicatriz visível, os olhos impiedosos presos em mim. Tudo denunciava o quão poderoso ele era. Nem percebi que estava correndo até colidir com seu peito.

— *Ballerina*.

— Mariano. — Segurei seu pescoço e as lágrimas embaçaram minha visão. — Você está aqui.

Suas mãos seguraram minha cintura e ele me colocou contra o carro, no lado que havia ficado na sombra. O sol iluminava sua pele e, Deus, acho que nunca o vi mais lindo. O escuro das suas íris clareou e eu me vi refletida em seu olhar. Cabelo molhado, lágrimas e amor.

— Pode ir, Jack.

Demorei até perceber que ele estava falando com o segurança. Ouvi o carro se afastar, mas não tirei meus olhos dele. Não podia. Mariano era real?

Sua mão foi para a minha bunda e ele puxou a corda do meu biquíni. Arregalei os olhos ao sentir a peça deslizar, deixando-me nua da cintura para baixo.

— Ma-mari... O que você está fazendo?

— Pegando o que você mostrou para todos os desgraçados naquela praia.

Minha boceta pulsou ansiosa enquanto o medo acompanhava meu ritmo cardíaco.

— Mas vão ver...

— Bom, assim eles sabem que você me pertence.

Ele abriu o zíper da calça e tirou o pau duro da cueca. Eu suspirei, tremendo de ansiedade e nervosismo, porém, quando ele alargou minha boceta, o prazer substituiu tudo isso. Gemi contra a lataria do carro, ouvindo-o afundar o pau dentro de mim. O suco fazia parte do show sonoro que estava me enlouquecendo.

— Deixe-me ver seus peitos, *ballerina*. — Sua voz era crua.

Havia tanta necessidade em seus gestos e palavras que entreguei tudo que ele queria de bom grado.

Puxei a corda que segurava meus seios e o tecido caiu em minhas coxas, que abraçavam o quadril de Mariano. Arqueei-me e dei acesso a ele enquanto meus olhos viam o céu azul límpido. Gemi alto, tremendo a cada impulso que Mariano me dava.

— Diga, Adalind.

Não precisava de script para entender o que ele queria. A necessidade de me ouvir sempre esteve ali, conosco, desde o dia em que ele tirou minha virgindade.

— Eu pertenço a você. *La tua ballerina*.

Ele grunhiu, saindo de dentro de mim. Um rastro de excitação deslizou pela minha coxa e eu vi isso enquanto Mariano me girava. Ele abriu a porta do carro, inclinou-me no banco, deixando minha bunda no ar. Ele pressionou um dedo em minha bunda, enquanto o pau grosso deslizava de volta ao lar.

Mari me fodeu tão rápido que eu conseguia sentir a coroa do seu pênis no meu útero. Era doloroso, mas bom. Lágrimas de prazer se acumularam e eu gritei ao gozar.

— Seu mel está deslizando até minhas bolas e pingando. Sua boceta estava com saudades, *ballerina*?

— Sim! Muita.

Sua mão agarrou minha bunda e ele abriu meu buraco, enfiando o dedo. Em segundos, um novo orgasmo varreu minha boceta.

— Quem era o cara falando com você? — Sua pergunta ecoou enquanto seus quadris ainda investiam em mim.

Gemi, querendo alisar meu clitóris. Meus mamilos eram esfregados no couro cada vez que Mariano empurrava o pau mais fundo. Gritei quando um tapa foi desferido em minha bunda. Ardeu, e a dor me deixou sem ar.

— Mariano!

Mais um tapa e, dessa vez, lágrimas se acumularam em meus olhos. Porém minha boceta inundou, gozando pela segunda vez. Mas essa foi pela dor.

— Sua boceta gosta de tapas, Adalind?

Mais uma e depois outra. Eu gritei, mas o barulho da minha excitação ecoou mais alto. Sentia que ela deslizava pela minha coxa até meu pé.

— Responda a maldita pergunta!

Mais um tapa e eu gemi, apertando seu pau.

— É o irmão da Taylor. Só isso, eu juro...

Minha bunda doía, mas o vazio que senti quando Mari tirou o pau de mim foi horrível. Virei-me, sentando-me no couro. Agarrei seus quadris com minhas coxas e guiei seu pênis de volta. O alívio foi instantâneo.

Pressionei meu clitóris e senti um líquido quente me encher. Meu orgasmo me varreu no mesmo segundo. Gritei tão alto que apostaria que os banhistas me ouviram. Senti lábios molhados em meu seio e vi Mariano sugando meu mamilo. Gemi quando sua mão agarrou meu pescoço e ele subiu sobre meu corpo mole.

— Não quero você falando com ninguém. Olhando para outro homem ou mostrando o que me pertence. — Sua voz era furiosa, então esperei para acalmar a fera.

— Sou sua, Mariano. Toda sua.

Acariciei seu cabelo e ele sugou meu mamilo novamente. Não sabia quanto tempo ficamos assim, com ele brincando com meus peitos, mas nos afastamos em algum momento.

Ele foi pegar meus objetos caídos ao lado do veículo, depois tirou o paletó e me fez vestir enquanto ligava o ar-condicionado. Fui para o banco do passageiro e Mari acelerou para fora da rocha. Sua mão agarrou minha coxa e eu me apoiei em seu braço. Não queria ficar longe dele um segundo.

— Então, de vez? — A apreensão em minha voz não passou despercebida.

Mariano respirou fundo, então eu soube que sua resposta não seria boa.

— Um ano, *ballerina*.

Um ano? Meu coração caiu aos meus pés e eu me afastei do seu corpo. Olhei pela janela enquanto as borboletas desaceleravam o voo e pausavam, apenas para me ver destruída.

— Enrico quer que Wayne vá para San Marino, mas há muitas coisas a serem resolvidas. Se tudo for bem, em seis meses...

Eu ouvi toda sua explicação, mas ela não aliviou a dor. Quanto tempo eu ainda precisava sofrer para ser feliz com esse homem? Por que a vida dele era tão complicada?

— E Ravena?

Mariano desviou o olhar para a pista. Talvez, por necessidade, mas eu sabia que era para fugir do meu olhar.

— Está em San Marino.

— E o bebê?

Esperei por sua resposta com o estômago girando.

— A empregada descobriu. A novidade voou — Mariano falou devagar.

Eu acenei, fechando meus olhos.

— Eles pensam que é seu. — Minha frase era tão baixa.

Odiava nossa situação. Queria que tivesse um jeito menos doloroso de ficar com Mariano, mas era impossível.
— Mas não é, *ballerina*.
— Eu sei disso! — gritei, explodindo e sentindo o choro entalar na minha garganta. — Mas será seu. Quando nascer, ele vai chamá-lo de pai, mesmo não sendo. Ele vai acreditar que é, como todas as malditas pessoas em San Marino.
Mariano ficou em silêncio, porque sabia que eu estava certa. Não adiantava nada tudo que planejou para a gente. Ravena era sua esposa. Eles teriam um filho.
— Em um ano eu espero que meu coração ainda pertença a você. Em um ano, eu espero que a sua ausência não tenha sido demais para mim.
Ele me olhou rápido, o perigo nadando no mar escuro dos seus olhos.
— Adalind, não...
— Vou sair do seu carro e, com isso, estou saindo da sua vida. — Minha voz ficou firme. Ele agarrou minha coxa, apertando. — E só vou voltar quando você puder me oferecer o final feliz que sei que mereço.
— *Ballerina*...
— Não quero seus seguranças, mas sei que discutir sobre isso é demais para você. — Respirei fundo e fechei meus olhos, tentando ser forte enquanto eu mesma quebrava meu coração. — Não me ligue ou envie mensagens. Não me dê esperança de algo que você não controla.
O carro parou e eu percebi que estávamos em frente à minha casa. Olhei para lá, imaginando mamãe e papai, ambos me esperando voltar da escola. Era tão bom.
— Não faça isso, você sabe que quero você mais que tudo...
Olhei para Mariano e toquei seu rosto, deslizei o dedo pela cicatriz, devagar, sabendo que até dela sentiria saudades. Inclinei-me e escovei meus lábios nos dele. Mari enfiou os dedos no cabelo da minha nuca e me beijou. Fome, medo e desespero, tudo misturado no toque rápido da sua língua e na chupada esfomeada.
Tudo era demais.
— Eu amo você! Muito!
Respirei seu ar enquanto pronunciava as palavras.
— Eu amo você! Para sempre!

33

ADALIND SINK

Mariano fez o que pedi. Nos meses que se seguiram, ele não me ligou ou enviou mensagens. Os seguranças me seguiam para todo lugar e eu já havia me acostumado a eles. Adrian era o fixo, Dylan cobria suas folgas.

— Não é assim e sabe disso. Você tinha de ter me avisado. O combinado era Nova Iorque pelas próximas duas semanas.

Adrian estava sério, rígido, olhando para mim como se eu dificultasse seu trabalho.

— Sabe que não controlo a agenda da companhia. Você pode chegar lá no dia seguinte, não tem problema.

— Tem, sabe disso.

Ele começou a andar pela minha sala, pegando o celular. Haveria uma apresentação em Los Angeles que foi marcada de última hora. As passagens de todos da companhia foram compradas, mas não havia mais lugar para Adrian ou Dylan.

— Ele não permitiu que vá. — Adrian guardou o celular no bolso.

— Ele não tem de permitir nada. — Apertei meus punhos, nervosa.

— Tem, sabe disso.

— Não, eu não sei! — berrei para o segurança, irritada. — Vou entrar naquele avião, esse é meu trabalho. Seu chefe não manda em mim!

Adrian respirou fundo e se aproximou de cara fechada.
— Ele só quer que esteja segura.
Não importava. Nada disso importava. *Ele* deveria estar ali. Odiava sentir saudade dele, detestava ainda o amar mesmo sabendo que nossa situação era complicada.
— Diga a ele agora que eu vou, e é melhor ele não tentar me impedir.
Virei-me e corri para o quarto. Peguei minha mala e comecei a enfiar coisas dentro. Quando acabei, Taylor me ligou. Seven estava no seu colo, sorrindo para a câmera.
— Ela não para de crescer? — gemi, apaixonada.
— Não, é absurdo o quanto ela cresceu no último mês.
Tay ergueu a filha e a encheu de beijos. Havia um lugar dentro de mim que doía ao ver as duas. Não era inveja, Seven era tão minha quanto de Taylor desde o batizado, mas queria isso com Mariano.
Queria tudo que eu tinha direito. Casamento, lua de mel, filhos... Tudo.
— Então, você fez o teste? — Sua voz me alcançou e eu respirei fundo.
— Não estou grávida só porque você sonhou, Taylor — grunhi, tentando colocar juízo na cabeça dela. — Minha menstruação está em dia, eu tomo remédios e você sabe disso.
— Um por cento — ela cantarolou enquanto eu me deitava em minha cama. — O que custa você fazer o caralho do teste?
— Taylor! — Garret gritou e ela fez uma careta. — Você deve cinquenta dólares a Seven!
— Acho um absurdo ser cinquenta dólares! — Taylor choramingou. — Desculpa, Seve.
Eu sorri dos dois e respirei fundo quando Taylor me encarou, erguendo as sobrancelhas.
— Não vou fazer nada. Pare com isso.
— O nome vai ser Taylor, seja menina ou menino, só por estar teimando comigo. — Garret surgiu e pegou Seven.
— Vocês não têm o lance do sonho? — Ele inclinou a cabeça para caber na tela do celular.
Temos, mas daquela vez era bobeira. Eu não podia estar grávida. Não agora.
— Minha menstruação está normal, eu não estou enjoando, e se eu tivesse, eu estaria com... O quê? Quatro meses? Que louca é a mãe que descobre a gestação com quatro meses?
— A esposa do Jeff descobriu quando foi cagar. O menino escorregou no lugar da merda...
— Meu Deus, Garret! — Taylor retorceu o rosto.
— Quem é Jeff?
— Colega de time. Mas é real.
Eu ignorei as tentativas doidas deles, e depois que desliguei, fui atrás de Adrian. Eu o encontrei na sala, com o celular à orelha.
— Eu vou chegar duas horas depois dela, Mariano. Não tem como Adalind se meter em problemas em duas horas. — Ele estalou o pescoço e

olhou para o teto. — Ela está normal. Treina, volta para casa, viaja. Vai para a Taylor, para casa. É tudo que ela faz.

Eu sabia que Adrian e Dylan davam relatórios a ele, mas era assim? Tão detalhado? Não sabia por que eu estava surpresa, Mariano Vitali era um controlador dos infernos.

Voltei para o quarto e fui tomar banho. Eu tinha de estar no aeroporto em duas horas.

———•❦•———

— Por que você tem de ser tão bonita? — Pietra perguntou enquanto estava sentada no colo de Gale.

Estávamos juntos no camarim enquanto eu terminava de me arrumar. Assim que voltei das férias procurei por Zayn, mas ele havia saído da companhia. Ainda custava a acreditar que Mariano o pagou para me vigiar.

— Noites longas dormindo.

Os dois riram, porque sabiam que era mentira. Dormir era um privilégio que eu não tinha há algum tempo.

Nós subimos no palco depois de alguns minutos. Eu dancei, rodopiei e girei facilmente. Isso era tudo que eu sempre quis fazer. Ficava claro na execução dos meus passos, sozinha ou com Gale, que nasci para isso.

— Você está bem? — Meu par agarrou minha cintura em um aperto firme quando finalizamos a apresentação.

— Sim, por quê?

Sorri para a plateia e meus olhos focaram no homem de terno, em pé. Ele estava parado, com a atenção no palco. A luz não me deixou ver seu rosto, mas ele era o único em pé.

— Você está pálida.

Voltei a atenção para Gale e sorri, dizendo que estava bem. Olhei para o homem novamente, mas ele havia sumido.

— Tudo bem, Adalind? — Pietra se aproximou assim que entramos no camarim.

Franzi as sobrancelhas, mas a acalmei. Todos começaram a tirar seus trajes e eu fiquei por último, deixando o silêncio me rodear. Olhei-me no espelho, tirei toda a maquiagem e me questionei como Pietra e Gale podiam dizer que eu não estava bem só de olhar para mim.

— Viu? Estou bem. — Olhei para meu reflexo. Minhas bochechas estavam rosa e meu rosto parecia saudável.

Ninguém me respondeu, todos haviam partido. Peguei meu sobretudo depois de baixar a saia. A porta foi aberta e eu girei, arregalando os olhos. Sabia que Adrian estava no corredor. Ele chegou meia hora antes de eu subir no palco.

— Adrian? — murmurei baixinho, vendo a porta meio aberta. — Adrian!

Ninguém respondeu. Eu me ergui, recuando até a cadeira estar na minha frente. Quando a ponta do sapato apareceu, esperei até o homem surgir. Quando seus olhos pousaram em mim, meus ombros cederam.

— Você dança muito bem, Adalind.

Oh, meu Deus! Corri em sua direção sem pensar. Ele agarrou meus ombros enquanto meus braços o rodearam. Era ele.

— Mas co-como? — Toquei seu terno bonito quando Trey deu um sorriso largo.

— Matteo me salvou aquele dia. A médica no hospital era amiga dele. Ela disse que eu estava morto, mas não estava.

— Por que ele faria isso? — perguntei, confusa, antes de me afastar.

— Não sei. Saí de Roma e fiquei todo esse tempo escondido. Aqui, em Los Angeles.

Minha cabeça confusa levou um baque ao perceber que ele não sabia da gravidez de Ravena. Não fazia ideia de nada.

— E Ravena? Você...

— É sobre ela que quero falar com você. — Trey engoliu em seco, olhando por cima do ombro. — Preciso que faça Mariano trazer Ravena. Nós vamos fugir.

O quê? Balancei a cabeça, nervosa. Não fazia sentido.

— Mas, e Enrico? A Cosa Nostra?

— Deixei tudo isso quando me deram como morto. Meu nome é Bruce Smith. Sou segurança de uma boate famosa de LA e nunca saí do meu país.

— Isso não é perigoso? — Minha voz baixou. Se Enrico descobrisse?

— Caso eu seja pego, sim.

Trey pediu outra vez pela minha ajuda, mas mesmo que eu quisesse, Mariano não me perdoaria. Isso também seria traição, eu o estaria enganando.

— Adalind? — A voz de Adrian ecoou, então levei meu dedo aos lábios.

Peguei um papel e comecei a rabiscar enquanto avisava a Adrian que estava saindo. Trey leu meu bilhete e acenou. Não podia falar com ele ali. Ele deveria me procurar em Nova Iorque.

— Eu me enrolei na minha saia. — Sorri para Adrian assim que saí do camarim, porém, não era meu segurança que estava diante de mim.

— Quem estava com você, *ballerina*?

Mariano inclinou a cabeça, passando o polegar no canto da boca. Ele estava lindo. A barba cheia, os olhos escuros e o perigo no ar. O que Mari estava fazendo ali?

— O que... — Parei de falar quando ele abriu a porta.

Corri atrás dele, mas não havia mais nada a ser feito. Trey estava de pé, de costas para nós. Mari tirou a arma do coldre tão rápido que mal pude acompanhar, colocando a pistola contra a cabeça dele.

— Mariano!

— Vire-se, seu filho da puta. Quero ver sua cara antes de matá-lo por tocar em minha mulher.

— Mariano, baixe essa arma! — gritei, aproximando-me.

Segurei seu braço, tremendo e com o coração na garganta. Ele olhou para mim, furioso.

— Você ainda pede por ele? Como você se atreve, Adalind? — Seu berro fez meus ouvidos doerem.

Mariano estava com raiva, mas, no fundo, vi a mágoa.

— Vire-se, agora — pedi a Trey antes que Mariano fizesse o pior.

Assim que Mari viu o rosto dele, sua arma baixou. As sobrancelhas escuras se juntaram e sua boca se abriu, mas nenhum som foi emitido.

— Chefe.

— Que porra é essa? — Mariano se virou para me encarar. — Você sabia disso? Que Trey estava vivo?

— Não, ele surgiu agora...

— Como diabos você fez isso? E por que está no camarim de Adalind?

Trey explicou devagar tudo que aconteceu, com mais detalhes do que a explicação que deu a mim.

— Você faria isso? — Mariano me olhou. — Você me enganar para trazer Ravena?

— Não! É claro que não, eu jamais mentiria para você — grunhi, irritada por ele sequer pensar nisso. — Mas isso não importa. Nada disso.

Peguei minha bolsa e voltei a sair do camarim. Andei rápido para fora e encontrei Adrian na saída. Eu o segui até o carro e o mandei dirigir. Adrian não me contrariou.

Mariano foi até Los Angeles, e para quê? Por que ele saiu de San Marino? Havia esquecido meu pedido? Lágrimas encheram meus olhos. Estava cansada de esperar por ele, por sua máfia, por decisões que nem dependiam dele.

Sabia que me amava da maneira obsessiva e torta dele, mas era o amor que eu queria. Era ele quem eu queria todos os dias ao meu lado. Não importava que era chamado de fera, eu seria sua bela... Sua *ballerina*.

Assim que cheguei ao hotel, não subi para descansar. Andei para o bar e pedi uísque. Nunca havia tomado, mas se eu queria esquecer esse dia, ele me ajudaria. Quando o barman colocou o copo diante de mim, analisei o líquido marrom. Deslizei o dedo na borda e sorri para o solo baixinho que ecoava. Eu era uma piada.

Beauty and the Beast tomou conta do espaço. As lágrimas, antes contidas, acumularam-se novamente. A música tema do filme infantil me torturou até a última nota, ainda assim, não fiz nenhum movimento para tomar o líquido.

— Por que você é tão teimosa, *ballerina*?

Fiquei rígida ao escutar sua voz. Mariano se sentou ao meu lado e girou meu banquinho até minhas coxas ficarem entre as suas.

— O que está fazendo aqui? — exigi saber, tentando me acalmar. — O que eu falei a você na última vez em que nos vimos?

Mariano respirou fundo e eu empurrei meu dedo em seu peito.

— O que eu falei, droga?

— Aqui não, ok? Vem comigo.

— Não! — Pulei do banquinho, afastando-me. — Não ouse me levar para o quarto. Você não vai tocar em mim.

— Tudo isso é meu. — Ele pegou o copo e o movimentou conforme seus olhos deslizavam pelo meu corpo. — Você é minha, *ballerina*.

— Vá para o inferno com esse papo, Mariano!

Virei-me, correndo para fora do bar. Soquei o botão do painel e esperei pela porcaria do elevador, olhando por cima do ombro. Quando este abriu, entrei e implorei para as portas se fecharem. Quando aconteceu, deixei minha cabeça cair contra a parede de metal, respirando fundo.

Não podia acreditar que ele estava fazendo isso. Quatro meses sem nada, como pedi, e agora ele surgia?

Abri a porta do meu quarto depois de passar por Adrian e a fechei, passando a chave duas vezes. Quando me virei, suspirei e joguei a minha bolsa e sobretudo no chão.

— Você é lenta, amor.

Ergui meus olhos, assustada quando vi o demônio sentado numa poltrona. Isso não me surpreendeu tanto quanto a visão do ambiente. Havia um caminho de cúpulas com rosas vermelhas dentro, entrelaçadas em luzes. Pétalas estavam pelo corredor que levava em direção a Mariano.

— O que...?

Ele se ergueu e devagar se apoiou em um joelho. Os malditos animais com asas no meu estômago causaram um alvoroço quando o viram tirar a caixinha azul-escura do bolso. Levei a mão à boca e tentei controlar minhas lágrimas.

O que ele...? Jesus! Ele realmente estava fazendo isso?

A cena ficou turva, então corri para limpá-la, piscando. Não podia perder um segundo disso. Mariano inclinou a cabeça e meu coração se rendeu a ele.

— O final feliz que merece, *ballerina*.

34

Mariano Vitali

Foi uma tortura esperar por minha liberdade sem poder contatá-la. Ficar sabendo dela por terceiros, quando eu devia estar ao seu lado. Ser o único ser humano capaz de ter informações sobre a única pessoa restante no mundo que eu amava. Não era justo.

E não foi fácil.

Como também não era estar ali, ajoelhado, prometendo dar a ela o final feliz que merecia, enquanto ela continuava parada.

— Ande para mim, *ballerina*.

Ela ainda estava usando as sapatilhas, o sobretudo estava caído ao lado da bolsa. O collant, porra, eu aprendi o nome, era bordado e agarrava seu corpo de maneira erótica. O meião cobria suas pernas e ia até sua cintura, por baixo do collant.

O cabelo ruivo estava preso num coque perfeito. Adalind estava perfeita. Como todas as vezes em que a vi desde o dia que coloquei meus olhos sobre a pequena bailarina na Rebel.

Quando ela deu o primeiro passo, meu coração bateu como jamais foi capaz. Ele ressurgiu das cinzas. Ele era louco por ela, de uma forma que nunca saberia explicar.

— Você quer um final feliz, mas sou eu quem precisa dele mais que tudo. Adalind Sink, eu vivi por quase quatro anos amando você, quase quatro anos me odiando por ter deixado você ir. Mesmo sabendo que era o certo. — Sorri sem humor quando ela parou diante de mim. Tão pequena, mas dali tão grande, tão poderosa. — Se eu tiver de viver mais um dia longe de você, mate-me. Não aguento mais.

— Mari... — Ela fungou quando peguei sua mão trêmula, beijei cada um dos seus dedos e a coloquei sobre meu coração.

— Case-se comigo, *ballerina*. Eu juro que vou recompensar os anos que a fiz sofrer com minha ausência.

Adalind soluçou, mas acenou repetidamente.

— Sim, por favor! Sim!

Ela riu assim que coloquei o anel de safira em seu dedo anelar. Levantei-me, agarrando sua cintura. Eu a puxei contra meu peito e afundei minha boca na sua. Lambi seus lábios e gemi quando sua língua deslizou para dentro da minha boca, lenta e deliciosa.

— Você não vai sair do meu lado nunca mais. Promete. — Ela agarrou meu terno, pronunciando as palavras contra meus lábios.

— Prometo, *ballerina*. Eu juro.

Segurei seu rosto em forma de coração e beijei seu nariz. Ela fechou os olhos e me abraçou com força. Todo o resto ficou em segundo plano. Trey, Ravena e a Cosa Nostra.

Adalind Sink e futura Sra. Vitali era tudo que importava.

— Posso rasgar essa roupa? — perguntei, quando minhas mãos caíram sobre sua bunda. Apertei a carne e ela gemeu, acenando.

— Uma coisa me diz que não vou poder viajar muito agora. — Adalind puxou minha blusa e abriu os botões. Eu deixei que me despisse e, quando fiquei seminu, ela me empurrou na poltrona. — Fique aí.

Eu assisti, hipnotizado, a ela descer as alças do collant. Ele deslizou, soltando os seios cremosos. Os dois mamilos estavam rígidos e minha boca se encheu de água. *Ballerina* ficou nua e eu a vi se sentar no piso. Devagar, ela se deitou. Meu pau doía e piorou quando suas coxas foram abertas.

Era a porra do paraíso.

Nua, apenas com meu anel em seu dedo, bem no centro do caminho de cúpulas.

— Estou tão sensível, Mariano. Com toques... — Um gemido a interrompeu enquanto sua mão desaparecia entre as coxas. Os dedos esfregaram o clitóris e a outra mão agarrava o mamilo. — É tão rápido.

— Enfie os dedos lá dentro. Pegue o mel doce que sua boceta ama preparar para mim e esfregue no clitóris. Seja rude, *ballerina*. Você gosta assim.

— Mari... — Ela me obedeceu, em segundos, suas coxas tremeram e ela gritou.

— Agora coloque na boca. Prove o sabor que me fez ficar viciado em estar entre suas pernas.

Adalind levou os dedos brilhando aos lábios e os chupou. Meu pau doía, invejoso, mas fiquei parado. Mandei-a ficar sobre seus joelhos e mãos. Quando seu buraco enrugado apareceu, eu gemi. Era ali que eu foderia hoje.

— Naquele dia, foi nosso teste, hoje eu vou realmente foder sua bunda.

Eu me ergui, deixando a calça cair junto à cueca. Ajoelhei-me atrás dela, apertando a cabeça do meu pau furioso. Aproximei-o da boceta pingando e lubrifiquei em seu suco. Adalind gemeu e empurrou os quadris, levando-me para dentro dela. Ela me fodeu, repetindo isso enquanto eu assistia a nossa junção.

Peguei seu mel com a ponta dos meus dedos e rodopiei no seu rabo. Adalind gemeu quando enfiei meus dedos, apertando a boceta, gozando. Continuei fodendo sua bunda e levei meu pau para lá. Entrei devagar, mas parei quando ela choramingou.

— Não consegue me levar, *ballerina*? Hum? Sua bunda não consegue aguentar meu pau?

— Mariano... Dói.

— Foda sua boceta, relaxe.

Agarrei seus quadris e ela me obedeceu. O barulho do seu suco ecoando enquanto ela enfiava os dedos e tirava estava me deixando louco. Sua bunda relaxou e eu entrei fundo no seu cu rosado. Adalind gemeu alto e, então, todo meu pau estava dentro dela. Gemi quando ela me apertou.

— Venha para trás. — Puxei sua cintura, trazendo seu tronco contra meu peito.

Adalind gritou quando me apoiei em meus tornozelos e ela se sentou em meu colo, sua bunda me levando bem demais. Havia um espelho diante de nós, eu conseguia ver seus peitos. Segurei seu quadril e a ergui, empurrando-a de volta rápido.

— Oh, meu Deus! — Seu grito reverberou pelo lugar.

Levei minha mão à sua boceta, brinquei com o clitóris e depois enfiei lá dentro. A boceta e a bunda me apertaram e era tão bom, porra!

— Rebole, Adalind. Dance e pule em meu pau. Seja a minha bailarina enquanto a fodo em seus dois buracos.

Ela gritou, agarrando os mamilos enquanto começava a rebolar. Era bom, parecia o paraíso, e eu teria isso pelo resto dos meus dias. Para todo o sempre do caralho.

Minhas bolas doeram e se esvaziaram dentro do buraco rosa da minha *ballerina*.

— Goze, amor...

— Não, eu preciso do seu pau na minha boceta. Por favor... — Ela me olhou por cima do ombro, então peguei a camisinha dentro do bolso do paletó. Saí da sua bunda, encapei meu pênis e a assisti abrir as coxas, sentando-se e levando-me para o fundo.

Agarrei seu seio e puxei até meus lábios, chupando o mamilo doce.

— Foda-me, amor. Faça o que quiser. Eu pertenço a você, Adalind Sink.

Ela sorriu, continuando até gritar, gozando e me melando todo. Adalind caiu em meu peito e nós respiramos alto, tentando controlar o fôlego. Deitei-me no chão e minha menina se aconchegou em mim.

— Tudo bem?

— Sim, está tudo perfeito. — Ela ergueu o rosto, olhando o anel com a pedra azul. Soltei o coque apertado, enfiando meus dedos, massageando seu couro cabeludo.

— Escolhi por causa dos seus olhos.

— É lindo. Obrigada! — *Ballerina* beijou meus lábios e piscou quando seu olhar ficou úmido. — Eu amo você!

— Eu amo você!

Nós ficamos no chão por um tempo, e quando fomos para o banho, levei meu tempo apreciando as curvas do corpo da minha noiva.

— Ficou tudo bem com Ravena? — Adalind trançou o cabelo ruivo depois de secar.

Eu estava assistindo a tevê enquanto a esperava. Olhei para a garota mais nova e tão habilidosa em me enlouquecer de desejo. Minha blusa estava abotoada, cobrindo seu corpo dos meus olhos.

— Ela está em Nova Iorque.

Adalind acenou devagar e subiu na cama, sentando-se sobre os tornozelos. Seu rosto preocupado me fez abrir a boca.

— Ela contou a Enrico — falei devagar e *ballerina* ergueu o olhar. — Que o bebê era do Trey.

— Oh!

— Ele me deu permissão para o divórcio e disse que a deixaria exilada em alguma cidade da Itália. Não aceitei essa parte. Pedi autorização para trazê-la comigo. Os homens não entenderam, mas acho que ele, sim. — Respirei fundo e me sentei, tocando a bochecha de Adalind. — Eu a deixei ir, *ballerina,* para onde quisesse criar o filho. Ela é livre.

— Mas Trey...

— Sim, ele deve estar a caminho de Nova Iorque agora. Os dois vão se resolver.

Ela suspirou, alívio preenchendo sua expressão. Puxei minha noiva para mim e nos deitamos juntos. Adalind adormeceu logo, enquanto eu ficava acordado, tentando acreditar que realmente estava livre.

Wayne aceitou ir para San Marino depois de meses de uma negociação exaustiva. Ele já estava em terras italianas enquanto Art estava em Nova Iorque, lidando com minha volta.

Pensei que Nova Iorque fosse meu lugar, mas o lugar não era importante. A única coisa que me completava era a mulher agarrada a mim, com medo que eu fosse deixá-la de novo.

Adalind era minha vida e levaria um tempo até ela acreditar nisso. Eu nunca mais a abandonaria. Isso era uma promessa.

———⋆———

Quando pousei em Nova Iorque com Adalind, fomos direto para a mansão. Deixei Ravena ali, mas não fazia ideia se ela ainda estava. Adalind a procurou no quarto enquanto eu me juntava a Art. Ele me atualizou sobre a recepção dos homens e não era surpresa a positividade.

— Mariano — Adalind me chamou, batendo à porta.

— Entre.

Ela apareceu sorrindo e depois Ravena. Art pediu licença e saiu, deixando-me com ambas.

— Ravena não queria ir sem nos ver antes. — Adalind andou até ficar de pé ao meu lado, então toquei sua cintura.

— Sei que não somos culpados por tudo, mas queria que soubessem que, da mesma forma que machucou vocês, machucou a mim e ao Trey. — Ravena respirou fundo e tocou a barriga redonda. — Deus está nos dando uma segunda chance de sermos felizes, não irei desperdiçá-la. E espero que vocês também não.

— Obrigada por estar ao lado do Mari quando não pude. Espero que você, Trey e seu bebê sejam felizes. Mariano e eu iremos, prometo.

As duas se abraçaram e eu me levantei, andando até Ravena. Adalind se afastou e eu toquei no ombro da minha ex-esposa, apertando-o em seguida.

— Você merece ser feliz. Espero rever você e Trey em algum momento.

— Não vou prometer, mas... — Ravena sorriu e tocou meu peito. — Adalind tem sorte de ter você. Nunca vi um mafioso com uma alma tão justa. Nem bom e nem compassivo, apenas justo.

Ravena se afastou e sorriu para Adalind.

— É um menino, aliás. — Ela tocou o ventre e eu lhe dei parabéns. — Ele terá seu nome.

Ela se virou e foi embora, deixando-me sem reação.

— Apoio, seu nome é lindo. — Adalind me abraçou e eu a encarei. — Eu amo você, Mariano Vitali.

— O inferno queima mais forte por isso, *ballerina*.

Ela revirou os olhos e eu me inclinei, beijando com força e fome. Como sempre era, desde a primeira vez, contra um carro, no meio da noite. A minha obsessão pela garota ruiva cresceu ainda mais a partir daquele momento.

Sua boca sentenciou o que nós dois renegávamos.

La mia ballerina. A única que tinha o poder de acalmar a fera dentro de mim.

EPÍLOGO

À noite, depois de rolar na cama por algum tempo, levantei-me. Mariano havia saído há duas horas para trabalhar. Eu não queria saber o que era de fato, isso não me interessava. Ele era um mafioso e eu o amava. O resto não era importante.

Fui até minha bolsa e peguei o teste que Taylor havia me dado há quase um mês.

Parte da minha recusa em fazer era porque eu estava sozinha. Não queria imaginar estar esperando um bebê sem o pai dele ao meu lado. E a outra parte, era a lógica. Minha menstruação realmente estava regulada.

— Só para Taylor me deixar em paz. — Suspirei diante do espelho.

Fiz xixi no potinho e enfiei o palito dentro por cinco segundos. Fechei os olhos, depois de soltá-lo na bancada. Os segundos se passaram e eu abri um olho. Meu coração explodiu quando vi duas listras rosa bem escuras. Oh, meu Deus!

Positivo.

Meus dedos trêmulos agarraram o palito e eu toquei meu ventre liso. Não havia possibilidade de um bebê de mais de quatro meses estar ali. Era impossível! Jesus, será que ele estava bem? Lágrimas se acumularam em meus olhos. Como fui tão irresponsável?

Corri para o quarto, vesti um conjunto de moletom e peguei minha bolsa. Calcei meus sapatos e agarrei o casaco grosso contra meu peito. Desci a escada depressa, quando saí da mansão, ninguém me parou. Entrei em meu carro que Art trouxe para a mansão mais cedo e acelerei para sair da propriedade.

Liguei para Mariano duas vezes, mas ambas foram para a caixa postal. Foquei em dirigir, e quando parei diante do hospital, tentei acalmar minha respiração.

A entrada foi um borrão. Dei meus documentos à recepcionista e, em minutos, eu estava esperando minha vez. Era madrugada, não havia muita gente, por isso fiquei aliviada quando meu nome foi chamado.

— Ei, boa noite! Sou a Dra. Eduarda Harris. Como vai? — A mulher era jovem, morena de cabelo cacheado e simpática.

— Eu fiz um teste de gravidez e deu positivo. — Peguei o palito e mostrei à médica, tremendo. — Mas a última vez que tive relação desprotegida foi há quatro meses. Como... Eu não... Minha barriga não...

— Ei, calma, Adalind. — Ela leu minha ficha e sorriu, pegando minhas mãos. — Vamos aos poucos, ok? Seu teste é, sim, positivo. Vamos confirmar com um exame de sangue ou um ultrassom, onde você pode ver o bebê...

— Quero ver. Acho que só assim vou acreditar que ele é real.

Eduarda sorriu, mas não me levou para ver meu possível bebê. Sua voz calma me fez perguntas, depois mais outras e então me explicou que na primeira gestação é normal a barriga não crescer tão rápido.

— Acho que entendi. — Respirei fundo e ela me guiou para uma sala ao lado.

Deitei-me na maca e subi meu moletom. Minha barriga lisa estava me dando agonia ao olhar para ela. Por que não havia um montinho, pelo menos?

— Gelado, viu? — Eduarda passou o gel na ponta do equipamento e depois tocou minha barriga. Realmente, era bem gelado. — Vamos ver... — Olhei para a tela preta, tentando entender qualquer coisa ali. — Olhe aqui. — Ela apontou para uma bola escura. — Aqui é seu bebê.

Era verdade. Taylor estava certa.

— Essa é a boca dele, a cabeça... Você vê?

Eu via. Ele estava grandinho, não parecia uma ervilha. Ele se mexeu na tela e eu senti o movimento dentro do meu coração. Havia alguém dentro de mim.

— Ele está bem? — Minha voz tremeu e eu funguei.

Percebi, na hora do barulho, as lágrimas em minhas bochechas.

— Vamos ver, ok? — Eduarda levou um tempo medindo coisas e, quando ficou satisfeita, me encarou. — Seu bebê deveria estar maior um pouco, mas nada com o que se preocupar. Não chore, Adalind.

Não conseguia parar. Era minha culpa.

— Alimente-se bem e tome as vitaminas, tudo ficará bem. Se quiser que eu acompanhe sua gestação, é só marcar seu pré-natal.

Eduarda imprimiu fotos do bebê e, quando saímos da sala, ela me deu receitas. No final, eu a abracei. Ela foi muito bondosa comigo.

— Muito obrigada!

— Parabéns!

Andei até a porta e a abri, vendo um terno preto bem diante dos meus olhos. Mariano estava furioso, seus olhos iam de mim para a médica, atentos.

— O que você tinha? Saiu sem mim e sem Adrian. Você tem ideia do que senti quando soube que seu carro estava aqui? — ele falou baixo, grunhindo.

Toquei seu peito, fechando a porta.

— Eu não estava me sentindo bem...
Ele segurou meu rosto e eu fiquei grata pelo corredor estar vazio.
— O que foi? Eu chateei você?
— Não. — Neguei rápido e beijei sua boca devagar. — Vamos para casa...
— Não, aqui. Diga-me.
Respirei fundo e peguei a foto pequena. Coloquei na sua mão e depois catei o teste dentro da minha bolsa.
— Taylor sonhou que eu estava grávida há um mês e pouco. Pensei que era mentira...
Mariano arregalou os olhos e eu sorri, piscando minhas lágrimas.
— Ela é uma bruxa. E estava certa.
— Sério? — Sua descrença era doce. Acenei, tentando controlar minhas emoções. Ele me ergueu do chão e eu o abracei. — Deus, como eu amo você! Nosso filho está bem? E você?
Eu expliquei a ele sobre meu tempo de gestação e que eu precisava me alimentar bem. Mari agarrou minhas bochechas, sentando-se comigo em seu colo.
— Você não tem culpa de nada. Nós vamos cuidar dele agora.
Eu acenei, mordendo meu lábio. Ele tocou meu ventre e olhou para mim.
— Quando eu acho que sou feliz por inteiro, você me mostra que ainda havia uma parte para ser feliz. — Ele beijou minhas mãos e sorriu, parecendo realmente completo. — Eu amo você!
— Também amo você! Leve-me para casa.
Mariano acenou e nós saímos do hospital, juntos. Liguei para Taylor no caminho e a avisei. Os gritos que ela não pôde dar por causa da Seven deram lugar a pulos. Desliguei, aliviada depois de ela me acalmar sobre meus medos.
Depois de trocar de roupa, deitei ao lado do Mari. Ele passou a barba pelo meu ombro e desceu, tocando meu ventre. Virei-me, dando-lhe mais acesso e o amor da minha vida sorriu.
— Oi, bebê! Não sabíamos, mas você estava aqui o tempo todo, hum? Cuidando da mamãe enquanto o papai estava longe. — Sua voz rouca fez novas lágrimas surgirem. — Você é muito sortudo, sua mãe vai ser a melhor. E ela é muito linda.
— Mari... — Ri quando ele passou a barba na minha pele.
— Ela vai ter de lidar com dois homens Vitali de olho nela. Hum?
— Ei, não sabemos o sexo ainda — grunhi, rindo e chorando ao mesmo tempo.
— Vai ser um menino, eu preciso disso. — A seriedade da sua voz me fez parar de sorrir. — Se for uma menina...
Ele não terminou, e não precisava. Se fosse uma menina, ela seria noiva de Remy Trevisan. Estremeci diante da possibilidade.
— Temos muito tempo. Não se preocupe com isso. — Ele beijou meu ventre e subiu pelo meu corpo até ficarmos com os rostos rentes.

— Sim, temos. — Toquei seu rosto, amando a sensação da sua barba. — Ainda não acredito que estamos aqui. Foi um longo caminho, Mari.

— Foi, eu sei. — Ele afastou as mechas ruivas para trás da minha orelha. — Mas temos o resto da vida agora, *ballerina*. E nós vamos ser felizes.

— Eu confio em você e isso me dá a certeza de que tudo valeu a pena. Cada maldita coisa. — Pisquei, tentando não pensar em tudo que tentou nos magoar e afastar.

— Nem o diabo vai conseguir tirar você de mim. Tirar nossa felicidade. — Ele sorriu, se inclinando e lambendo meu pescoço. — Eu preciso da sua boceta doce para completar minha felicidade.

— Precisa, hum?

Sorri, manhosa e abrindo minhas coxas. Eu estava com uma camisola fina e calcinha pequena. Mari mergulhou os dedos no tecido frágil e puxou, rasgando-a.

Ansiosa, empurrei a sua cueca para baixo e agarrei seu pênis duro. Não esperei por ele, apenas ergui meus quadris e guiei a cabeça grossa para dentro de mim. Eu estava molhada e isso fez soar um barulho delicioso.

— Não vejo a hora de foder você enquanto leite vaza pelos seus peitos.

Eu gemi, imaginando-me sentada em cima dele, barriga grande e leite vazando. Minha boceta ficou mais molhada e eu gritei quando ele empurrou com força.

— Sugue meu pau, *ballerina*.

— Assim?

Apertei e soltei repetidamente, vendo-o fechar os olhos e abrir a boca, perdido no prazer. O clímax percorreu minhas veias e gritei ao sentir ele me encher.

Nossas respirações altas ecoaram e Mari apoiou o rosto em meu ombro, ficando sobre mim. Ele era enorme e pesado, por isso o afastei. Ele me levou para cima do seu peito e eu descansei minha bochecha em sua pele, ouvindo seu coração.

— Obrigada por me pedir para dançar para você aquele dia.

— Obrigado por dançar, *ballerina*.

Eu ergui meu rosto, me inclinei e juntei nossos lábios. Tão lento e com tanto amor, nós conduzimos nosso beijo. Mariano Vitali tinha meu coração e minha alma. Não havia dúvidas de que ele jamais os daria de volta a mim. E eu também jamais devolveria o seu coração manchado de escuridão.

Nós pertencíamos um ao outro.

A bailarina e a fera num conto de fadas insano, dramático e épico.

F<small>IM</small>

AGRADECIMENTOS

HÁ ALGUNS LANÇAMENTOS não faço um agradecimento e nesse, acho que necessito.

Escrever é — sem baboseira — a coisa mais surreal que eu já fiz. A gente começa sem rumo e ao decorrer, as coisas vão se alinhando de maneira mágica. *A Bailarina e a Fera* foi exatamente assim. Comecei em um período horrível da minha vida, sentindo uma dor que nunca imaginei sentir.

Parei diversas vezes de escrever porque a violência aqui era um gatilho para mim. Eu chorei muito, mas foi Mari e Ade que me ajudaram a ter momentos sem dor. Sem a constante lembrança do luto.

Então, hoje, quero agradecer aos dois.

Obrigada, Mariano e Adalind, por terem amenizado minha dor, mesmo que por curtos períodos. Obrigada por serem tão mágicos quanto a escrita. Eu nunca vou esquecer vocês.

Se você leu até aqui, saiba que sou grata pelo seu carinho.

Eu amo vocês!

EVILANE OLIVEIRA

www.lereditorial.com

@lereditorial